THE INVISIBLE MAN

투명인간

초판 1쇄 발행 | 2023년 5월 27일

지은이 허버트 조지 웰스
옮긴이 이정서
발행인 한명선

주소 서울시 종로구 평창길 329(우편번호 03003)
문의전화 02-394-1037(편집) 02-394-1047(마케팅)
팩스 02-394-1029
전자우편 saeum2go@hanmail.net
블로그 blog.naver.com/saeumpub
페이스북 facebook.com/saeumbooks
인스타그램 instagram.com/saeumbooks

발행처 (주)새움출판사
출판등록 1998년 8월 28일(제10-1633호)

ISBN 979-11-7080-002-6
ISBN 979-11-90473-75-0 04800(세트)

투명인간

허버트 조지 웰스
이정서 옮김

옮긴이의 말

어린 시절 뜻도 모르고, 공상과학소설로 읽었던 이 책 원서를 처음 들여다본 게 아마 7년 전이었던 것 같다. 출판사 블로그에 연재를 하자고 해서였다. 그러나 당시 몇 회를 연재하다, 그만두고 말았다. 만만하게 달려들었다가 정말 큰코다친 격이었다. 고어와 사투리는 둘째치고, 문학적 문장들 하나하나가 결코 간단치 않았다. 그래서 재미없다는 선입관도 갖게 되었는지 모르겠다. 그리고 잊고 있었는데, 어느 책에서 『1984』의 작가 조지 오웰이 '웰스가 존재하지 않았다면 우리의 세계와 사상은 달라졌을 것이다'라고 했다는 글을 보고 급 호기심이 생겼다. 『동물농장』과 『1984』 를 번역한 내게 조지 오웰은 남다른 작가였고, 그런 그가 이런 말을 했다면 뭔가 내가 모르는 게 있을 것 같았기 때문이다. (웰스가 오웰에게 영향을 끼쳤다고?) 나는 다시 번역에 들어갔다.

그냥 눈으로 원서를 읽는 것과 정확한 문장을 만들어 번역하는 일은 큰 차이가 있다.

시간이 그만큼 흘렀음에도 웰스의 문장은 여전히 어려웠다. 아무튼 그럼에도 이번엔 포기하지 않고 번역을 끝냈는데, 정말이지 갈수록 이 독특한 내용에 빠져들지 않을 수 없었다.

그런데, 번역을 끝내고 무심코 비교해본 마지막 문장에서 나는 기이한 발견을 하게 되었다. 혹시 몰라서 비교해본 결과 내가 원본으로 삼은 책과 처음 영국에서 출판된 원본의 결말 문단이 현저히 달랐던 것이다.

나는 그날로 미국 판과 영국 오리지널 판의 대조를 시작했고, 전체를 대조한 끝에 많은 곳이 달라진 것을 발견할 수 있었다(그 차이는 뒤의 '해설'에 밝혀두었다).

이 과정을 겪으면서, 나는 또 하나의 사실을 알게 되었다. 미국식 영어와 영국식 영어의 차이, 그것은 우리가 아는 것처럼 간단한 게 아니었다. 그 차이를 이 자리에서 다 말할 수는 없지만 이 번역서를 읽어보는 것만으로도 그 차이가 얼마나 현격한가를 독자들은 알게 되리라 믿는다.

이번 역서는 의욕만 앞서 서둘러 냈던 이전 책과는 정말 많이 다르다. 그럴 수 있었던 데는 편집자의 도움이 컸다. 김수경 편집장에게 진심으로 감사한다.

2023. 봄. 이정서

차례

일러두기

1. 영국 Suzeteo Enterprises에서 펴낸 『The Invisible Man』(1897년) 오리지널 판을 원본으로 삼았다.
2. 이 작품의 첫 문장은 다섯 개의 쉼표로 이어진 복문이다.
   옆의 번역문은 보다시피 그에 맞추어 번역한 것이다. 문학작품의 번역 역시 원래 작가가 쓴 서술구조 그대로를 지켜서 번역하는 것이 아주 중요하다. 자칫 의역하면 의미며 뉘앙스가 달라질 수 있기 때문이다.
   이어지는 본문 전체도 작가의 서술구조 그대로를 지켜 번역했다.

Chapter 1

이방인의 도착

The Strange Man's Arrival

그 이방인은 2월 초, 그해 마지막 폭설이 내린 어느 겨울날, 날 선 바람과 세찬 눈보라 속을 뚫고, 두꺼운 장갑을 낀 손에 작은 검은색 여행 가방을 들고 브램블허스트 기차역으로부터 언덕진 초원지를 넘어 걸어 올라왔다. 그는 머리부터 발끝까지 온몸을 감쌌는데, 부드러운 중절모 챙이 반짝이는 그의 코끝을 제외한 얼굴 전부를 빈틈없이 가리고 있었다. 눈은 그의 어깨와 가슴에 떨어져 그대로 쌓여서, 들고 있는 짐 가방에 하얀 용마루처럼 얹혔다. 그는 흡사 산송장처럼, 〈역마차Coach and Horses〉*안으로 비틀거리며 들어서서는, 그의 여행 가방을

* 'Coach and Horses'를 〈역마차〉라 번역했다. 'Coach'의 어원은 이 마차가 처음으로 사용된 헝가리의 지명에서 유래했다. 영국에서는 이 소설이 쓰일 당시(1897년) '역마차'라는 의미였다. 이 소설에서 '역마차'라는 이름이 상당한 의미가 있기에 상호임에도 이런 방식으로 번역했다.

내려놓았다. "불!" 그는 소리쳤다. "묵을 방과 난로불이 필요하오!" 그는 바bar*에서 발을 굴러 몸에 붙은 눈을 털어내고, 홀 부인을 따라 응접실로 들어가 흥정을 했다. 금화 두 개를 테이블 위로 던져주는 것으로, 그 여관에 숙소를 마련했다.

홀 부인은 난로를 지펴주고 손수 식사 준비를 하기 위해 나왔다. 겨울철 아이핑 마을은 '숙박료를 깎으려고 하는 손님'은커녕 아예 찾는 사람이 없어, 그야말로 행운에 가까웠으므로, 그녀는 그런 행운을 누릴 자격이 자신에게 있음을 보여줄 참이었다.

베이컨이 적당히 익자, 그녀는 느려터진 식모 밀리를 교묘히 업신여기는 말투로 주의를 줘서 조금 빠르게 움직이게 해놓고는, 식탁보와 접시, 유리잔을 객실 안으로 들였고, 나름 최고의 솜씨로 차려놓기 시작했다.

난로가 맹렬히 타고 있었음에도 손님이 여전히 모자와 코트를 착용한 채, 창밖 마당에 떨어지는 눈을 응시하고 서 있는 것을 보고 그녀는 놀랐다. 장갑 낀 손을 뒤로 맞잡은 채로, 그는 골똘히 생각에 빠져 있는 듯했다. 그녀는 여전히 그의 어깨를 적시고 있던 녹은 눈이 자신의 카펫 위로 떨어지는 것

* 'Inn'은 보통 숙박의 기능만 있는 미국의 '여관'과 달리 영국에서는 숙박이 가능한 '주점'을 가리킨다. 따라서 'bar'는 여관에 갖추어진 술 바를 가리킨다.

을 알아챘다. "모자와 외투를 받아드릴까요, 손님?" 그녀가 말했다. "부엌에서 말려다 드릴 수 있는데요."

"아니요." 그는 돌아보지도 않고 대답했다.

그녀는 그가 제대로 알아듣지 못했다는 생각이 들어, 되풀이해서 물을 참이었다. 그가 고개를 돌려 어깨너머로 그녀를 보았다. "이대로 괜찮소." 그는 강조해서 말했고, 그녀는 그가 옆면이 달린 커다란 푸른색 안경을 쓰고 있다는 것과 그의 뺨과 얼굴을 완벽하게 가린 코트 깃 위로 무성한 구레나룻을 가졌다는 것을 그제서야 알아차렸다.

"잘 알겠어요, 손님." 그녀는 말했다. "편하신 대로 하시죠. 조금 있으면 방은 더 따뜻해질 거예요."

그는 대답하지 않은 채, 다시 얼굴을 돌려버렸고, 홀 부인은 대화를 진전시키는 것이 부적절하다고 느끼면서, 남은 식기들을 빠르게 탁탁 소리를 내며 던지듯이 내려놓고는 서둘러 그 방을 빠져나왔다.

그녀가 돌아왔을 때 그는 여전히 거기 돌부처처럼 서 있었는데, 등은 굽어 있었고, 목깃을 위로 세우고, 물방울이 떨어지는 모자챙을 끌어내려 얼굴과 귀를 완벽하게 가리고 있었다. 그녀는 소리나게 달걀과 베이컨을 내려놓고, 말을 한다기보다는 소리쳐 외쳤다. "점심 준비되었어요, 손님."

"고맙소." 그는 동시에 말하며, 그녀가 문을 닫을 때까지는 미동도 하지 않았다. 그러고 나서 그는 몸을 빙글 돌려 재빨리 테이블로 다가갔다.

바 뒤 주방으로 가면서 그녀는 일정한 간격을 두고 되풀이되는 소리를 들었다. 달그락, 달그락, 달그락, 그것은 그릇 속을 빠르게 긁는 숟가락 소리였다. "애!" 그녀가 말했다. "저런! 내가 저걸 감쪽같이 잊고 있었네. 하여간 저 애는 너무 굼뜨다니까!" 그리고는 직접 겨자 소스를 섞으면서, 그사이, 밀리에게 지나치게 느린 것에 대해 몇 마디 쓴소리를 더했다. 자신이 햄과 달걀을 요리하고, 식탁을 차리는 등 많은 걸 하는 동안, 밀리는 겨우 겨자 소스 하나 끝내지 못했던 것이다(실제로 도움을 달라고 밀리!). 그러고도 새로운 손님이 머물러 있고 싶겠어! 그러면서 그녀는 겨자 종지를 채웠고, 그것을 금빛을 띤 검은 차 쟁반 위에 품위 있게 얹어서 객실로 가져갔다.

그녀는 노크를 하고는 신속하게 들어갔다. 그러자 그녀의 손님이 재빨리 이동했고, 따라서 그녀는 식탁 뒤로 사라지고 있는 흰 물체를 얼핏 보았을 뿐이었다. 그는 바닥에서 무언가를 집어 들려는 것처럼 보였다. 그녀는 테이블 위에 겨자 종지를 내려놓았다. 그러고 나서 외투와 모자가 난롯불 앞 의자 위에 걸쳐져 있는 것과, 젖은 부츠 한 쌍이 철제 난로 망을 녹슬게 할 우려가 있다는 것을 알아챘다. 그녀는 단호하게 그 물건들에 다가갔다. "당장 가져다 말려야 할 것 같은데요." 그녀는 거부하는 것을 용납하지 않겠다는 투로 말했다.

"모자는 그냥 두시오." 억눌린 목소리로 손님이 말했다. 그녀가 돌아보았을 때 그는 고개를 들고 앉은 채 그녀를 바라보고 있었다.

그녀는 잠깐 동안 너무 놀라, 말을 잇지 못하면서 그를 뚫어지게 쳐다보았다.

그는 흰 천— 그가 가져온 식당용 냅킨이었다—으로 자신의 얼굴 아랫부분을 덮고 있었고, 그래서 그의 입과 턱은 완전히 가려졌는데, 그것이 억눌린 목소리의 이유였다. 그렇지만 홀 부인을 깜짝 놀라게 한 것은 그게 아니었다.

그의 푸른 안경 위 이마 전체가 흰 붕대로 덮여 있었고, 다른 것이 귀를 덮고 있었는데, 핑크빛 뾰족한 코를 제외하곤 얼굴이 전혀 드러난 곳이 없다는 사실이었다. 그것은 마치 처음부터 그랬던 것처럼 밝은 분홍빛으로 빛나고 있었다. 그는 높고 검은 리넨 깃이 목까지 접혀 올려진 어두운 갈색 벨벳 재킷을 입고 있었다. 그 두꺼운 검은 머리칼은, 가로지른 붕대 사이로 빠져나와, 마치 이상한 꼬리와 뿔의 이미지를 가진, 상상할 수 있는 가장 기이한 모습을 떠올리게 만들었다. 억눌린 목소리와 붕대가 감긴 머리가 자신이 기대했던 것과는 너무나 달라서, 홀부인은 잠깐 몸이 굳어버렸다.

그는 그 냅킨을 치우지 않고, 여전히 갈색 장갑 낀 손으로 잡은 채, 이제 속이 들여다보이지 않는 파란 안경 너머로 그녀가 보고 있는 것처럼 그녀를 주시하고 있었다. "모자는 그냥 두시오." 그가 흰 천을 통해 아주 분명한 말투로 말했다.

그녀의 신경이 앞서 받았던 충격으로부터 회복하기 시작했다. 그녀는 모자를 난롯가의 의자 위에 다시 올려놓았다. "제가 그걸 몰랐네요…." 하고 그녀가 말을 하려다 당황해서 멈췄다.

"고맙소." 그가 눈길을 그녀에게서 문으로, 다시 그녀에게 주면서 건조하게 말했다.

"이것들을 곧 말끔하게 말려 올게요, 손님." 그녀가 말하고는 그의 옷들을 가지고 방을 나갔다. 그녀는 문을 나서면서 흰색으로 뒤덮인 그의 머리와 파란 안경을 다시 힐끗 보았지만 냅킨은 여전히 그의 얼굴 앞에 있었다. 그녀는 뒤로 문을 닫고 조금 몸을 떨었는데, 얼굴에 놀라움과 당혹스러움이 역력했다. "아닐 거야." 그녀는 속삭였다. "그렇고말고!" 그녀는 아주 조용히 부엌으로 갔고, 거기 도착해서는, 이제 밀리에게 뭘 또 엉망으로 만들려고 하는지 묻지도 못할 만큼 그 생각에 사로잡혀 있었다.

방문객은 앉은 채로 그녀가 돌아가는 발소리를 들었다. 그는 자신의 냅킨을 치우기 전에 미심쩍은 듯이 창문 쪽을 힐끗 쳐다보곤 다시 음식을 먹기 시작했다. 그는 한입 가득 떠 넣고 의심스럽게 창문을 쳐다보고는, 다시 한입 가득 떠먹었고, 그러고는 일어서서 손에 냅킨을 든 채로, 그 방을 가로질러 가서 아래 창을 덮고 있는 하얀 모슬린 끄트머리까지 블라인드를 끌어내렸다. 방이 희미해졌다. 그렇게 하고 나서야 그는 편안한 표정으로 식탁으로 돌아와 식사를 했다.

"저 불쌍한 영혼은 사고가 나서 수술 같은 걸 겪었을 거야." 홀 부인이 말했다. "무엇 때문에 붕대를 두르고 있겠어, 틀림없다니까!"

그녀는 약간의 석탄을 더 넣고는, 빨래 건조대를 펼치고 그 위에 여행객의 코트를 펼쳐 널었다. "그런데 고글이라니! 정말 사람이라기보다는 신의 투구 같았어!" 그녀는 그의 목도리를 건조대 한구석에 올려놓았다. "입에다가는 내내 손수건을 대고 있었어. 말을 하는 중에도 말야! 아마 입도 다친 모양이지…."

그녀는 갑자기 생각난 사람처럼 휙 하고 돌아섰다. "하나님 맙소사!" 그녀는 생각의 곁길에서 빠져나와 말했다. "아직도

감자를 다 못 깎은 거니, 밀리?"

홀 부인이 이방인의 점심을 치우러 갔을 때, 그가 사고로 입이 찢어졌거나 상처를 입어 고통을 겪고 있는 게 틀림없을 거라는 그녀의 생각은 확고해졌는데, 파이프로 담배를 피우고 있었음에도, 그녀가 방 안에 있던 내내 파이프를 입에 물기 위해 얼굴 아랫부분을 감싸고 있는 실크 머플러를 절대 풀지 않았던 것이다. 그럼에도 불구하고 그것이 건망증 때문이 아닌 게 분명했던 것은 담배가 타들어갈 때 그가 그것을 힐끗 보는 것을 그녀는 알아챘기 때문이다.

그는 이제 창문 블라인드에 등을 대고 구석에 앉아서, 먹고 마시며 편안히 몸을 녹인 후였기에, 이전보다는 덜 공격적이고 간결하게 말했다. 반사된 난롯불은 그의 커다란 안경에 지금까지 부족했던 일종의 충혈된 생기를 만들어주고 있었다.

"나는 짐이 좀 있소." 그가 말했다. "브램블허스트 역에 말이오." 그리고 어떻게 하면 짐을 보내달라고 할 수 있을지 그녀에게 물었다. 그녀가 설명했고 그는 그에 대한 답례로 꽤 정중하게 자신의 붕대 감은 머리를 숙여 보였다. 그러면서도 "내일이라고요?" 하고 그는 말했다. "더 빨리 받을 길은 없겠소?" 그녀가 "없다"고 대답했을 때 그는 많이 실망한 것처럼 보였다. 여자의 말이 정말일까? 마차를 끌고 가서 짐을 가져올 사람이 아무도 없다고?

홀 부인은 기꺼이 그의 물음에 답하며 대화를 이어갔다. "내려가는 길이 비탈길이거든요." 그녀는 '마차'에 대한 그의 의구심에 답하는 것처럼 대답했다. 그러고는 틈을 봐서 말했다. "마차가 뒤집히는 사고가 있었거든요. 한 1년 전쯤. 신사 한 분이 죽었어요. 마부와 함께 말예요. 사고라는 게 한순간에 일어나는 거잖아요, 손님. 그렇지 않은가요?"

하지만 그 방문객은 쉽게 말려들지 않았다. "아무리 그렇더라도…." 그는 속이 들여다보이지 않는 안경 너머로 조용히 그녀를 응시하면서, 머플러로 가려진 입을 통해 말했다.

"하지만 사고에서 회복되기까지 꽤 오래 걸리잖아요, 그렇지 않나요? 제 조카, 톰이라는 애가 있는데, 그만 큰 낫에 팔을 베인 적이 있어요. 건초 밭에서 그 위로 엎어졌지 뭐예요. 에구! 그애는 석달 동안 꼼짝도 못했다니까요. 믿기지 않으실 테지만. 저는 평소 큰 낫만 봐도 겁이 난다니까요."

"그건 충분히 이해할 수 있소만…." 손님이 말했다.

"그애는 한동안 두려워했어요. 수술을 받아야만 하는 줄 알고요. 그 정도로 나빴거든요."

방문객이 불쑥, 터져나오려는 소리를 간신히 참는 얼굴로 미소 지으며 말했다. "그랬나요?"

"그랬죠, 선생님. 그리고 그애를 돌보고 있던 사람들에겐 그냥 웃고 넘길 문제가 아니었던 게…, 저도 그랬지만…, 제 여동생은 그보다 더 어린아기들에게 꼼짝없이 매여 있었거든요. 붕대를 감아주어야 했고, 풀어주어야 했고요. 그래서 만약 제가 감히 이런 말씀을 드려도 된다면, 손님…"

"성냥 좀 주시겠소?" 방문객이 불현듯 말했다. "파이프가 꺼져버렸군."

홀 부인은 급작스레 말을 멈추어야 했다. 그는 확실히 무례했다, 그녀가 하려 했던 말을 전부 한 후였다 해도 그랬을 것이다. 그녀는 잠깐 기분이 나빴지만, 금화 두 닢을 떠올렸다. 그녀는 성냥을 가지러 갔다.

"고맙소." 그녀가 그것을 내려놓았을 때 그는 간결하게 말하고는 그녀에게서 몸을 돌려 다시 창밖을 응시했다. 그녀는 몹시 실망스러웠다. 아무튼 분명 그는 수술과 붕대에 대한 화제에 민감히 반응했다. 결국 그녀는 '감히 하려던 말'을 하지 못했다. 그렇지만 무시하는 듯한 그의 태도는 그녀를 화나게 했고, 그 덕분에 밀리가 그날 오후 힘든 시간을 보내야만 했다.

그 방문객은 칩거의 이유에 대해 조금도 밝히지 않고, 4시까지 객실에 머물러 있었다. 그 시간 내내 그는 매우 조용했다. 짙어가는 어둠 속 난로 불빛 안에서 담배를 태우고, 아마 졸기도 하면서 앉아 있는 듯했다.

한두 번 호기심으로 귀를 기울인 사람이라면 석탄 넣는 소리와 5분여 간 그가 방을 오가는 소리를 들었을지도 모른다. 그는 자신과 대화를 나누고 있는 것처럼 보였다. 그러고 나서 그가 다시 앉았을 때 안락의자가 삐걱거렸다.

Chapter 2

테디 헨프리 씨가 받은 첫인상

Mr. Teddy Henfrey's First Impressions

4시가 되어, 옅은 어둠이 내리고 홀 부인이 용기를 내어 들어가 방문객에게 차를 좀 마시겠느냐고 물으려 했을 즈음, 시계 수리공 테디 헨프리가 바 안으로 들어왔다.

"이거 참! 홀 부인." 그가 말했다. "얇은 장화엔 끔찍한 날씨구먼요!" 바깥에 눈은 더 거세게 내리고 있었다.

홀 부인은 맞장구를 쳐주었고, 그러고 나서 그가 자신의 공구 가방을 들고 있는 것을 눈치챘다. "마침 잘 오셨어요, 테디 씨." 하고 그녀가 말했다. "객실 안에 상태가 안 좋은 오래된 시계가 있는데, 좀 봐주면 고맙겠어요. 가기도 잘 가고 종도 잘 치는데, 시침이 6자를 가리키면 통 울리지를 않는다니까요."

그러고는 앞장서서 객실 문으로 건너가서, 노크를 하고는 들어갔다.

그녀가 문을 열었을 때 본 그녀의 손님은, 난로 앞 안락의자에 앉아 붕대 감긴 머리를 한쪽으로 떨군 채 꾸벅꾸벅 졸고 있었다. 방 안의 유일한 빛은 난로로부터 나오는 붉은빛— 그것은 건너편 철도 신호등처럼 그의 눈을 빛나게 했지만, 어둠 속에서 아래로 떨군 얼굴은 그대로 남아 있는 채였다—과 열린 문을 통해 따라 들어온 그날의 얼마 안 남은 잔광뿐이었다. 모든 것이 불그스름하고 어슴푸레해서 그녀로선 불명확했는데, 바 램프를 밝히고 있었던 탓에 그녀의 눈은 더욱 침침했다. 하지만 잠깐 사이 그녀가 보고 있는 남자가 얼굴 아래쪽 전부를 삼킨 듯, 넓게 벌어진 거대한 입을 가진 것처럼 여겨졌다. 믿을 수 없을 정도로 어마어마한 입. 그것은 한순간의 느낌이었다. 흰 붕대로 동여맨 머리와 기괴한 고글 눈, 그리고 그 아래 그렇듯 거대하게 벌린 입. 그때 그가 움찔하더니 의자에서 깨어났고, 손으로 입을 가렸다. 그녀가 문을 활짝 열었으므로 그 방은 더욱 밝아졌고, 그녀는 전에 냅킨으로 가렸던 것처럼 머플러로 가린 얼굴과 함께 그를 좀더 명확히 볼 수 있었다. 그 음영이 자신을 착각하게 한 것이라고 그녀는 생각했다.

“괜찮으시다면, 선생님. 이 사람이 시계를 좀 보고 갔으면

하는데요." 그녀가 순간적인 충격에서 벗어나면서 말했다.

"시계를 본다고요?" 그는 잠이 덜 깬 상태로 두리번거리며, 손 너머로 말했고, 그러고 나서는 좀더 분명하게 깨어났다. "물론이오."

홀 부인은 램프를 가지러 떠났고, 그는 일어나 기지개를 켰다. 그러고 나서 램프 불이 왔고, 들어서던 헨프리 씨가 이 붕대 인간과 대면했다. 그의 말에 따르면, 그는 '기겁했다'.

"안녕하시오." 이방인이 헨프리를 살피며 말했다. 헨프리 씨는 어두운 안경 때문에 마치 '랍스터 같은' 느낌을 생생하게 받았다고 말했다.

"방해가 되지 않았으면 좋겠군요." 헨프리 씨가 말했다.

"괜찮소." 이방인이 말했다.

"이해는 합니다만…." 그는 홀 부인을 돌아보며 말했다. "이 방은 내 전용 방이지 않소."

"그럼요, 선생님." 홀 부인이 말했다. "시계를 손봐드리면 더 좋아하실 듯해서 그만…."

"물론이오." 이방인이 말했다. "물론입니다…. 하지만, 원칙적으로 나는 혼자 있고 방해받지 않는 걸 좋아합니다."

"그래도 시계를 손봐준다니 참 고맙네요." 어쩔 줄 몰라 주저하는 헨프리 씨를 돌아보면서 그가 덧붙여 말했다. "정말

고맙습니다." 헨프리 씨는 사과하고 물러나려고 했지만, 예방 차원에서 한 이 말이 그에게 기운을 북돋아주는 결과가 되었다. 이방인은 등 뒤 벽난로를 향해 돌아섰고 손을 등 뒤로 가져갔다. "그리고 조금 있다, 시계 수리가 끝나면 차를 좀 마셨으면 좋겠군요." 그가 말했다. "하지만 시계 수리가 끝나기 전엔 안 되오."

홀 부인이 막 방을 떠나려는데, 이번엔 손님이 그녀에게 물었다. 브램블허스트역으로부터 자신의 짐을 가져오는 일에 대해 혹시 다른 방식을 찾았는지를. 그녀는 헨프리 씨 앞에서 무시당하고 싶지 않았기에 대화를 진전시키지는 않았다. 그녀는 집배원에게 그 문제에 대해 물었고, 집배원이 다음날 가져올 수 있을 거라고 했다는 말을 했다.

"틀림없이 그게 가장 빠른 방법인가요?" 그가 물었다.

그녀는 눈에 띄게 냉랭한 말투로 확신했다.

"설명을 좀 드려야겠군요." 그가 덧붙였다. "앞서는 너무 춥고 피곤해서 하지 못했는데, 사실 저는 실험하는 연구자입니다."

"과연 그러셨군요." 홀 부인이 감격해하며 말했다.

"그래서 내 짐에는 자료와 기구들이 포함되어 있습니다."

"정말 필요한 것들이군요, 선생님." 홀 부인이 말했다.

"그리고, 저는 당연히 내 연구에 집중할 수 있길 바라는 겁니다."

"당연하셔요."

"내가 아이핑에 온 이유는," 그는 확고하고 신중한 태도로 말을 이어갔다. "…혼자 있고 싶어서였소. 내 작업에 방해받고 싶지 않은 겁니다. 내 작업의 부산물인 사고는…."

"많았을 거라고 생각했지…." 홀 부인이 혼잣말을 했다.

"확실하게 외진 곳이 필요했소. 가끔 눈이 너무 흐릿하고 힘들어서 어둠 속에서 몇 시간을 감고 있어야 할 때도 있기 때문이오. 나 자신을 가두는 겁니다. 가끔… 이따금 말입니다. 물론 지금은 아니지만, 낯선 이가 방에 들어온다거나 하는 가벼운 방해를 받는 것조차 내게는 극심한 괴로움의 원인이 되기도 하오…. 이런 것들을 좀 이해해주면 좋을 것 같소."

"물론입니다, 손님." 홀 부인이 말했다. "그리고 만약 제가 감히 이런 부탁을 드려도 된다면…."

"내 생각은 그게 다입니다." 이방인은 거부할 수 없는 최종적인 분위기를 풍기며 조용히 말했다. 홀 부인은 더 좋은 기회를 위해 질문과 동정을 유보해야 했다.

홀 부인이 방을 나간 후, 그는 난로 앞에서 노려보듯 그대로 서 있었고, 헨프리 씨는 시계 수리에 착수했다. 헨프리 씨는 시계의 전면과 바늘을 떼어냈을 뿐만 아니라 부품들까지 분해했다. 그러고는 천천히 그리고 조용히, 가능한 겸손한 태도로 작업하려 애썼다.

그가 램프를 가까이 두고 작업을 해서, 녹색 그림자가 그의 손 위로 시계틀과 톱니바퀴 위로 밝은 빛을 드리웠고, 그 방의 나머지는 어둑어둑하게 남아 있었다. 그가 올려다보았을 때 총천연색 조각들이 눈앞을 떠다녔다. 천성적으로 호기심 많은 체질인 그는, 떠나는 걸 늦추려는 생각과 어쩌면 이 이방인과 대화를 나눌 수 있겠다는 생각으로 전혀 불필요한 절차까지 진행했다. 하지만 이방인은 완전히 입을 다물고 가만히 거기 서 있었다. 너무 가만히 있어서 그것이 헨프리 씨의 신경을 거슬렀다. 그는 방 안에 혼자 있다는 느낌에 위를 올려다보았다. 거기에는 회색의 희미한 붕대를 두른 머리와 커다란 푸른 렌즈가 뚫어지게 바라보고 있었는데 그 앞으로는 녹색 반점들이 안개처럼 떠다니고 있었다.

그것은 잠깐 동안 헨프리 씨를 너무나 섬뜩하게 했는데, 그들은 서로를 멍하니 쳐다보았다. 그러고 나서 헨프리는 다시 눈길을 거뒀다. 너무 불편하구만! 무슨 말이라도 하면 좋을 텐데. 올해 날씨가 너무 추웠다고 말해볼까?

그는 마치 예비 사격으로 조준점을 맞추려는 듯 바라보았다. "날씨가…." 그는 조준을 시작했다.

"어서 일을 마치고 가는 게 어떻겠소?" 굳어 있는 그림자가, 분명히 화를 참다못한 것처럼 말했다. "당신이 해야 할 일은 단지 시침을 축에 고정하기만 하면 되는 일이었소. 지금 순전히 무의미한 일을 하고 있잖소…."

"알겠습니다, 선생님…. 1분만 더 주십시오. 제가 깜빡하고…." 그리고 헨프리 씨는 일을 마치고 떠났다.

하지만 그는 심히 화가 나 있었다. "빌어먹을!" 헨프리 씨는 눈이 녹아내리고 있는 마을을 따라 터벅터벅 걸어 내려오면서 혼잣말을 했다. "사람이라면 가끔 시계를 손봐야 하는 거 아냐. 정확하게 말이지." 그리고 다시, "아니 쳐다보지도 못하나? 에이, 더러워서 참 내!"

그러고는 또, "딱 봐도 이상한 놈이잖아. 만약 경찰 수배를 받는 중이라고 해도 그렇게 온몸을 감싸고 붕대를 감고 있진 않을 텐데 말이지."

글리슨 거리 모퉁이에서 그는 홀을 만났다. 홀은 최근에 그 이방인이 묵고 있는 〈역마차〉 여주인과 결혼해, 지금은 사람들의 요구가 있을 때면 이따금 시더브리지 환승역까지 아이핑 운반 마차를 몰고 있었다. 그곳으로부터 돌아오는 길에 헨프리를 향해 다가오고 있는 것이었다. 홀은 마차를 몰고 있는 모양새로 판단컨대, 시더브리지에서 소위 '잠깐 쉬었다'는 게 확실해 보였다. "오우, 테디, 잘 돼가시나?" 그가 지나치며 말했다.

"자네 집에 괴상한 놈이 하나 들었던데!" 테디가 말했다.

홀이 무척 반가워하며 마차를 멈췄다. "그게 무슨 소리인가?" 그가 물었다.

"괴상해 보이는 녀석이 〈역마차〉에 묵었더라고." 테디가 말했다. "재수 없게 말야!"

그리고 그는 홀에게 그 기괴한 숙박객에 대해 생생한 묘사를 계속해나갔다. "들어보니 변장을 좀 한 거 같지 않나? 만약 그자가 내 집에 묵었다면 얼굴이 보고 싶어졌을 거야." 헨프리가 말했다. "그렇지만 여자들은 뭐든 그렇게 잘 믿는다니까…. 이방인에 관해서는 말이지. 그자가 자네 여관에 들었는데 아직 이름조차 밝히지 않은 모양이더군, 홀."

"설마 그럴라구!" 원래 판단이 굼뜬 사람인 홀이 말했다.

"좋아," 테디가 말했다. "이번 주는 그냥 두고 보자구. 그자가 뭐 하는 작자이건 주중에 내쫓을 수는 없을 테니 말이야. 그리고 말하는 거로 봐서 내일 많은 짐을 들여야 할 거 같던데. 박스 안에 돌덩이나 없길 바라자구, 홀."

그는 홀에게 헤이스팅스에 사는 숙모가 빈 여행 가방을 가진 이방인에게 어떻게 속았는지에 대해 말했다. 결정적으로 그는 홀로 하여금 막연한 의심을 품게 만들었던 것이다. "가자, 말아," 홀이 말했다. "이에 대해서는 내가 알아봐야겠어."

테디는 마음을 상당히 회복하고 가던 길을 터벅터벅 걸어갔다.

그러나 홀은 '이에 대해 알아보는' 대신, 돌아오자마자 시더브리지에서 긴 시간 낭비한 일로 아내에게 심하게 핀잔을 들었고, 그의 온순한 물음들은 의도를 벗어나 퉁명스러운 답이 돌아왔을 뿐이었다. 하지만 테디가 뿌려놓은 그 의심의 씨앗은 이러한 좌절에도 불구하고 홀의 마음속에서 싹을 틔웠다. 홀 씨는 되도록 빨리 숙박인이라는 인물에 대해 좀더 알아보기로 다짐하고는 말했다. "당신 같은 여자들이 모든 걸 알 수 있는 게 아니라니까."

그리고 그 이방인이 잠자리에 든 후— 그는 9시 반쯤 잠자리에 들었다— 홀 씨는 매우 의욕적으로 접객실 안으로 들어가서, 마치 그곳 주인이 누구인가를 보여주기라도 하려는 것처럼 아내의 가구들을 매우 엄중하게 살펴보았고, 이방인이 남겨둔, 셈한 게 적힌 계산서 한 장을 다소 경멸하듯 꼼꼼히 들여다보았다. 침대에 들었을 때 그는 홀 부인에게 다음날 이방인의 짐이 오면 매우 주의해서 살펴보라고 명령하듯 말했다.

"당신 일이나 신경 써, 홀." 홀 부인이 말했다. "내 일은 내가 알아서 해."

그녀는 홀에게 훨씬 더 날카로운 핀잔을 준 셈이었는데, 그 이방인은 의심의 여지없이 이상한 부류의 낯선 사람이었고, 무엇보다 그녀 자신도 그에 대해 확신하고 있지 못했기 때문이었다. 한밤중에 그녀는 회중시계를 닮은 크고 하얀 머리에 대한 꿈을 꾸다가 깨어났는데, 끝없이 긴 목 끝에 거대한 검은 눈을 가진 그것이 그녀를 쫓아오고 있었다. 그러나 분별력 있는 여자였던 그녀는 두려움을 가라앉히고 돌아누워 다시 잠을 청했다.

Chapter 3

1,001개의 병들

The Thousand and One Bottles

그렇게 해빙이 시작된 2월 29일, 이 특이한 사람은 아주 먼 곳으로부터 아이핑 마을로 찾아들었던 것이다.

다음날, 그의 수화물이 진창길을 뚫고 도착했다. 그것은 매우 주목할 만한 수화물이었다. 실제로 보통 사람이 필요로 할 만한 트렁크가 두 개 있었고, 그에 더해 책 박스 하나— 크고 두꺼운 책들, 그중 일부는 거의 알아볼 수 없는 손글씨로 쓰였다—와 십여 개가 넘는 나무상자와 박스들, 그리고 케이스와 짚 속에 담겨 포장된 물건들, 홀이 대수롭지 않은 호기심으로 잡아당긴 짚 속의 것은 유리병으로 보였다.

모자와 코트, 장갑으로 감싼 이방인이 참지 못하고 피어렌사이드의 짐마차를 마중 나왔는데, 그사이 홀은 짐들을 안으로 들이는 데 도움이 될 만한 말들을 늘어놓고 있는 중이었다. 그는 홀의 다리에 대고 코를 킁킁거리고 있던 피어렌사이드의 개를 눈치채지 못한 채 밖으로 나왔다. "저 상자를 들고 따라오시오." 그가 말했다. "나는 충분히 오래 기다렸소."

그리고 그는 작은 상자를 들어 나르기라도 하려는 것처럼 짐마차 뒤를 향해 계단을 내려갔다.

그런데 피어렌사이드의 개가 그를 발견하자마자 털을 곤두세우고 사납게 으르렁거리기 시작했고, 그가 계단에서 뛰어 내려갔을 때 무작정 튀어올라, 곧장 그의 손으로 달려들었다. "어이쿠!" 홀은 개 주인이 아니었기에 놀라 소리치며 물러섰고, 피어렌사이드가 "앉아!"라고 악을 쓰면서 그의 채찍을 낚아챘다.

그들은 개 이빨이 손에서 떨어지는 것을 보았고, 발에 채이는 소리를 들었으며, 개가 측면에서 튀어올라 이방인의 다리에 달려드는 것을 보았고, 그의 바지가 찢기는 소리를 들었다. 그때 피어렌사이드의 가느다란 채찍 끝이 개에게 닿았고, 개는 두려움에 낑낑거리며 마차 바퀴 밑으로 물러났다. 모두 불과 30초 사이에 일어난 일이었다. 아무도 말을 못하고 소리만 질러댔다. 이방인은 그의 찢어진 장갑과 다리를 재빠르게 살피고, 다리로 몸을 굽히는가 싶더니, 돌아서서는 재빠르게 계단을 올라 여관 안으로 달려 들어갔다. 그들은 그가 저돌적으로 통로를 가로질러 가서 카펫이 깔리지 않은 계단을 올라 그의 침실로 가는 소리를 들었다.

"이 망할 놈의 자식!" 피어렌사이드가 손에 채찍을 들고, 개가 바퀴 사이로 그를 바라보는 동안 마차에서 내리면서 말했다. "이리 나와." 피어렌사이드가 말했다. "이리 나오는 게 좋을 거야."

홀은 놀라 입을 벌리고 서 있었다. "물린 건가." 홀이 말했다. "내가 가보는 게 좋겠군." 그러고는 이방인을 뒤쫓아갔다. 그는 통로에서 홀 부인을 만났다. "화물 집배원 개가…." 그가 말했다. "손님을 물었구먼."*

그는 곧바로 위층으로 가서, 이방인의 객실 문이 조금 열려 있어서 그것을 밀쳐 열었고, 자연스러운 동정심의 발로로 어떤 기척도 내지 않고 안으로 들어갔다.

블라인드는 내려져 있었고 방은 어두웠다. 그는 믿을 수 없는 것을 얼핏 보았는데, 팔 없는 손이 그를 향해 흔들리고 있었다. 그리고 희고 창백한 팬지꽃 같은 세 개의 크고 불명확한 반점이 나 있는 얼굴을 본 듯했다. 그러고 나서 그는 무언가에 가슴을 심하게 얻어맞고 뒤로 나자빠졌으며, 문이 그의

* "Carrier's darg, bit en.", 실상 이 사람들은 지금 지방 사투리를 쓰고 있다. 이 점 또한 이 작품에서 매우 중요한 요소인지라 충청도 사투리를 가미했다.

면전에서 쾅 하고 닫혔다. 그것은 그가 인지할 시간도 없을 만큼 너무도 빠르게 일어난 일이었다. 이해할 수 없는 형체들의 흔들림, 한 방의 타격과 충격. 그는 자신이 보았던 것이 무엇이었을까 의아해하면서 어둡고 좁은 층계참에 서 있었다.

2분쯤 후, 그는 〈역마차〉 바깥에 형성된 무리에 다시 합류했다.

피어렌사이드가 벌어진 일에 대한 전모를 두 번째로 되짚어주는 중이었다. 홀 부인은 그의 개가 자신의 손님을 물게 해서는 안 되는 일이었다고 말했다. 길 건너편의 잡화점 주인 헉스터는 무언가를 묻고 싶어 했고, 대장간에서 온 샌디 와저스는 나름의 판결을 내리고 있었다. 여자들과 아이들을 제외한 그들 전부가 한마디씩 참견을 했다. "저놈이 나를 물게 놔두진 않을 거야." "저런 개를 데리고 다니는 건 옳지 않지." "그런데, 무엇 때문에 물었던 거지?" 등등.

계단에서 그들을 바라보며 말을 듣고 있던 홀 씨는 자신이 겪은, 2층에서 발생한 매우 놀라운 일이 믿기지 않았다. 게다가 그의 어휘력은 대체로 자신의 느낌을 표현해내기에 너무 한정되어 있었다.

"그 사람이 도움을 원치 않는다고 하는구만." 그는 아내의 물음에 답하며 말했다. "우리가 짐을 들여가는 게 더 낫겠어."

"그 사람, 즉시 소독해야 할 거요." 헉스터 씨가 말했다. "무엇보다 절대 염증이 생기면 안 되니까 말이지."

"주사를 한 방 놔주고 싶네. 그게 내가 할 수 있는 일인데 말야." 무리 속에서 한 여성이 말했다.

갑자기 개가 다시 으르렁거리기 시작했다.

"서둘러주시죠." 출입구에서 화난 목소리가 들렸고, 거기에는 몸을 겹겹이 싸맨 이방인이 목깃을 올리고 모자챙을 구부려 내린 채로 서 있었다. "서둘러주면 좋겠소."

그때 익명의 방관자 한 사람이 이방인의 바지와 장갑이 바뀌었다고 말했다.

"다치셨습니까, 선생님?" 피어렌사이드가 말했다. "정말이지, 저놈의 개 때문에 죄송합니다…."

"개의치 마시오." 이방인이 말했다. "살은 상하지 않았으니. 이 짐들이나 서둘러주시오."

그러고는 혼잣말로 욕을 했다,고 홀 씨는 단언한다.

즉시 그의 지시에 따라 첫 번째 나무상자가 객실로 옮겨졌고, 이방인은 엄청난 열의로 그것에 달려들어서는, 홀 부인의 카펫이 더럽혀지는 것에는 아랑곳하지 않고 짚을 흩뜨리며 풀기 시작했다. 그러고는 그것으로부터 병들을 끄집어내기 시작했다. 파우더가 담긴 작고 굵은 병, 유색과 흰색 액체가 담긴 얇고 호리호리한 병, 독성물 라벨이 붙여진 세로로 홈이 팬 푸른 병, 둥근 몸체와 호리호리한 목을 가진 병, 커다란 녹색과 흰색 유리병, 유리 마개와 반투명 라벨이 붙은 병, 멋진 코르크 마개 병, 그냥 마개 병, 나무 캡 병, 와인 병, 샐러드 오일 병들…. 그것들이 서랍장 위에, 벽난로 위에, 창문 아래 테이블 위에, 바닥 여기저기에, 책꽂이 위에… 어디에건 열 지어 놓였다. 브램블허스트의 약국도 이 양의 절반도 가지고 있지 못했을 것이다. 그것은 그야말로 장관이었다. 상자 뒤의 상자에서도, 6개 전부가 비워져서 테이블이 짚으로 가득 찰 때까지 병들이 나왔다. 병들 말고 이 상자들에서 나온 것들은 단지 몇 개의 시험관과 꼼꼼하게 포장된 저울뿐이었다.

그리고 상자들을 푼 즉시 이방인은 창가로 가서는 작업에 착수했다. 어질러진 짚과 꺼져버린 불은 물론이고, 위층에 올려진 트렁크와 다른 짐들은 조금도 신경 쓰지 않고 홀 부인이 저녁 식사를 가지고 갔을 때, 그는 이미 작업에 너무나 몰두해 있어서— 병들에서 시험관 안으로 액체 몇 방울을 붓고 있는 중이었다— 그녀가 마룻바닥의 상황을 보면서 지푸라기들을 쓸어내고, 어쩌면 얼마간 티나게 테이블 위에 쟁반을 올려놓을 때까지 듣지 못했다. 그때서야 그는 머리를 반쯤 돌리다가는 즉시 다시 되돌렸다. 하지만 그녀는 그가 안경을 벗은 것을 보았다. 그것은 테이블 위 그 곁에 놓여 있었는데, 그의 눈두덩은 터무니없이 움푹 패어 보였다. 그는 다시 안경을 쓰고, 돌아서서 그녀를 향했다. 그녀가 막 마루 위의 지푸라기에 대해 불평할 참이었는데, 그가 미리 선수를 쳤다.

"노크도 없이 들어오지 않았으면 좋겠소만." 그는 특유의 비정상적으로 격앙된 어조로 말했다.

"노크를 했습니다만, 보시기엔…."

"아마 하셨겠죠. 하지만 내 연구 중에는… 정말로 매우 긴급하고 필요한 내 연구 중에는… 문소리 같은 사소한 방해도 없길… 부탁드려야만 하겠군요…."

"물론이에요, 손님. 만약 그렇게 하고 싶으시면 아시다시피 문을 잠그시면 됩니다. 언제든지요."

"매우 좋은 생각이군요." 이방인이 말했다.

"이 지푸라기는, 손님, 이런 말씀을 드려도 될지 모르겠지만…."

"하지 마시오. 만약 짚이 문제라면 청구서에 적어주시오." 그리고 그는 악담으로 의심되는 단어를 우물거렸다.

거기 서 있는 그는 너무 기이했고, 한 손에 병을, 다른 한 손에 시험관을 들고 너무 공격적이고 감정이 격해 있어서, 홀 부인을 무척 두렵게 만들었다. 하지만 그녀는 단호한 여성이었다.

"이런 경우, 고려하시는 게 어느 정도인지 알고 싶군요."

"1실링… 1실링으로 하죠. 1실링이면 충분하겠죠?"

"그렇다면 알겠습니다." 테이블보를 깔고 식탁 위에 펼쳐놓으면서 홀 부인이 말했다. "손님이 만족하신다면 그렇게 하겠습니다…."

그는 돌아서서 코트 깃을 그녀 쪽으로 하고 앉았다.

오후 내내 그는 문을 잠그고 작업했다. 홀 부인이 증언하는 바처럼 대부분을 침묵 속에서. 하지만 한번은 진동과 함께 병 하나가 식탁을 때리고, 거칠고 맹렬히 떨어져 깨지는 소리 같은 것이 들렸고, 그러고는 빠른 걸음으로 방을 가로지르는 소리가 났다. "뭔가 문제가 생긴 거야." 그녀는 두려워하며, 문으로 가서 노크는 하지 않을 마음으로 귀를 기울였다.

"나아지는 게 없어." 그는 고래고래 소리를 질렀다. "나아지는 게 없어. 삼십만 번, 사십만 번! 셀 수 없이 해봤잖아! 속은 거야! 내 인생 전부를 잡아먹을지도 몰라! …참자고? 정말 참으면 되는 건가! …이 바보야! 바보야!"

바 안 벽돌 바닥 위로 구두 굽 소리가 났고, 홀 부인은 몹시 아쉬워하며 그가 하는 혼잣말을 뒤로하고 자리를 떠났다. 그녀가 돌아왔을 때 방은 희미하게 삐거덕거리는 의자 소리와 이따금 댕그랑거리는 병 소리를 제외하고는 다시 고요해졌다. 이방인은 작업을 재개하고 있었던 것이다.

그녀가 차를 가지고 갔을 때 그녀는 그 방 한구석 오목 거울 아래 깨어진 유리조각과 대충 닦인 금빛 자국을 보았다. 그녀는 그것을 지적했다.

"청구서에 적어두시오." 그녀의 손님이 날카롭게 말했다. "제발 나를 성가시게 하지 마시오. 피해를 보면 청구서에 적어두시오." 그리고 그는 그 앞에 있던 연습장의 목록을 체크해 갔다.

"자네에게 말해줘야 할 게 있네," 피어렌사이드가 비밀스럽게 말했다. 늦은 오후였고, 그들은 아이핑 거리의 작은 맥줏집 안에 있었다.

"뭐여?" 테디 헨프리가 말했다.

"자네가 말하고 있는 그 작자 말이여, 내 개에게 물린. 음, 그러니까… 그 작자는 깜둥일세. 적어도 놈의 다리는 그렇네. 놈의 찢어진 바지와 장갑 틈을 통해 봤거든. 핑크색 같은 게 보였을 것 같지, 그렇지 않나? 음… 거기엔 아무것도 없었어. 단지 새까맸네. 말하자면, 내 모자처럼 새까맸다구."

"맙소사!" 헨프리가 말했다. "완전히 괴상한 경우구먼. 그럼

어째서 코는 그런 것처럼 분홍색인 거지!"

"맞아." 피어렌사이드가 말했다. "나도 아네. 내가 지금 무슨 생각을 하는지 말해볼까. 그 놈은 얼룩말 같은 거네, 테디. 여기는 희고 저기는 검은… 반점들로 말이지. 그리고 놈은 그걸 부끄러워하는 거고. 놈은 일종의 혼혈아네, 색깔들이 섞이는 대신에 반점처럼 나타난 거지. 나는 전에 그런 것에 대해 들은 적이 있네. 그리고 그건 말들에게서 흔하게 보이는 경우지. 누구라도 볼 수 있는 것처럼 말일세."

Chapter 4

커스 씨가 이방인을 대면하다

Mr. Cuss Interviews the Stranger

나는 이방인이 불러일으킨 기묘한 인상을 독자들이 이해할 수 있도록 그의 아이핑 도착 상황을 상세히 설명했다. 그렇지만 두 개의 기이한 사건을 제외하곤, 그 클럽 축제의 비상한 날까지의 체류 상황은 피상적으로 정리하고 넘어가야 할 성싶다. 거기에는 숙박의 규율 문제로 홀 부인과 작은 충돌이 얼마간 있었지만, 돈이 떨어졌다는 첫 징조가 시작된 4월 말까지는 어떤 경우든, 추가요금을 지불하는 간단한 방식으로 그녀를 제압할 수 있었다. 홀은 그를 좋아하지 않았고, 기회 있을 때마다 내보내는 게 상책이라고 말하곤 했지만, 대게 허세를 부리는 것으로, 그리고 가능한 그 투숙객을 피하는 것으로 반감을 드러냈을 뿐이었다.

"여름까지는 기다려보자구." 홀 부인은 현명하게 말했다.

"그때는 예술가들이 오기 시작할 거야. 그러면 알게 되겠지. 조금 거만하긴 하지만, 누가 뭐라든 그때그때 청구하는 돈은 바로바로 내고 있으니 말야."

이방인은 교회에도 가지 않았는데, 사실 주일과 예배가 없는 날 사이에 차이를 두지 않았다. 심지어 복장조차 그랬다. 홀 부인이 생각하기에 그는 꽤 일정하지 않게 일했다. 어떤 날은 일찌감치 깨어 계속해서 바쁘게 일했고, 또 어떤 날은 느지막이 일어나 몇 시간을 발소리가 들릴 만큼 조바심치며 자신의 방을 왔다갔다 하고, 담배를 피우거나 난로 옆 안락의자에 앉아 졸기도 했다. 마을 너머 세상과의 소통은 갖지 않았다. 매우 변덕스러운 성질은 지속되었다. 대부분의 태도가 거의 참을 수 없는 분노 아래 고통받는 사람의 것으로, 되풀이해서 물건을 뚝뚝 부러뜨리거나 찢어버리고, 으깨버리거나 돌발적으로 부숴버리는 형태로 나타났다. 그는 극도의 만성적 초조함에 시달리고 있는 것 같았다. 낮은 목소리로 혼잣말을 하는 버릇은 점점 심해졌고, 홀 부인은 성실히 엿들었다고 생각했지만, 그녀가 들은 것만으로는 이야기의 머리도 꼬리도 만들 수 없었다.

그는 낮에는 거의 밖에 나가지 않았지만, 해질녘이면 날씨가 춥든 안 춥든 보이지 않게 싸매고 외출하곤 했다. 그는 한

적한 길들과 대부분 나무와 둑으로 그늘진 길들을 골라 다녔다. 모자챙 아래 고글 안경과 섬뜩하게 붕대 감긴 얼굴이 어둠 속에서 갑자기 나타나, 집으로 돌아가던 노동자 한둘을 불쾌하게 놀래킨 적이 있었고, 테디 헨프리는 어느 날 밤 9시 반경 〈스칼렛 코트〉 밖에서 우연히 맞닥쳤는데, 술집 문이 열리면서 나온 갑작스러운 빛에 비친 이방인의 해골 같은 머리로 인해 (그는 손에 모자를 들고 걷고 있던 중이었다) 민망할 정도로 겁을 먹기도 했다. 해질녘 그를 본 아이들은 무서운 꿈을 꾸었다. 아이들이 그를 싫어한다기보다 분명 그가 아이들을 싫어하는 것 같아 보였다. 혹은 그 반대인지도 모르겠지만, 확실히 양쪽 모두 서로에 대해 충분히 생생한 혐오감이 있었다.

그렇게 눈에 띄는 외양과 태도를 가진 사람이 아이핑 같은 마을에서 자주 입방아에 오르내리는 것은 불가피한 일이었다. 그의 직업에 대한 견해는 크게 갈렸다. 홀 부인은 그 점에 대해 민감했다. 그녀는 질문을 받으면, 함정에 빠지는 걸 두려워하는 사람처럼 조심스럽게 음절들을 고르면서 매우 주의 깊게, 그를 '실험하는 연구자'라고 설명했다. 다시 실험하는 연구자가 뭐냐는 질문을 받으면, 그녀는 약간 우쭐해져서 대부분의 교육받은 사람들은 그런 것들을 알고 있고, 따라서 그가 '발명하는 것들'을 설명할 수 있다고 말하곤 했다. 자신의 손님은 사고를 당했었고, 얼굴과 손이 일시적으로 변색되었으며, 예민한 기질의 사람이라 사람들의 주목을 받는 것을 싫어한다,고 말했다.

그녀가 듣고 있지 않는 곳에서는, 경찰의 눈으로부터 자신을 감추기 위해 온몸을 감싼 것이고, 전적으로 처벌을 피하려 애쓰고 있는 범죄자라는 게 대체적인 의견이었다. 이러한 생각은 테드 헨프리 씨의 머리에서 불거져 나왔다. 어떤 규모의 범죄도 2월 중순이나 말경에 발생했다고 알려진 것은 없었다. 공립학교 견습 조교인 굴드 씨의 상상력으로 다듬어진 이 견해는, 이방인이 폭발물을 준비 중인 위장한 무정부주의자라는 형태를 띠고 있었다. 그리고 그는 시간이 허락되면 이방인을 파헤치는 탐정 역할에 착수하기로 결심하고 있었다. 그래봐야 대개 이방인을 만났을 때 매우 열심히 살피거나, 이방인을 본 적도 없는 사람들에게 물음을 던지는 일이었다. 하지만 아무것도 알아내지 못했다.

또 다른 파派의 견해는 피어렌사이드 씨의 견해인 '얼룩말' 관점이나 그에 대해 얼마간 수정된 관점을 좇았다. 얼마간 신학적인 면이 있는 사일러스 더건은 '만약 그가 장날에 자신을 보여주기로만 한다면, 순식간에 돈을 벌 거'라는 말을 듣고는, 이방인을 달란트(신이 내린 재능)를 가진 사람과 비교했다. 그럼에도 다른 견해는 그 이방인을 무해한 미치광이로 간주하는 것으로 모든 문제를 설명하려 들었다. 그것이 모든 것을 즉각적으로 설명하는 이점을 지니고 있었던 것이다.

그 주요 그룹 간에는 주저하는 이들과 타협하는 이들이 있었다. 서식스 사람들은 대부분 미신적 관습을 가지고 있지 않았고, 초자연적인 것에 대한 생각이 처음으로 마을에서 수근거려지기 시작한 것은 4월 초 사건 이후였다. 설령 그렇더라도 그것은 여자들 사이에서만 있었던 믿음이었다.

그러나 그에 관한 그들의 생각이 무엇이었든, 아이핑 사람들은 전체적으로 그를 싫어한다는 점에서는 한마음이었다. 그의 급한 성미는 도시의 두뇌 노동자에겐 이해될 수 있을지도 모르겠지만, 이 조용한 서식스 마을 사람들에게는 터무니없는 것이었다. 이따금 그들을 놀라게 하는 미친 듯 서두는 몸짓과 해질녘 한산한 길모퉁이를 돌면서도 그를 휘감고 있는 황급한 걸음, 호기심으로 머뭇거리며 다가오는 모든 이에 대한 인간미 없는 경계심, 문을 닫게 하고, 블라인드를 당겨 내리고, 촛불이나 등불을 끄는 비밀스러운 취향— 누가 이런 일에 수긍할 수 있을 텐가? 사람들은 그가 마을을 지나칠 때면 옆으로 비켜섰고, 어린 개구쟁이들은 코트 깃을 세우고 모자챙을 내리고, 그의 비밀스러운 행동거지를 흉내내며 그의 뒤에서 불안하게 보폭을 유지하며 따라 걷고는 했다. 그 당시 〈부기맨〉이라는 제목의 인기 있는 노래가 있었다. 스태첼 양이 그것을 교내 음악회에서 교회의 광명을 위해 노래했는데, 이후 마을 사람들 한둘이 함께 모여 있는 중에 이방인이 나타나면, 술집 바쪽에서 이 곡조가, 다소 날카롭거나 평이하게, 휘파람으로 불리곤 했다. 또한 철없는 아이들이 그의 뒤에서 '헤이 부기맨!'이라 부르고는 몹시 의기양양해져서 달아나곤 했다.

일반 의료인인 커스는 호기심에 휩싸였다. 붕대는 그의 직업적 흥미를 자극했고, 헤아릴 수 없이 많은 수의 병들에 대한 소문은 그의 질투심을 불러일으켰다. 4월과 5월 내내 그는 이방인과 이야기를 나눌 수 있길 갈망했고, 마침내 성령 강림절 무렵, 더 이상 참지 못하고 핑곗거리로 마을 간호사들의 복지를 위한 서명 목록을 생각해냈다. 그곳을 찾았을 때, 홀 씨가 투숙객의 이름조차 모르는 것을 알고 그는 놀랐다.

"그분이 이름을 알려주긴 했죠." 홀 부인은 그렇게 말했지만 전혀 그렇지 않았다. "하지만 내가 정확히 듣지 못했네요." 그녀는 손님의 이름을 모르는 게 바보 같아 보였다고 생각했던 것이다.

커스는 객실 문을 두드리고는 안으로 들어갔다. 안으로부터 분명하게 들을 수 있는 욕설이 들려왔다. "허락 없이 들어와서 죄송합니다." 커스가 말했고, 그러고 나서 문이 닫혀서 그 대화의 나머지가 홀 부인에게는 끊겼다.

그녀는 그 후 십여 분간 웅얼거리는 목소리들을 들을 수 있었고, 그러고 나서 놀라는 비명 소리와 흔들리는 발소리, 의자 내팽개치는 소리, 터져나오는 웃음소리, 문을 향하는 빠른 걸음 소리가 났고 커스가 나타났다. 그의 얼굴은 창백했고, 눈은 어깨너머를 응시하고 있었다. 그는 문을 열어둔 채로, 그녀를 보지 않고 성큼성큼 마루를 가로질러 계단을 내려왔고 그녀는 서두르는 그의 발소리를 들었다. 그는 손에 자신의 모자를 들고 있었다. 그녀는 문 뒤에 서서 객실의 열린 문을 바라보았다. 그때 이방인의 조용한 웃음소리가 들려왔고, 발소리가 방을 가로질러 왔다. 그녀는 자신이 서 있는 자리에서 그의 얼굴을 볼 수 없었다. 객실 문이 쾅 하고 닫혔고, 그곳은 다시 조용해졌다.

커스는 곧장 마을의 교구 목사 번팅에게로 올라갔다. "내가 미쳤나요?" 커스는 허름하고 작은 서재 안으로 들어서면서 불쑥 묻기 시작했다. "내가 미친 사람처럼 보이냐구요!"

"무슨 일이 있었소?" 목사는 그의 다음 설교에 쓰일 설교지들 위에 암모나이트를 올려놓으면서 말했다.

"여관의 그 친구 말입니다…."

"네?"

"마실 것 좀 주겠습니까?" 커스가 말했다. 그리고 그는 앉았다.

선한 목사가 마실 수 있는 유일한 술인 싸구려 셰리주 한 잔으로 그의 신경이 안정되었을 때쯤, 그는 자신이 막 겪었던 그 대면에 대해 말했다.

"무작정 들어갔죠." 그는 숨을 헐떡이며 말했다. "간호사 기금에 대한 서명을 받고 있다고 하고 말이죠. 제가 들어갔을 때 그자는 호주머니에 손을 찔러 넣더니, 의자에 어색하게 앉더군요. 코를 훌쩍였어요. 저는 그자에게 과학적인 것들에 흥미가 있다는 얘기를 들은 바 있다고 말했죠. 다시 코를 훌쩍이더군요. 내내 훌쩍였어요. 최근에 지독한 감기에 걸린 게 분명해 보이더군요. 어쩐지 그렇게 온몸을 싸맸더라니! 간호사 후원 계획을 죽 설명하면서 내내 주변을 살폈죠. 병들이, 화학약품들이 사방에 널려 있었어요. 저울, 시험관들, 그리고 달맞이꽃 냄새가 났죠. 기부 서명을 해주시겠습니까? 그러자 그는 고려해보겠다고 하더군요. 그에게 단도직입적으로 연구 중이냐고 물었죠. 그렇다고 하더군요. '오래 걸리는 연구인가요?'라고도 물었는데, 꽤 화가 나 있더군요. '지독하게 오래 걸리는 연구요.' 그는 마치 마개를 따듯 툭 하고 말하더군요. '아, 네.' 제가 동조해주자 불평을 해대더군요. 그자는 그 일로 속을 끓이고 있었는데, 제 질문으로 폭발했던 모양이에요. 아마 처방전이 그에게 주어졌던 모양이에요. 아주 귀중한 처방이…. 물론 무엇인지는 말하지 않았지만. '의학적인 건가요?' 제가 물었더니 '젠장! 떠보는 겁니까?' 그러더군요. 저는 사과했죠. 그러자 제대로 코를 훌쩍이고 기침을 하더군요.

그자는 계속해서 말했죠. 자신은 그것을 읽었다. 다섯 가지 구성요소였다. 그것을 내려놓고 고개를 돌렸는데 창문으로부터 불어온 외풍이 종이쪽을 들어올려, 휙 소리를 내며 날려버렸다. 자신은 벽난로를 열어두고 방 안에서 작업을 하고 있던 중이었다, 흩날리는 걸 보았고, 그 처방전이 타면서 굴뚝으로 날아올라 가고 있었다. 그것이 굴뚝으로 막 사라지려 할 때 자신은 그것을 향해 달려들었다. 그런데! 바로 그 시점에, 그 상황을 설명하기 위해 그자의 팔이 쑥 빠져나왔던 겁니다."

"그래서요?"

"손이 없었어요…. 그냥 빈 소매였어요. 주여! 그런 생각을 했죠. 기형이구나! 나무 의수를 했다가 떼어낸 것이겠지, 그런데 그때, 무언가 이상하다는 생각이 들었죠. 만약 그 안에 아무것도 없다면, 도대체 귀신이 그 소매를 들어올리고 벌리고 있다는 건가? 하는. 정말이지, 그 안에는 아무것도 없었다니까요. 그 아래, 관절 바로 밑에는 아무것도 없었다구요. 저는 그 아래 팔꿈치까지 볼 수 있었는데, 거기에는 찢어진 천을 통해 희미한 빛 한 줄기가 반짝이고 있었을 뿐이었어요. '오, 주여!' 저도 모르게 하나님을 찾게 되었죠. 그때 그가 멈추더군요. 그의 검은 고글이 저를 쳐다보았고, 그러고는 자신의 소매를 바라보았습니다."

"그래서요?"

"그게 전부예요. 그는 결코 한마디도 하지 않았죠. 단지 노려보더니, 소매를 다시 재빨리 호주머니 속으로 넣었어요. '아, 제가 이야기하는 중이었죠?' '처방전이 타고 있었다고까지 했었던가요?'라고 그가 헛기침을 해대면서 말했죠. '어떻게 한 건가요?' 제가 물었어요. '빈 소매를 어떻게 그렇게 움직일 수 있나요?' '빈 소매라구요?' '예, 그래요.' 제가 말했죠. '빈 소매던데요.'"

"'빈 소매라고 했소? 그게 빈 소매인 걸 봤군?' 그는 즉시 일어섰어요. 나 역시 일어섰죠. 그는 아주 천천히 세 걸음을 제 쪽으로 옮겨와서는 가까이 와서 섰어요. 악의에 차서 코를 훌쩍이더군요. 붕대 감긴 손으로 목을 조르기라도 하려는 듯, 색안경이 말없이 다가온다면, 누구라도 긴장하지 않을 수 없었을 겁니다. 하지만 저는 물러서지 않았어요.

'빈 소매라고 했나요?' 그가 물었죠. '그랬지요.' 하고 답했죠. 안경을 쓰고 있지 않은 맨얼굴의 사내는 아무 말도 없이 쳐다만 보다가 아주 천천히 다시 호주머니에서 소매를 꺼냈고, 팔을 내 쪽으로 들어올렸죠. 마치 내게 그것을 다시 보여주기라도 하려는 것처럼 말입니다. 그자는 그것을 아주, 아주 천천히 진행했죠. 저는 그걸 보고 있었어요. 한 세기가 흐르는 것처럼 길게 여겨지더군요. '음?' 침을 삼키며 제가 말했죠. '그 안에는 아무것도 없소.' 무슨 말이라도 해야 했어요. 무서워지기 시작했던 겁니다. 그가 나를 향해 그것을 곧장, 아주 천천히, 뻗었죠…. 바로 이런 식으로… 소매 끝이 내 얼굴 6인치쯤 앞에 올 때까지 말이에요. 빈 소매가 그처럼 다가오는 걸 보는 건 기묘한 일이었어요! 그러고 나서…."

"그러고 나서?"

"무언가가… 그건 꼭 손가락과 엄지손가락같이 느껴졌는데…. 내 코를 쥐었어요."

번팅이 웃기 시작했다.

"거기엔 어떤 것도 없었다구요!" 커스가 말했다. 그의 목소리는 '거기'에서 비명을 지르듯 높아졌다. "목사님이 비웃어도 좋습니다. 하지만 정말입니다. 저는 너무 놀랐어요. 저는 그 소매 끝을 강하게 치고는 돌아섰죠. 그리고 그 방을 빠져나온 겁니다…. 그를 거기 혼자 남겨두고서…."

커스는 멈추었다. 그가 느낀 공포의 진정성은 의심의 여지가 없었다. 그는 참을 수 없었는지 돌아서서는 그 고귀한 목사의 매우 질 낮은 셰리주를 두 잔째 들이켰다.

"제가 그의 소매를 쳤을 때," 커스가 말했다. "정말이지, 정확히 팔을 때리는 것처럼 느껴졌어요. 그런데 거기에 팔이 없었어요! 팔은 흔적조차 없었다구요!"

번팅 씨는 곰곰이 생각했다. 그는 커스를 의심스럽게 바라보았다. "너무 놀라운 이야기군요." 그는 정말이지 현명하고 진지해 보였다. "그건 정말, 너무나 놀라운 이야기군요." 번팅 씨가 사법적 판단을 내리듯 강조해 말했다.

Chapter 5

목사관의 절도범

The Burglary at The Vicarage

목사관 절도범에 대한 사실들은 주로 목사와 그의 아내라는 중개자를 통해 우리에게 전해졌다. 그 일은 클럽 축제를 위해 아이핑이 힘을 쏟고 있던, 성령 강림절 월요일의 짧은 시간 중에 발생했다. 번팅 부인은 새벽이 오기 전 고요 속에서, 자신들의 침실 문이 열렸다 닫혔다는 강한 인상과 함께 갑작스레 깨어난 것으로 보인다.

그녀는 처음에 남편을 깨우지 않고 다만 침대에 앉아 귀를 기울였다. 그때 옆 옷방에서 나와, 계단을 향해 통로를 따라 저벅저벅 맨발로 걷고 있는 소리를 분명히 들었다. 그녀는 이를 확실히 느끼자마자 목사 번팅 씨를 가능한 한 조용히 깨웠다. 그는 불을 켜지 않고, 다만 안경과 아내의 드레싱 가운을 입고 목욕 슬리퍼를 신고는, 소리가 들리는 층계참으로 나갔다. 그는 아래층 서재 책상을 뒤지는 소리를 매우 분명하게 들었다. 그러고 나서 격렬한 기침 소리가 났다.

그 순간 그는 침실로 돌아와, 가장 쓸 만한 무기로써, 부지깽이로 무장을 하고 가능한 한 소리를 내지 않고 계단을 내려갔다. 번팅 부인도 층계참으로 나왔다.

시간은 4시경으로 밤의 어둠은 최고점을 지나 있었다. 복도에는 희미하게 반짝이는 빛이 있었지만, 서재 문은 식별되지 않는 어둠이 입을 벌리고 있었다. 번팅 씨의 발밑 계단에서 나는 옅은 삐걱거리는 소리를 제외하면 모든 것이 고요했고, 서재 안에 희미한 움직임이 있었다. 그때 무언가가 달칵했고, 책상 서랍이 열렸으며, 그러고는 바스락거리는 종이 소리가 났다. 그러고 나서 투덜거리는 소리가 새어나왔고 성냥이 켜졌으며, 서재가 노란 불빛으로 채워졌다. 번팅 씨는 아직 복도에 있었고 문틈을 통해 책상과 열린 서랍과 책상 위에서 타고 있는 촛불을 볼 수 있었다. 그렇지만 도둑을 볼 수는 없었다. 그는 어떻게 할지 결정하지 못하고 복도에 서 있었다. 번팅 부인은 얼굴이 하얗게 질린 채로, 그 뒤에서 계단을 살금살금 내려왔다. 한 가지가 번팅 씨에게 용기를 심어주었다. 절도범이 마을에 거주하는 사람일 거라는 확신이었다.

그들은 동전 쩔렁거리는 소리를 들었고, 집 관리를 위해 비축해둔 금화— 10실링짜리 금화로 모두 합해 2파운드 10실링이었다—를 도둑이 찾아냈다는 것을 알아차렸다. 그 소리에 번팅 씨는 과감한 행동을 감행했다. 부지깽이를 단단히 움켜쥔 채로 그는 방 안으로 뛰어들었고, 번팅 부인이 바로 뒤따랐다. "꼼짝 마라!" 번팅 씨가 사납게 소리쳤고, 그러고 나서는 놀라서 멈춰 섰다. 누가 봐도 그 방은 완벽히 비어 있었던 것이다.

그럼에도 그들은 바로 그 순간, 누군가 방 안에서 움직이는 소리를 들었다는 자신들의 믿음을 확고히 했다. 30초쯤, 그들은 입을 벌린 채 서 있다가는, 번팅 부인이 방을 가로질러 가서 가리개 뒤를 보았고, 그 사이, 같은 의도로 번팅 씨도 책상 아래를 자세히 살폈다. 그러고는 번팅 부인이 창문 커튼을 들춰보았고, 번팅 씨는 굴뚝을 올려다보고 부지깽이로 그것을 철저히 조사했다. 그러고 나서 번팅 부인은 휴지통을 살폈고 번팅 씨는 석탄 통의 뚜껑을 열어보았다. 그런 연후에야 그들은 멈춰 서서 어찌된 영문인지를 묻는 눈으로 서로를 바라보았다.

"맹세할 수도 있어요…." 번팅 씨가 말했다. "촛불 말이요! 누가 그것을 켰겠소?"

"서랍도요!" 번팅 부인이 말했다. "돈도 사라졌어요!"

그녀는 서둘러 문간으로 갔다.

"무엇보다 이상한 일은…."

통로에서 격렬한 기침 소리가 났다. 그들은 달려나갔고, 그들이 다다르자마자 부엌문이 쾅 하고 닫혔다. "촛불을 가져와요." 번팅 씨가 말하곤 앞장서 갔다. 그들 둘은 급하게 빗장을 여는 소리를 들었다.

부엌문을 열자마자 그는 주방 문을 통해 뒷문이 막 열리고 있는 것을 보았고, 이른 새벽의 부유스름한 빛이 정원 저편의 어둠 살을 내비치고 있었다. 그는 아무것도 그 문을 빠져나가지 않았다고 확신했다. 그것은 열린 뒤 잠깐 멈춰 서 있었고, 그러고는 쿵 하는 소리와 함께 닫혔다. 그러는 사이, 번팅 부인이 서재로부터 들고 온 촛불이 깜박거리다 타올랐다. 그들이 부엌으로 들어오기까지는 1분이 채 걸리지 않았다.

그곳은 비어 있었다. 그들은 뒷문을 다시 잠근 후, 부엌과 식료품 저장고, 주방을 샅샅이 살폈고, 마침내 지하실로 내려왔다. 그들은 할 수 있을 만큼 찾았지만, 집 안에서 발견된 것은 아무것도 없었다.

해가 뜬 가운데 기이한 복장의 왜소한 체구의 부부인, 목사와 그의 아내가 자신들 건물 1층에서 여전히 타고 있는 불필요한 촛불을 들고 놀라워하고 있는 모습이 발견되었다.

Chapter 6

미쳐버린 가구

The Furniture That Went Mad

이번엔 홀 씨와 홀 부인이, 그날 일을 위해 밀리를 몰아치기 전인, 성령 강림절 월요일의 이른 시간에 발생한 일이다. 그들의 사업은 은밀한 성격을 띠고 있었고, 보유 중인 맥주의 비중과 관련이 있었다. 그들이 지하실에 들기 직전, 홀 부인은 자신들의 공동 방에서 사르사파릴라sarsaparilla(뿌리가 맥주 맛이 나는 식물) 병을 들고 나오는 것을 잊었다는 걸 깨달았다. 그녀가 이 일에 있어서는 전문가요, 주된 조작자였으므로 홀 씨가 당연히 그것을 가지러 위층으로 갔다.

계단참에서 그는 이방인 방의 문이 조금 열려 있는 것을 보고 놀랐다. 그는 자신의 방으로 가서는 지시받았던 대로 병을 찾았다.

하지만 병을 챙겨 돌아오는 중에, 그는 현관문의 빗장이 뒤로 젖혀진 채 잠긴 것이 아니라 사실은 단순히 닫혀 있는 것을 깨달았다. 그러면서 이것이 위층 이방인의 객실과 테디 헨프리 씨의 암시와 연결되어 있겠다는 생각이 뇌리를 스쳤다. 그는 지난밤, 홀 부인이 그 빗장을 잠그는 동안 촛불을 잡고 있던 일을 또렷하게 기억했다. 그 장면이 떠올라 그는 입을 크게 벌린 채 멈추어 섰고, 그러다가는 여전히 손에 병을 든 채로 다시 위층으로 올라갔다. 그는 이방인의 객실 문을 두드렸다. 대답이 없었다. 그는 다시 두드렸고, 그러고는 문을 활짝 열고 안으로 들어갔다.

그가 예상했던 대로였다. 침대는 물론 방은 비어 있었다.

무엇보다 이상했던 건 그의 둔한 머리에도, 침실용 의자 위와 침대 가로대를 따라 그가 아는 손님의 유일한 옷가지들과 붕대가 흩어져 있었다는 것이다. 그의 커다란 챙이 달린 소프트 모자조차 침대 기둥 너머로 우스꽝스럽게 걸쳐져 있었다.

홀 씨는 거기 서서, 지하실 깊숙이에서 터져나오는 아내의 목소리를 들었다. 웨스트 서식스 주민이 보통 조급해 있음을 보여주는, 마지막 단어를 높은 음에 의문형으로 끌어올리는, 빠르고 짧은 음절이었다. "조지! 당신, 대체 뭐 하고 있는 거야!"

그는 돌아서서 서둘러 그녀에게로 내려갔다. "제니." 지하실 계단 가로장 너머로 그가 말했다. "헨프리가 한 말 사실인가 봐. 그자가 방 안에 없는데. 현관문 빗장이 열려 있고 말이야."

처음에 홀 부인은 알아듣지 못했지만, 이해하자마자 자신이 그 빈방을 보러 가기로 결심했다. 홀이, 여전히 그 병을 든 채로 앞장서 갔다. "그자가 거기 없다면," 그는 말했다. "옷은 거기 있는데. 그럼, 옷 없이 바깥에서 뭘 하고 있는 거지? 정말 기이한 일이구만."

뒤에 확인된 바이지만, 그들이 지하실 계단을 오를 때 그들 둘은, 현관문이 열렸다 닫히는 소리를 들었다고 생각했다. 하지만 그것이 닫혀 있는 것을 보았고 거기엔 아무도 없었으므로 그때는 서로에게 아무말도 하지 않았다. 홀 부인은 복도에서 그녀의 남편을 지나쳐 먼저 위층으로 뛰어올랐다. 누군가가 층계에서 기침을 했다. 홀은 여섯 걸음 뒤에서 따르는 중에, 그녀의 기침 소리를 들었다고 생각했다. 그녀는 앞서가고 있었고, 홀이 기침을 하고 있다고 여겼다. 그녀는 세차게 문을 열어젖혔고, 방 안을 살피면서 서 있었다. "모든 점에서 기괴하네!" 그녀가 말했다.

그녀는 자신의 머리 뒤에서 코를 훌쩍거리는 소리를 들은 듯해서 돌아섰고, 열댓 걸음 뒤 계단 맨 위에 홀 씨가 있는 것을 보고 놀랐다. 그렇지만 다음 순간 홀 씨는 그녀의 옆에 있었다. 그녀는 몸을 앞으로 굽혀 손으로 베개를 만져보고 그러고 나서 옷에 손을 댔다.

"차가워." 그녀가 말했다. "그는 한 시간 이상 전에 일어나 있었던 거야."

그녀가 그러고 있는 사이, 정말이지 놀라운 일이 발생했다. 이불이 스스로 한데 뭉치더니, 갑자기 봉우리처럼 솟구쳐 올랐다가는, 침대 가로대 너머 바닥으로 내동댕이쳐졌다. 연이어, 이방인의 모자가 침대 기둥에서 떠오르더니, 공중에서 원을 그리며 빙글빙글 돌며 나는 모습을 보이더니, 홀 부인의 얼굴을 향해 달려들었다. 다음엔 세면대로부터 스펀지가 빠르게 날아왔다. 그러고는 의자가, 이방인의 외투와 바지를 아무렇게나 한쪽으로 내팽개쳤고, 이방인의 것 같은 기이한 목소리가 건조하게 웃는 중에, 의자의 네 발이 홀 부인에게로 돌아서서, 잠시 그녀를 노리는가 싶더니 그대로 달려들었다. 그녀는 비명을 지르며 돌아섰고, 의자 다리가 부드럽지만 단호하게 그녀의 등을 찔러대며 그녀와 홀을 그 방 밖으로 내몰았다. 문이 쾅 하고 세차게 닫히고는 잠겼다. 의자와 침대가 잠시 승리의 춤을 추는 듯했고, 그러고는 갑자기 모든 것이 조용해졌다.

홀 부인은 층계참 홀 씨의 팔 안에 거의 기절한 상태로 안겨 있었다. 홀 씨와 부인의 비명 소리에 깨어난 밀리가 그녀를 아래층으로 옮겨와 그런 경우 통상적으로 사용하는 강장제를 먹이는 데까지는 엄청나게 힘들었다.

"유령이야." 홀 부인이 말했다. "내가 알아, 유령이야. 신문에서 읽은 적이 있어. 테이블이나 의자들이 뛰고 춤추는 거 말야…."

"한 모금만 더 먹어, 제니." 홀이 말했다. "진정이 될 거여."

"그놈을 내쫓아." 홀 부인이 말했다. "그놈이 다시는 못 들어오게 해. 어느 정도 짐작은 했었어… 알아챘어야 했는데. 고글 눈에 붕대 머리에다, 일요일에 교회를 가지 않는 걸 보고 알아챘어야만 했는데. 그리고 저 많은 병들… 누구든 저 많은 걸 한 사람이 가지고 있는 건 정상이 아니잖아. 그놈이 가구에 유령을 넣은 거야…. 내 오래된 소중한 가구에다 말야! 가엾은 우리 엄니가 나 어릴 때 쓰던 바로 그 의자에다가 말야. 그게 지금 내게 달려들었다고!"

"한 모금만이라도 더, 제니." 홀이 말했다. "신경이 너무 과민해졌구만."

그들은 금빛 햇살 속에서 밀리를 길 건너편으로 보내 샌디 와저스 씨를 깨우게 했다. 홀 씨의 안부 인사와 위층 가구들로 인한 매우 이상한 상황에 대해 전했다. 와저스 씨가 한번

들려줄 수 있을지도 묻더라는 말과 함께.

와저스, 그는 아는 것이 많고 아주 영악한 사람이었다. 그는 이 상황을 예사롭지 않게 보았다. "만약 마술을 부린 게 아니라면 무장이 필요한데"라는 게 샌디 와저스 씨의 견해였다. "그 같은 패거리에게는 악마를 쫓는 말굽이 있어야 하지."

그는 크게 걱정하며 주점으로 건너왔다. 그들은 그에게 계단을 올라가서 방으로 가는 길을 앞장서 이끌어달라고 했지만, 그다지 조급해 보이지 않았다. 그는 복도에서 말하고 싶어 했다. 길 건너편에 헉스터의 견습공이 나타나서는 담배 진열장의 창문 셔터를 내리기 시작했다. 그도 불려와 함께 논의했다. 헉스터 씨도 몇 분이 지나지 않아 자연스럽게 뒤따라와, 의회정치를 중히 여기는 앵글로 색슨족의 기질을 유감없이 발휘하기 시작했다. 많은 대화가 오갔지만, 결정적인 행동은 없었다. "우선 사실부터 파악합시다." 샌디 와저스 씨가 주장했다. "문을 부수는 게 완벽하게 정당한 행동인지부터 확인해야 해요. 문은 언제든지 부숴서 열 수 있지만, 한 번 부숴진 문은 되돌릴 수 없는 거니까."

그런데 갑자기 너무나 놀랍게도 위층 방의 문이 자발적으로 열렸고, 그들이 놀라서 올려다보는 동안, 그 터무니없이 큰 푸른 유리 눈의 이방인은 어느 때보다 어둡고 표정없이 계단을 내려오고 있었다. 이방인은 시종일관 그들을 응시하며, 뻣뻣하고 느리게 내려왔다. 그는 복도를 가로질러 걸어와서는, 멈췄다.

"저길 보시오!" 그가 말했다. 그리고 그들의 눈은 장갑 낀 손가락이 가리키는 방향을 향했고 지하실 문 옆에 사르사파릴라 원액* 병 하나를 보았다. 그러고 나서 그는 갑자기 신속하게 객실로 돌아갔고, 그들이 보는 중에 심술궂게 쾅 하고 문을 닫았다.

문 닫는 소리의 여운이 완전히 사라지기까지 그들 사이에선 한마디도 나오지 않았다. 그들은 서로를 쳐다보았다. "음, 모든 걸 한꺼번에 처리할 순 없지!" 와저스가 말했다. 대안은 없었다.

"나라면 들어가서 그에 관해 따지겠어." 와저스가 홀 씨에게 말했다. "설명을 요구했을 거야."

여주인의 남편이 감히 그 정도까지 하기에는 얼마간의 시간이 걸렸다. 마침내 그는 노크를 하고 문을 열었고, "실례합니다…." 라고 하기에 이르렀다.

"꺼져버려!"

* sarsaparilla hard, 'hard'는 원액을 말한다. 여기서는 홀 부부가 거기에 물을 타서 맥주를 만들었다는 의미이다.

이방인이 무서운 목소리로 말했다 "그 문 닫아." 그렇게 그 짧은 대화는 끝났다.

Chapter 7

베일을 벗은 이방인

The Unveiling of The Stranger

아침 5시 반경 〈역마차〉의 작은 객실로 들어간 이방인은 정오 무렵까지 머물렀다. 블라인드는 내려졌고, 문은 닫혔으며, 누구도 홀 씨가 내쳐진 이후 위험을 무릅쓰면서까지 그에게 가까이 다가가려 하지 않았다.

그 시간 내내 그는 굶었음이 틀림없다. 세 번 벨을 눌렀는데, 세 번째는 계속해서 맹렬하게 눌러댔지만 답하는 사람은 아무도 없었다. "그놈, 자기 말마따나 진짜로 '꺼져버리라고' 해!" 홀 부인은 말했다.

얼마 안 있어 목사관 절도범에 대한 완전치 않은 소문이 돌았고 이런저런 추측들이 쌓였다. 홀 씨는 와저스의 도움을 받아 치안판사 셔클포스에게 조언을 얻기 위해 그를 만나러 떠났다. 누구도 위층으로 올라가는 모험을 감행하지 않았다.

이방인이 그때 무엇을 하고 있었는지는 알려지지 않았다. 이따금 그는 위 아래를 성큼성큼 오갔고, 두어 번 욕을 퍼부었으며, 종이를 찢고, 병들을 박살내기도 하였다.

겁먹은 이들도 조금 있었지만, 호기심이 생긴 사람들이 늘어났다. 헉스터 부인이 건너왔고, 검은색 기성복 재킷에 화이트먼데이(성령 강림절 월요일)를 위해 피케 종이 타이를 화려하게 맨, 몇몇 들뜬 청년들이 혼란스럽게 떠들고 있는 그룹에 합류했다. 젊은 아치 하커는 마당으로 가 창문 블라인드 밑으로 이방인 방을 훔쳐보려 해서 주목을 받았다. 그는 아무것도 볼 수 없었지만, 뭔가 알아낸 것 같다는 인상을 주었기에, 아이핑의 다른 젊은이들이 곧바로 그와 합세했다.

행사가 가능했던 모든 화이트먼데이 중 가장 화창한 날씨로, 마을 아랫길에는 열댓 개의 부스와 한 개의 실내 사격연습장이 촘촘하게 열 지어 섰고, 대장간 옆 풀밭 위에는 노란색과 초콜릿색 마차 세 대와 코코넛 떨구기 게임을 하고 있는, 그림같이 생긴 남녀 이방인 커플 몇 쌍이 있었다. 신사들은 푸른 셔츠를 입었고, 숙녀들은 흰 앞치마에 두꺼운 깃털이 꽂힌 꽤 맵시 있는 모자를 쓰고 있었다. 〈퍼플 펀〉의 주인 워저와 구두 수선공이면서 낡은 중고 자전거를 파는 재거스 씨가 유니언잭(국기)과 왕실 깃발(원래는 빅토리아 여왕 즉위 첫 50주년을 기념했었던)의 끈을 도로를 가로질러 매달고 있었다.

그리고 객실의 인위적인 어둠 속에서, 단지 블라인드를 뚫고 들어오는 한 줄기 햇살 아래, 어쩌면 허기와 두려움에 찼을 이방인이 불편한 몸을 무덥게 싸매고, 어두운 안경을 통해 자료를 열심히 읽거나 더러운 병들을 찰랑거리며, 가끔 보이지는 않고 소리만 들리는, 창밖의 아이들에게 사나운 욕을 해댔다. 난로 옆 구석에는 대여섯 개의 깨진 병 파편이 널려 있고, 강렬한 염소鹽素 냄새가 공기를 어지럽히고 있었다. 우리가 그 당시 듣고, 이후 방 안에서 본 것들로부터 알아낸 것은 그 정도였다.

정오 무렵, 그는 갑자기 자신의 객실 문을 열고 서서 눈을 부릅뜨고 바 안에 있는 서너 명의 사람을 노려보다가는, "홀 부인." 하고 불렀다. 누군가 겸연쩍어하며 쭈뼛쭈뼛 홀 부인을 찾으러 갔다.

홀 부인이 시간차를 두고 가쁜 숨을 몰아쉬며 뒤이어 나타났다. 하지만 그 때문에 그녀는 훨씬 더 사나워 보였다. 홀 씨는 아직 돌아오지 않았다. 그녀는 이 장면을 상상해왔었다. 따라서 그녀는 결제되지 않은 청구서가 올려진 작은 쟁반을 들고 왔다. "원하시는 게 청구서인가요, 손님?" 그녀가 말했다.

"왜 내 아침 식사가 차려져 있지 않은 거요? 왜 식사를 준비하지 않고 벨을 눌러도 대답이 없는 거지? 나는 먹지 않고도 살 수 있다고 생각하는 거요?"

"왜 제 청구액을 지불하지 않죠?" 홀 부인이 말했다. "제가 알고 싶은 건 그건데요."

"사흘 전에 송금해올 돈을 기다리고 있다고 말했잖소…."

"이틀 전에 송금을 기다릴 순 없다고 제가 말했잖아요. 저는 청구하고 닷새째 기다리고 있는 중인데, 손님 아침밥이 조금 늦는다고 불평할 수는 없는 거 아닌가요?"

이방인이 짧지만 생생한 욕설을 내뱉었다.

"저런, 저런!" 바에서 들려온 소리였다.

"좀 친절했으면 고맙겠네요, 손님. 욕은 손님 자신에게나 하는 건 어떨까요." 홀 부인이 말했다.

이방인은 그 어느 때보다 화난 잠수부처럼 보였다. 홀 부인이 그보다 우세한 위치에 있다는 것이 바 안에 있는 이들의 대체적인 느낌이었다. 그의 다음 말이 그 같은 사실을 입증하고 있었다.

"이봐요, 훌륭한 아주머니…." 그가 말을 시작했다.

"내게 훌륭한 아주머니라 하지 마세요." 홀 부인이 말했다.

"내가 송금이 오지 않았다고 말했잖소."

"어이구, 그놈의 송금!" 홀 부인이 말했다.

"그건 그렇고, 아마 내 호주머니에…."

"사흘 전엔 내게 돈이라곤 은화 한 닢 정도 말곤 가진 게 없다고 하지 않았던가요?"

"그랬지. 그런데 내가 얼마간의 돈을 더 발견했소…."

"우와!" 바에서 터져나온 소리였다.

"그걸 어디서 찾았는지 궁금하군요." 홀 부인이 말했다.

그것이 이방인을 매우 화나게 만든 모양이었다. 그는 발을 굴렀다. "무슨 의미지?" 그가 말했다.

"그걸 어디서 찾았는지 궁금하다구요." 홀 부인이 말했다. "그리고 저는 청구를 하거나 아침을 내주거나, 그게 무엇이든 그런 일을 하기 전에, 이해할 수 없는 한두 가지 문제에 대해 손님이 답해주었으면 해요. 아무도 이해할 수 없는, 모든 사람이 몹시 알고 싶어하는 것들 말예요. 저는 손님이 위층의 의자에 무슨 짓을 했는지 알고 싶고, 방이 비어 있었는데 어떻게 손님이 다시 들어왔는지 알고 싶어요. 이 집에 와 있는 저분들은 전부 문을 통해 들어왔죠. 그게 이 집의 규율이에요. 그런데 손님은 그렇게 하지 않았어요. 그래서 어떻게 들어왔는지 알고 싶은 거예요. 또 알고 싶은 것은…."

갑자기 이방인이 장갑 낀 손을 움켜쥔 채 들어올리고, 발을 구르며 "그만!"이라고 소리쳤는데, 그 엄청난 폭력성이 그녀의 입을 다물게 했다.

"당신들은 이해할 수 없을 거야." 그가 말했다. "내가 누구인지 어떤 사람인지. 보여주지. 확실하게!" 그러고 나서 그는 손바닥을 펼쳐 얼굴을 덮었다가는 떼었다. 그의 얼굴 중앙이 검은 동공이 되었다. "자," 그가 말했다. 그는 앞으로 걸어와서는 홀 부인에게 무언가를 건넸다. 그녀는 변해버린 그의 얼굴을 응시하고 있던 중에 그것을 자연스럽게 받아 들었다. 그러고 나서 그것을 보고는, 크게 비명을 질렀고, 그것을 떨어뜨렸다. 그러곤 비틀거리며 뒤로 물러났다. 코― 그것은 핑크빛으로 빛나는 이방인의 코였다!― 가 바닥 위로 굴렀다.

그러고 나서 그는 안경을 벗었는데, 바 안의 모든 이들이 헉 하는 소리를 냈다. 그는 모자를 벗었고, 격렬한 동작으로 자신의 구렛나루와 붕대를 찢었다. 잠시 그것들은 떨어져나오지 않으려고 그에게 저항하는 듯했다. 끔찍한 예감이 바를 통해 섬광처럼 지났다. "하나님 맙소사!" 누군가 말했다. 그러고 나서 그것들이 벗겨져 드러났다.

그것은 다른 어떤 것보다 충격적이었다. 홀 부인은 자신이 본 것에 충격을 받고, 입을 벌리고 공포에 질려 서 있다가는 그 집 문 쪽으로 달려갔다. 모든 사람이 움직이기 시작했다. 그들은 상처나 외관상의 기형 같은, 확인이 가능한 공포를 기대했었다. 그렇지만 아무것도 없었다! 붕대와 가짜 머리카락이 바 안을 가로질러 날아와서, 덩치 큰 젊은이 하나가 그것들을 피하기 위해 뛰어오르게 만들었다. 모든 이들이 계단 아래로, 다른 이들 위로 굴렀다. 큰 소리로 앞뒤가 맞지 않는 해명을 하며 서 있는 사내는, 코트 깃 위까지는 탄탄한 몸집의 용모였고, 그다음은 아무것도 없었다. 눈에 보이는 것이 전혀 없었다.

마을 아래 사람들이 고함 소리와 비명 소리를 들었고, 그 거리를 올려다보면서 〈역마차〉에서 인간들이 격렬하게 쏟아져 나오는 것을 보았다. 그들은 홀 부인이 쓰러지고, 테디 헨프리 씨가 그 여자에게 걸려 넘어지는 것을 피하려고 뛰어오르는 것을 보았다. 그러고는 떠들썩한 소리에 부엌에서 나오다, 갑자기 뒤에서 나타난 머리 없는 이방인과 맞닥친, 밀리의 무시무시한 비명 소리를 들었다. 사람들이 갑자기 늘어났다.

곧 그 거리의 모든 이들, 과자 장수, 코코넛 떨구기 게임 운영자와 그 보조원, 그네를 타고 있던 사람, 작은 소년 소녀들, 시골 멋쟁이들, 맵시 있는 처녀들, 작업복 차림의 연장자들과 앞치마를 두른 집시들이 여관을 향해 달려오기 시작했고, 믿기 힘든 짧은 시공간 내에 40명쯤의 군중이 모여들었다. 빠르게 증가한 사람들이 홀 부인의 건물 앞에서, 웅성대며 야유

하고 묻고 소리치고 제안했다. 모든 사람이 한꺼번에 말하길 갈망하는 듯했고, 그 결과는 '언어의 혼돈'이었다. 몇몇 사람들이 쓰러져 있던 상태에서 일으켜 세워진 홀 부인을 부축했다. 여러 말들이 있었고, 소리 높여 외치는 목격자들의 믿기 힘든 증언이 있었다. "아, 부기맨이었다니까!" "그래서, 그자가 무슨 짓을 한 건데?" "아가씨를 다치게 했나? 그런 거야?" "칼을 들고 달려들었던 것 같아." "아니, 내 말은. 말버릇이 없다는 뜻이 아니고, 머리가 없었다는 거야." "난센스군! 그건 일종의 마술 같은 속임수일 거야." "싸매고 있던 걸 뜯어내니까, 그가…."

열린 문을 통해 안을 들여다보기 위해 안간힘을 쓰던 군중들은 보다 더 모험적인 이가 여관에서 가장 가까운 꼭짓점이 되는, 울퉁불퉁한 쐐기 모양을 형성했다.

"그놈이 잠시 섰다가 아가씨 비명 소리를 듣곤 돌아섰어. 여자의 치마가 홱 젖혀지는 게 보였고, 놈이 여자 뒤를 따라갔어. 10초도 걸리지 않았어. 손에 칼 한 자루와 빵 한 덩이를 들고 돌아오더군. 그놈은 마치 노려보고 있는 것처럼 서 있었어. 조금 전이었다니까. 저기 문으로 들어갔다구. 내가 말했지, 머리가 없었다구. 자넨 방금 그걸 놓친 거야…."

뒤에서 소란이 일어났고, 말하고 있던 이는 매우 단호하게 집을 향해 오고 있는 작은 대열을 위해 말을 멈추고 옆으로 비켜섰다. 대열의 맨 앞엔 붉게 상기된 얼굴의 홀 씨가, 다음엔 마을 순경인 바비 재퍼스 씨, 그 다음은 신중한 와저스 씨가 서 있었다. 그들은 지금 체포 영장을 갖고 오는 중이었다.

사람들은 방금 일어난 상황들에 대해 상반되는 정보들로 떠들고 있었다. "머리통이 있든 없든," 재퍼스가 말했다. "체포해야만 해, 난 체포할 거요."

홀 씨가 계단을 밟아 올라갔고, 객실 문으로 곧장 걸어가서는 그것을 활짝 열어젖혔다. "재퍼스 순경, 임무를 수행하시오." 그가 말했다.

재퍼스는 안으로 걸어 들어갔다. 홀이 그다음, 와저스가 마지막으로 따랐다. 그들은 침침한 불빛 속에서 장갑 낀 손에 빵 한 조각과 다른 한 손에 치즈 덩어리를 들고 갉아먹으며, 자신들을 마주 보고 있는 머리 없는 인물을 보았다.

"저자요!" 홀이 말했다.

"이게 무슨 짓들이지?" 인물 형상의 깃 위로부터 화난 목소리가 튀어나왔다.

"고약하게 기이한 손님이로군, 형씨." 재퍼스가 말했다. "머리가 있든 없든, 영장은 '신체'를 말하는 것이고, 임무는 임무니까…."

"물러서!" 인물이 뒤로 물러서며 말했다.

갑자기 그는 빵과 치즈를 내동댕이쳤고, 홀 씨는 적시에 테이블 위의 칼을 못 잡도록 바로 낚아챘다. 이방인의 왼쪽 장갑이 벗겨져 날아와 재퍼스의 얼굴을 찰싹 때렸다. 다음 순간, 체포 영장에 관한 진술을 짧게 끝낸 재퍼스가 그의 손 없는 손목을 움켜쥐고 보이지 않는 목을 잡았다. 그는 정강이를 차여 소리를 내지르게 된 상황에서도 움켜쥔 걸 놓치지 않았다. 홀은 와저스에게 칼을 테이블 위로 밀어 보냈다. 말하자면, 공격을 위한 골키퍼로서 행동한 것이다. 그러고는 재퍼스와 이방인이 몸을 흔들고 비틀거리며, 움켜쥐고 때리면서 그가 있는 쪽으로 오자 걸음을 옮겼다. 의자 하나가 가로막혀 있다가 그들이 함께 나뒹구는 통에 옆으로 쓰러졌다.

"다리를 잡아." 재퍼스가 앙다문 이빨 사이로 말했다.

홀 씨는 시키는 대로 하려 애쓰다, 어느 순간 퍽 하는 소리가 나게 갈비뼈를 차였고, 와저스 씨는 목 없는 이방인이 굴러서 재퍼스 위쪽에 올라타는 것을 보면서, 손에 칼을 든 채 문을 향해 물러나다가 법과 질서를 수호하기 위해 들어오던 헉스터와 시더브리지 씨와 부딪쳤다. 그 순간, 서너 개의 병이 작업대에서 떨어져 방의 공기 속에 매캐한 냄새를 퍼트렸다.

"항복하겠소." 이방인이 재퍼스를 쓰러뜨렸음에도 자신이 항복하겠다고 소리쳤다. 그러고는 다음 순간 헐떡거리며, 머리도 손도 없는 이상한 형체로 일어섰다. 그는 이제 왼손뿐 아니라 오른손의 장갑도 벗어버렸기 때문이다. "소용없는 짓이군." 그가 숨을 몰아쉬며 마치 흐느끼는 것처럼 말했다.

허공에서 터져나오는 것 같은 목소리를 듣는 일은 그야말로 터무니없었지만, 서식스 촌사람들은 아마 태양 아래 가장 현실적인 사람들이었을 것이다. 재퍼스 또한 일어서서는 수갑 한 쌍을 꺼냈다. 그러고는 쳐다보았다.

"어이쿠!" 재퍼스가 그 전체적인 상황의 부조화를 어렴풋이 깨닫고는 갑자기 동작을 멈추고는 말했다. "제기랄! 그러고 보니 이걸 사용할 수 없잖아!"

이방인이 자신의 팔을 조끼 아래로 늘어뜨리자, 기적처럼 빈 소매 부위의 단추가 풀렸다. 그러고 나서 정강이에 대해 무슨 말인가를 하면서 몸을 굽혔다. 자신의 신발과 양말을 만지고 있는 것처럼 여겨졌다.

"맙소사!" 헉스터가 갑작스레 말했다. "사람이 아니야. 옷 속이 텅 비었잖아. 보라구! 깃과 옷 속이 비었어. 내 팔을 넣을 수도 있겠어…."

그는 자신의 손을 뻗었다. 그것이 빈 공간 속에서 무언가와 맞닿은 것처럼 여겨지는 순간, 날카로운 비명 소리를 내며 거두어들였다. "내 눈에서 당신 손가락을 떼주었으면 좋겠군." 공중의 목소리가 사나운 훈계조로 말했다. "진실은, 내가 온전히 여기 있다는 거요…. 머리, 손, 다리, 그 밖의 전부가. 단지 내가 눈에 보이지 않는 일이 발생한 거요. 그건 빌어먹게도 성가신 일이지만, 나는 그대로요. 그것이 내가 아이핑의 모든 아둔한 촌뜨기들에 의해 내 몸 구석구석을 찔려야만 하는 이유가 될 수는 없지 않겠소, 그렇지 않소?"

옷 한 벌이, 이제 모든 단추가 풀려, 눈에 보이지 않는 지지대에 느슨하게 걸린 채 팔장을 낀 채 서 있었다.

서너 명의 다른 사내들이 들어와서 이제 방 안은 몹시 붐볐다. "눈에 보이지 않는다고, 엉?" 헉스터가 이방인의 훈계를 모른 체하며 말했다. "누가 그런 걸 들어나 봤나?"

"아마 이상하겠지만, 그게 범죄는 아니잖소. 왜 내가 이런 식으로 경찰의 공격을 받아야 하지?"

"오! 그건 다른 문제요." 재퍼스가 말했다. "분명 그런 관점에서 보면 조금 어려움이 있지만, 우리는 영장을 갖고 있고 그것은 전부 정확한 거요. 내가 쫓아온 것은 눈에 보이지 않아서가 아니라… 그건 절도범 때문이오. 침탈당해 돈이 털린 집이 하나 있거든."

"그래요?"

"정황이 분명한 점에서…."

"말도 안 되는 소리!" 투명인간이 말했다.

"나도 그러길 원하오, 선생. 그렇지만 나는 법을 집행하는 거요."

"좋소." 이방인이 말했다. "내가 가지. 가리다. 하지만 수갑은 안 돼요."

"이건 규칙이오." 재퍼스가 말했다.

"수갑은 채우지 맙시다." 이방인이 조건으로 내세웠다.

"미안하오." 재퍼스가 말했다.

갑작스레 형체가 앉았고, 누구도 깨닫기 전에 슬리퍼와 양말, 그리고 바지가 테이블 아래로 채이듯 던져졌다. 그러고 나서 다시 솟구쳐 오르더니 코트를 벗어 던졌다.

"이런, 멈춰." 갑자기 무슨 일이 벌어지고 있는지를 깨달은 재퍼스가 외쳤다. 그는 조끼를 움켜쥐었다. 그것이 몸부림치는가 싶더니, 셔츠가 그것에서 빠져나갔고, 빈 채로 흐물흐물 남겨졌다.

"놈을 잡아라!" 재퍼스가 큰 소리로 말했다. "저것들을 다 벗어버리면…."

"놈을 잡아라!" 모두가 소리쳤고, 이방인에 대해 보이는 것이라고는 그게 다였기에 그들은 나부끼는 흰색 셔츠에 달려

들었다.

그 셔츠 소매는 팔을 벌리고 막아선 홀의 얼굴을 빠르게 한방 먹였고, 홀은 교회지기 투스섬 영감에게로 나자빠졌다. 다음 순간, 옷이 들어올려지고 비틀리더니 팔쯤에서 비어져 펄럭였다. 사람의 머리 위로 떠밀려 벗겨지는 셔츠 같았다. 재퍼스가 그것을 움켜쥐었지만, 오히려 벗겨지는 걸 도왔을 뿐이었다. 그도 빈 허공으로부터 입에 일격을 당했다. 즉시 자신의 경찰봉을 던졌지만, 테디 헨프리의 이마를 호되게 때린 결과가 되었다.

"조심해!" 모두들 무작정 울타리를 치고 마구잡이로 휘두르며 소리쳤다. "잡아라! 문 닫아! 놓치지 마라! 뭔가 잡았다! 여기 있다!" 완벽한 바벨탑의 소음이 만들어졌다. 모두가 한꺼번에 맞고 있는 것 같았고, 샌디 와저스는 코에 상당한 충격으로 한방을 맞고는 기가 꺾여 문을 열고 탈출을 주도했다. 뒤늦게 따르던 다른 이들이 문 구석에 잠시 갇혀 있었다. 타격은 계속되었다. 유니테리언 핍스는 앞니가 부러졌고 헨프리는 귀 연골에 부상을 입었다. 재퍼스는 턱 아래를 맞았고, 돌아서서 그와 헉스터 사이에 끼어 있는 무언가를 붙잡으려 했지만, 방해를 받았다. 그는 근육질의 가슴을 느꼈고, 또 다른 순간 난투극을 벌이던 흥분한 이들이 붐비는 홀로 뛰쳐나갔다.

"놈을 잡았다!" 재퍼스가 그들 사이에서 목이 졸리고 휘청이며, 보랏빛 얼굴에 정맥이 부풀어오른 채 보이지 않는 적을 상대하면서 소리쳤다.

사내들은 좌우로 비틀거렸다. 그 기이한 싸움덩이가 이리저리 휩쓸리다 재빨리 대문으로 향했고, 여관의 여섯 계단을 돌면서 내려갔다. 재퍼스가 목이 졸린 목소리로— 그렇기는 하지만, 무릎을 활용해 꽉 붙잡고는— 주변을 돌면서 소리쳤고, 그러고는 머리를 밑으로 해서는 자갈 위로 심하게 떨어졌다. 그제야 그의 손가락이 풀렸다.

"그놈 잡아!" "보이지 않아!" 따위의 흥분한 소리들이 있었고, 그곳에서는 이름을 알 수 없는, 낯선 젊은이 하나가 한순간 들이닥쳐 무언가를 잡았다 놓쳤고, 순경의 엎어진 몸 위로 넘어졌다. 길을 반쯤 건너던 여인 하나가 무언가에 밀쳐지면서 비명을 질렀다. 개 한 마리가, 보아하니 발길에 차였는지, 깨갱 소리를 내고 짖어대며 헉스터의 마당 안으로 달려갔고, 그것과 함께 그 투명인간으로의 변환은 마무리되었다. 잠시 사람들은 놀라움에 몸이 굳은 채 서 있었고, 그러고 나서 공포가 찾아들었으며, 돌풍이 낙엽들을 흩뿌리는 것처럼 뿔뿔이 마을로 흩어졌다.

그러나 재퍼스는 여전히 얼굴을 위로 하고 무릎을 굽힌 채 주점의 계단 아래 조용히 누워 있었다.

Chapter 8

변환한 가운데

In Transit

8장은 극히 짧은 장으로, 그 지방의 아마추어 박물학자 기븐스에 대한 이야기다. 그가 몇 마일 안에 인적이 없을 거로 여겨지는 넓고 탁 트인 낮은 구릉 지대에 드러누워 사색하고, 거의 졸고 있을 때, 한 남자의 기침 소리, 재채기 소리가 나고, 그러고 나서 맹렬히 욕을 하는 소리가 가까이서 들려왔다. 그래서 바라보았지만 아무것도 보이지 않았다. 그럼에도 그 목소리가 들린 것은 이론의 여지가 없었다. 교양 있는 사람의 욕설로 보이는 깊이 있고 다양한 욕은 계속되고 있었다. 그것은 절정에 다다랐다가 다시 줄어들었고, 그러고는 저 멀리로 사라졌는데, 그가 보기에는 애더딘 방향으로 가는 것처럼 여겨졌다. 그것은 발작적인 재채기 소리로 높아졌다가 끝났다. 기븐스는 아침에 마을에서 발생한 일에 대해서는 아무것도 듣지 못했지만, 그 현상은 너무나 두드러지고 충격적이어서 그의 철학적 침잠은 사라졌다. 그는 황급히 일어나서, 그가 할 수 있는 한 최대한 빠르게 마을로 향하는 가파른 언덕을 서둘러 내려갔다.

Chapter 9

토머스 마블 씨

Mr. Thomas Marvel

여러분은 토머스 마블 씨를 말이 많고, 유연한 얼굴, 원통형으로 돌출된 술취한 코, 넓고 비틀린 입, 뻣뻣한 턱수염을 가진 사람으로 상상해야만 한다. 그의 용모는 비만에 가까운데, 짧은 팔다리가 이를 더욱 강조했다. 그는 털 달린 실크 모자를 썼고, 누가 봐도 알 수 있는 의상의 주요 부분을 단추 대신 노끈과 신발 끈을 사용한다는 점에서, 기본적으로 혼자 사는 사내임이 드러나 보였다.

토머스 마블 씨는 아이핑에서 1.5마일쯤 떨어진, 애더딘으로 향하는 언덕 너머 길가 도랑에 발을 담그고 앉아 있었다. 속이 다 보이는 해진 양말은 신은 채였는데, 커다란 발가락은 넓적했고, 경계하는 개의 귀처럼 쫑긋 세워져 있었다. 느긋한 태도로—그는 모든 것을 느긋한 태도로 했다—그는 부츠를 신을까 말까를 고민하고 있었다. 오랜만에 접한 온전한 부츠였지만, 신기엔 너무 컸다. 반면 지금 신고 있는 것은 잘 맞았고, 건조한 날에는 매우 편안했지만, 밑창이 너무 얇아 습기 있는 날씨엔 적합하지 않았다. 마블 씨는 큰 신발도 싫었지만 눅눅한 것도 싫었다. 그는 사실 자신이 가장 싫어하는 것이 무엇인지 제대로 생각해본 적이 없었는데, 쾌청한 날씨에, 달리 할 일도 없었기에 그러고 있는 것이었다. 그래서 그는 신발 네 짝을 풀 위에 폼나게 놓아두고 바라보았다. 그런데 풀과 짚신나물 사이로 그것을 바라보고 있는 동안, 갑작스레 그 두 켤레 모두가 너무 흉해 보인다는 생각이 들었다. 그는 뒤에서 들려오는 목소리에도 전혀 놀라지 않았다.

"어쨌든, 부츠잖소." 목소리가 말했다.

"이건… 자선 부츠요." 토머스 마블 씨가 고개를 갸웃하며 못마땅하게 말했다. "이 축복받은 세상에서 가장 볼품없는 부츠지, 내가 아는 한 말이야 제길!"

"흠." 목소리가 소리를 냈다.

"더 심한 것도 신어봤고… 사실, 아예 신지 않은 적도 있었지만, 그래도 이렇게 노골적으로 볼품없는 건 없었는데…. 부츠를 구하고 있었소. 특히 며칠간은, 저것들에 질렸기 때문이오. 물론 저것도 충분히 신을 만은 했지. 하지만 '도보 길의 신사'에게 이런 부츠야 얼마든지 볼 수 있거든. 믿을지 모르겠지만, 이 축복받은 고장엔 뭐든 있었는데, 아무리 찾아도 저것 말고는 없더라니까. 저기 봐요! 대체로 부츠에 좋은 지역이기도 하지. 하지만 그때그때의 운일 뿐이지. 그래도 10년 넘게 이 지역에서 부츠를 구해왔는데, 저것들이 사람을 이렇게 대하다니."

"이곳은 정말 짐승 같은 마을이오." 목소리가 말했다. "사람들도 돼지 같고"

"그렇죠?" 토머스 마블 씨가 말했다. "주여! 하지만 저 부츠는! 참을 수가 없군!"

그는 머리를 오른쪽 어깨너머로 돌렸다, 대화 상대의 부츠와 견주어보기 위해서였다. 그런데 어라! 대화 상대의 부츠가 있어야 할 곳엔 다리도, 부츠도 없었다. 그는 돌연한 깨달음으로 엄청난 놀라움에 휩싸였다. "어디 있는 거지?" 토머스 마블 씨가 돌아서 무릎을 꿇고 땅을 짚으면서 말했다. 먼 녹지의 가시 금작화 덤불이 바람에 흔들리고 있는 것과 함께 뻗어있는 빈 언덕을 보았다.

"내가 취했나?" 마블 씨가 말했다. "허깨비를 봤나? 나 혼자 말하고 있었던 거야? 뭐야…."

"놀라지 마시게." 목소리가 말했다.

"복화술엔 넘어가지 않아!" 토머스 마블 씨가 민첩하게 몸을 세우며 말했다. "당신, 어디 있는 거야? 정말 놀랐잖아!"

"놀라지 말라니까." 목소리가 되풀이했다.

"조금 후엔 당신이 놀랄걸. 멍텅구리 같으니." 토머스 마블 씨가 말했다. "어디 있는 거지? 흔적이라도 보여봐…."

"땅에 묻혀 있는 건가?" 잠시 후 토머스 마블 씨가 말했다.

대답이 없었다. 토머스 마블 씨는 재킷이 거의 벗겨질 것처럼 당겨져, 부츠도 신지 않고 놀라서 일어섰다.

"피윗," 피윗새(댕기물떼새)가 아주 멀리서 울었다.

"정말 피윗*이로군!" 토머스 마블 씨가 말했다. "지금은 바보짓을 하고 있을 때가 아니지." 언덕진 초원은 황량했다, 동으로도 서로도, 북으로도 남으로도. 얕은 도랑과 하얀 경계 말뚝이 쳐진 길은, 매끄럽고 텅 비어 있는 북쪽과 남쪽으로 펼쳐져 있었고, 그에 더해, 푸른 하늘 역시 그 피윗새 말고는 비어 있었다. "이건 정말이지…." 토머스 마블 씨가 자신의 코트를 어깨에 다시 걸치면서 말했다. "내가 취한 거야! 진작 알아챘어야 하는 건데."

"취한 게 아닐세." 목소리가 말했다. "긴장을 늦추게나."

* Peewit, 엿보기라는 뜻. 위에서는 새를 가리키고, 밑에서는 그것을 인용해 말장난을 한 것임.

"오우!" 마블 씨가 말했고, 그의 얼굴이 군데군데 하얗게 변했다. "취했어, 취한 거야!" 그의 입술이 소리 없이 되풀이하며 들썩였다. 그는 여전히 소리가 들린 것 같은 곳을 응시하며 천천히 뒤로 돌아섰다. "목소리를 들었다고 맹세할 수 있어." 그가 속삭였다.

"물론 당신은 들었소."

"또 들리는군." 마블 씨가 비참한 표정으로 눈을 감고 이마에 손을 얹고는 말했다. 그는 갑자기 멱살이 잡혀 격렬히 흔들려서, 거의 넋이 나가버렸다. "바보처럼 굴지 마." 목소리가 말했다.

"아… 내 전성기도… 끝난 거야, 멍청이." 마블 씨가 말했다. "좋지 않아. 저 망할 놈의 부츠로 정신이 나갔던 게지. 화려했던 내 전성기는 끝났다구, 멍청아. 아니면 귀신이든가."

"전성기가 끝난 것도 아니고, 귀신도 아닐세." 목소리가 말했다. "들어보라구!"

"멍청이." 마블 씨가 말했다.

"1분만 들어보라니까." 목소리가 자신을 통제하며 약간 떨리는 목소리로 날카롭게 말했다.

"응?" 손가락으로 가슴을 찔리는 듯한 묘한 느낌에 토머스 마블 씨가 신음을 토했다.

"단지 착각이라고 생각하겠지? 그냥 망상이라고?"

"그것 말고 뭐가 있지?" 토머스 마블 씨가 목덜미를 비비면서 말했다.

"좋아." 목소리가 안심한 톤으로 말했다. "그럼 내가 당신에게 돌멩이를 던지지. 생각이 바뀔 때까지."

"그렇지만 당신은 어디 있는 거지?"

목소리는 답하지 않았다. 돌멩이 하나가, 누가 봐도 공중에서 날아올라 아슬아슬하게 마블 씨의 어깨를 스치고 휙 하고 날아갔다. 마블 씨는 돌아서서, 또 다른 돌멩이 하나가 공중으로 솟구쳐 올라 복잡한 궤도를 그리고는 잠깐 허공에 매달려 있는 듯하다가, 자신의 발끝을 향해 거의 보이지 않는 속도로 빠르게 던져지는 것을 보았다. 마블 씨는 너무 놀라 피하지도 못했다. 날아온 돌멩이가 발치에서 도랑으로 튀어나갔다. 그는 한 발로 뛰어오르며 큰 소리로 울부짖었다. 그러고는 막 내달기 시작했는데, 보이지 않는 장애물에 발이 걸리는 통에 그대로 곤두박질쳤다.

세 번째 돌이 그 부랑자 위에서 커브를 돌고 공중에 매달려 있을 때 목소리가 말했다. "자, 이래도 망상인가?"

마블 씨는 대답 대신 일어나 도망치려 애썼고, 곧바로 다시 나뒹굴었다. 그는 잠깐 동안 조용히 누워 있었다. "만약 더 도망치려 하면, 돌멩이를 머리에 던질지도 몰라." 목소리가 말했다.

"그러고도 남겠군." 토머스 마블 씨가 앉은 채로 자신의 상처 난 발가락을 움켜쥐고 세 번째 미사일에 눈을 고정한 채 말했다. "이해할 수가 없어. 돌이 저절로 날아다니다니. 돌이 말을 하다니. 내려놓으시오. 떨어뜨리라고. 난 그만할 테니."

세 번째 돌이 떨어졌다.

"이건 정말 단순한 거야." 목소리가 말했다. "나는 투명인간이거든."

"한번 말해보시오." 마블 씨가 고통스럽게 헐떡거리며 말했다. "당신은 어디 숨어 있는 거지? 도대체 어떻게 하고 있는 거야? 모르겠네. 내가 졌소."

"이게 전부일세." 목소리가 말했다. "나는 눈에 보이지 않아. 내가 원하는 건 당신이 그걸 알아줬으면 하는 거야."

"누구라도 알걸. 그러니 너무 서둘 필요도 없어요. 이제 의도를 알려줘요. 어떻게 숨은 겁니까?"

"나는 눈에 보이지 않아. 그게 가장 중요한 점이지. 또 내가 당신에게 알아주길 원하는 것도 이것이고…."

"하지만 어디 있는 거요?" 마블 씨가 말을 끊었다.

"여기! 당신 앞 5미터쯤에."

"오, 세상에! 나는 눈이 멀지 않았어. 다음엔 자기가 그냥 보이지 않는 공기라고 말할 참이오. 난 당신이 생각하는 것처럼 무식한 부랑자가 아니란 말이오."

"그래, 나는… 보이지 않는 공기지. 당신은 나를 관통해 보고 있는 거야."

"뭐라고! 당신은 아무것도 없다는 건가. 목소리는… 그건 뭐지? …지껄이고 있는 그건. 그건 뭐냐구!"

"나도 단지 인간일 뿐이야…. 완전한 인간, 음식과 마실 걸 필요로 하고, 덮는 것 역시 필요한…. 그렇지만 눈에 보이지 않는 거지. 알겠나? 눈에 보이지 않는 거야. 단순한 거지. 눈에 보이지 않는 것뿐이라고."

"뭐라고, 그게 정말이오?"

"그래 정말로."

"손 하나만 줘보시오." 마블이 말했다. "정말이라면, 못 줄 이유가 없겠지. 하지만… 오, 주여!" 그가 말했다. "너무 놀랐잖아! 그렇게 내 손을 움켜쥐다니!"

그는 풀려 있는 손으로 자신의 손목 하나를 두르고 있는 손을 만져보았다. 손가락은 다시 주춤주춤 팔로 올라가서는, 가슴 근육을 쓰다듬었고, 턱수염 난 얼굴을 탐색했다. 마블의 얼굴은 놀라움 그 자체였다.

"충격적이군!" 그가 말했다. "이렇게 재미있는 일이 있나. 정말 대단하군…! 더군다나 당신을 관통해서 저기 토끼 한 마리까지 깨끗이 볼 수 있다니. 1마일 밖에 있는 저걸 말이야! 당신이 조금도 보이지 않기 때문이라는 건데…. 그것 말고는…."

그는 세심하게 비어 보이는 공간을 열심히 살폈다. "당신은 빵과 치즈 같은 건 먹지 않겠군요?" 그는 보이지 않는 팔을 잡고 물었다.

"전혀는 아니지만 당신 말이 맞아. 그건 몸 안에서 완전하게 소화되지 않거든."

"오!" 마블 씨가 말했다. "유령 같은 존재이면서도 말이죠."

"물론, 이 모든 게 자네가 생각하는 것처럼 그렇게 전부 멋진 건 아니네."

"내 겸손한 바람으로 말하자면 그것만도 충분히 멋져요." 토머스 마블 씨가 말했다. "그런데 이걸 어떻게 관리하는 거요! 어떻게 이렇게 된 거고?"

"이야기하자면 너무 기네. 게다가…."

"참내, 뭐가 뭔지 모르겠군." 마블 씨가 말했다.

"지금 내가 하고자 하는 말은 이걸세. 난 도움이 필요하네. 저리로 지나다… 우연찮게 당신을 보게 된 거야. 나는 너무나 화가 나서, 아무것도 못하고 발가벗은 채 배회하고 있던 중이었어. 사람을 죽일 수도 있었지. 그런데 당신을 본 거야."

"주여!" 마블 씨가 말했다.

"앞서는 바로 뒤까지 와서… 망설이다… 그냥 갔었지."

마블 씨는 표정으로 웅변하고 있었다.

"…그러다가 멈춰 섰지. 그리고 생각했네. '여기, 나처럼 버림받은 이가 있다. 이 사람이 나를 위한 사람이다.' 그래서 되돌아서 온 거야…. 당신에게. 그리고…."

"주여!" 마블 씨가 말했다. "하지만 너무 혼란스럽소. 어떻게 해야 할지 … 하나 물어봐도 되요? 당신을 돕는 방법이라는 게 뭐가 있다는 거지? …보이지도 않는데!"

"내가 원하는 건 입을 옷과… 묵을 만한 거처…, 그러고 나서 다른 것들을 좀 얻었으면 해. 나는 아주 오랫동안 그런 게 없이 지냈어. 만약 도와주지 못한다면…, 음! 그렇지만 도와주겠지…. 그래야만 하고 말야."

"이보시오. 나는 너무 놀랐소. " 마블 씨가 말했다. "더 이상 나를 건드리지 마시오. 나를 놔줘요. 좀 진정해야겠소. 무엇보다 당신은 내 발가락을 거의 부러뜨릴 뻔하지 않았소. 전부 말도 안 되는 거지. 텅 빈 언덕과 하늘. 자연의 품 말고는 몇 마일 내에 보이는 것은 아무것도 없었는데. 그런데 목소리가 들려온 거야. 하늘에서, 목소리가! 그리고 돌! 또 주먹이…. 주여!"

"진정해." 목소리가 말했다. "당신은 그래야만 해. 내가 당신을 선택했으니까."

마블 씨는 자신의 뺨을 부풀렸고, 그의 눈은 동그래졌다.

"나는 자네를 선택했어." 목소리가 말했다. "자네는 저 밑에 몇몇 바보들 말고는 투명인간 같은 것이 있다는 걸 아는 유일한 사람이야. 자네는 내 조력자가 돼줘야만 해. 도와주게 …. 그러면 자네를 위해 큰일을 해주겠네. 투명인간은 힘이 있는 사람일세." 그는 맹렬하게 재채기를 하느라 잠시 말을 멈추었다.

"하지만 만약 나를 배신하면," 그가 말했다. "내가 지시했을 때 따르지 않으면…."

그는 잠깐 멈추었고 마블 씨의 어깨를 얼얼하게 두드렸다. 마블 씨는 그 손길에 공포스러운 소리를 내질렀다.

"당신을 배신하고 싶지 않소." 마블 씨가 그 손길로부터 떨어지면서 말했다. "그런 생각은 하지 마시오. 무슨 일이 있어도, 당신을 도울 테니…. 내가 해야 할 일을 말만 하시오. (주여!) 당신이 원하는 무엇이든, 기꺼이 하리다."

Chapter 10

마블 씨의 아이핑 방문

Mr. Marvel's Visit to Iping

앞서의 돌발적인 공황상태 이후 아이핑은 논쟁의 도가니가 되었다. 그러다 갑자기 회의론이 고개를 들었는데, 뒷받침될 확신이 없는, 다소 불안정한 회의론이었지만, 어쨌든 회의론이었다. 그것은 투명인간의 존재를 믿는 것보다는 훨씬 쉬운 방법이었다. 실질적으로 그가 바람처럼 사라진 것을 보거나 그의 완력을 당해본 사람은 손가락으로 꼽을 수 있을 정도였기 때문이기도 했다. 또한 그 목격자 가운데 하나인 와저스 씨는 즉시 모습을 보이지 않았는데, 자신의 집을 빗장과 창살로 견고히 한 뒤 그 뒤에 숨어 숨죽이고 있는 중이었고, 재퍼스는 〈역마차〉의 응접실에 드러누워 망연자실해 있었다. 경험을 초월한 위대하고 이상한 생각들은 종종 더 작고 실질적인 고려사항들보다 사람들에게 덜 영향을 미치는 법이다. 아이핑은 모두가 축제 옷을 차려입고, 축제 깃발 아래 들떠 있었다. 성령 강림절 월요일을 한 달 이상 고대해왔던 것이다. 오후가 되면서부터 심지어 '보이지 않는 사람'이 존재한다는 것을 믿었던 사람들조차 그가 멀리 달아났다는 가정하에, 임시 마련한 오락물 속에서 작은 기쁨을 회복하기 시작하는 중이었고, 믿지 않던 이들에게 이미 그의 존재는 하나의 농담거리에 지나지 않았다. 무엇보다 사람들은, 믿던 사람이나 믿지 않던 사람 누구든, 그날 하루를 내내 다른 이들과 놀랍도록 잘 어울렸다.

헤이즈먼의 풀밭엔 텐트가 처져 있었고, 번팅 부인과 다른 여자들이 차를 준비하는 가운데, 밖에서는 주일학교 아이들이 부목사와 커스, 그리고 새크버트 양의 떠들썩한 안내에 따라, 달리기 경주를 벌이거나 게임을 하고 있었다. 의심의 여지없이 얼마간의 불안감이 감돌고 있었지만, 대부분의 사람들은 자신들이 겪었던 꺼림칙함이 무엇이었든 숨길 수 있는 분별력을 가지고 있었다. '그네'와 '코코넛 떨구기' 게임이 그러했듯, 마을 녹지의 가파르게 기울어진 오르막에서 도르래에 매달려 반대쪽 내리막 끝 안전한 부대주머니에 격렬하게 내던져질 수 있는 게임이 젊은이들 사이에 상당한 인기를 끌었다. 또한 산책로도 있었는데, 증기 오르간이 곁들여져 음식기름의

자극적 풍미에 자극적인 음악까지 함께 더해져 산책길의 공기를 채우고 있었다. 아침에 예배에 참석했던 그 클럽 회원들은 분홍색과 녹색의 휘장으로 아름답게 치장했고, 더욱 화려함을 추구하고자 하는 몇몇은 자신들의 중산모를 화려한 색깔의 리본으로 장식했다. 축제일이 못마땅했던, 플래처 영감은, 창가 어름의 자스민 사이로, 혹은 열린 문 사이로(어떤 방식으로든 보려고만 하면) 눈에 들어왔는데, 두 개의 의자로 지탱한 널빤지 위에서 정교하게 균형을 잡고서, 정면 방 천장에 백색 도료를 칠하고 있었다.

4시경 낯선 사람 한 명이 구릉 지대 쪽에서 마을로 들어왔다. 그는 키가 작고, 터무니없이 닳아 해진 실크해트 차림의 뚱뚱한 사람으로, 몹시 숨이 차 보였다. 그의 양쪽 뺨이 반복적으로 부풀었다 꺼지며 헐떡이고 있었다. 그의 얼룩덜룩한 얼굴은 불안해 보였고, 내키지 않지만 민첩하게 이동하고 있었다. 그는 교회 모퉁이를 돌아 곧바로 〈역마차〉 쪽으로 향했다. 다른 이들 사이에서 플래처 영감이 그를 본 것을 기억했는데, 실제로 영감은 그의 기이한 태도에 특별한 관심을 기울이다 의도치 않게 붓에 묻은 백색 도료 상당량을 코트 소매 속으로 흘려 넣기도 했다.

이 낯선 이는, 코코넛 떨구기 게임 운영자의 견해로는, 혼잣말을 하는 것처럼 보였는데, 헉스터 씨도 같은 말을 했다. 헉스터 씨에 따르면, 그는 〈역마차〉 앞에서 발걸음을 멈추었고, 집 안으로 들어가기 위해 자신을 설득하기 전에, 내키지 않는 내면의 갈등을 겪고 있는 것처럼 보였다. 마침내 그는 계단을 밟아 올라갔는데, 헉스터 씨에겐 왼쪽으로 돌아 객실 문을 열려는 것처럼 보였다. 헉스터 씨는 방 안과 술청으로부터 그 사내에게 잘못된 것을 지적해주는 목소리를 들었다. "그 방은 개인 전용 객실입니다!" 홀이 말했고, 그 낯선 이는 엉거주춤한 자세로 문을 닫고는 술청 안으로 들어갔다.

몇 분이 지나 그는 다시 나타나서, 꽤 만족해하는 기색으로 입술을 손등으로 훔쳤는데, 헉스터 씨에겐 어딘지 과장된 것 같은 인상을 주었다. 그는 잠깐 주변을 둘러보며 서 있었다. 그러고 나서 헉스터 씨는 이상하게 은밀한 태도로 객실 창이 열려 있는 정원의 문 쪽으로 걸어 들어가는 그를 보았다. 그 낯선 이는, 잠시 주저한 후에 문설주 중 하나에 기대어 짧은 점토 파이프를 꺼내, 그것을 채울 준비를 했다. 그러는 동안 그의 손이 떨리고 있었다. 그는 그것을 어색하게 들어올렸고, 팔짱을 끼고는 느릿한 태도로 담배를 태우기 시작했는데, 가끔 정원을 힐끔거리는 태도가 그것이 전적으로 꾸며진 행동임을 보여주고 있었다.

이 모든 광경을 헉스터 씨는 담배 진열창 너머로 보았는데, 사내의 기이한 행동은 그로 하여금 계속해서 그의 행동을 주시하게 만들었다.

이내 그 낯선 이는 불쑥 몸을 세워 파이프를 호주머니에 넣었다. 그러고는 정원으로 사라졌다. 헉스터 씨는 좀도둑질을 목격했다고 여기고는, 그 도둑을 붙잡기 위해 즉시 계산대를 훌쩍 뛰어넘어 밖으로 달려나갔다. 그때 마블 씨가 다시 나타났다. 그는 모자를 비스듬히 쓰고, 한 손에 푸른 테이블보로 감싼 커다란 뭉치와 다른 한 손에 세 권의 책자를 함께 묶어 들고 있었는데— 그것을 묶은 끈은 후에 밝혀진 것처럼 목사의 바지 멜빵이었다— 헉스터를 보자마자 기겁해서는, 잽싸게 왼쪽으로 꺾어져서 내달리기 시작했다. "서라, 도둑놈아!" 헉스터가 외치며 그 뒤를 쫓기 시작했다. 헉스터 씨의 감각은 생생했지만 짧았다. 그는 그 사내가 바로 앞에서 교회 모퉁이를 돌아 언덕길을 향해 전속력으로 내달리는 것을 보았다. 그는 마을 깃발과 그 너머 축제광경을 보았고, 얼굴 한둘이 자신을 돌아보는 것을 보았다. 헉스터는 다시 "멈춰라!"라고 고함쳤다. 그는 열 발짝도 내딛기 전에 신비한 방식으로 붙잡혔고, 더 이상 달리는 것이 아니라, 상상할 수도 없는 속도로 공중을 날고 있었다. 그는 갑작스레 땅바닥이 얼굴에 가까워지는 것을 보았다. 세상이 백만 개의 빙빙 도는 불꽃이 튀는 것 같았고, 그 뒤 과정은 그에게 더 이상 중요하지 않았다.

Chapter 11

〈역마차〉에서

In The "Coach and Horses"

이제 여관에서 무슨 일이 일어났었는지를 명확히 이해하기 위해, 마블 씨가 상점 유리창 안에 있던 헉스터 씨의 시야에 처음 들어왔던 그 순간으로 돌아갈 필요가 있다. 정확히 그 순간에 커스 씨와 번팅 씨는 이방인의 객실 안에 있었다. 그들은 그날 아침 발생한 기이한 일을 진지하게 조사하는 중이었고, 홀 씨의 허락하에, 투명인간의 소지품들을 세심하게 살피고 있었다. 재퍼스는 계단에서 굴러떨어진 충격을 어느 정도 회복하고 동정심 많은 친구들의 부축을 받아 집으로 돌아갔다. 이방인의 흩어져 있던 옷들은 홀 부인에 의해 옮겨졌고, 방도 치워졌다. 그리고 이방인이 작업을 하곤 하던 창 아래 테이블에서, 커스는 '일기'라고 적힌 원고 형태의 두꺼운 책자 세 권을 동시에 발견했다.

"일기네요!" 그 세 권의 책자를 탁자에 올려놓으면서 커스가 말했다. "이제 어쨌든, 뭐라도 알 수 있겠군요." 교구 목사는 탁자를 손으로 짚고 서 있었다.

"일기라…." 커스가 앉아서, 두 권의 책자로 세 번째 것을 받치고, 그것을 펼치면서 되풀이했다. "흠… 면지에 이름이 없군. 어이쿠! …암호잖아. 숫자고."

목사가 그의 어깨너머로 보기 위해 돌아서 왔다.

커스가 갑자기 실망한 얼굴로 페이지를 넘겼다. "내 참! 전부 암호네요, 번팅 목사님."

"도표는 없나요?" 번팅 씨가 물었다. "이해할 수 있는 그림이나 설명도 없구요?"

"직접 보시죠." 커스 씨가 말했다. "일부는 수치고 일부는, 문자로 보건대, 러시아어나 그런 언어고, 그리스어가 조금 있군요. 아, 그리스어라면 목사님이 하실 줄…."

"물론이죠." 번팅 씨가 그의 안경을 꺼내 닦으면서 갑자기 매우 거북해하며—왜냐하면 그의 머릿속엔 안다고 할 만한 수준의 그리스어가 남아 있지 않았기 때문이다—말했다. "그래요…, 그리스어라면 물론, 실마리를 얻을 수도 있겠군요."

"제가 찾아드릴게요."

"저는 먼저 이 노트들을 대강 훑어보는 게 좋겠습니다." 번팅 씨가 여전히 안경을 닦으면서 말했다. "우선 일반적인 것부터 파악한 다음, 커스 씨, 당신도 알다시피, 그러고 나서 실마리를 찾을 수 있을 겁니다."

그는 기침을 하고, 안경을 쓰고, 그것을 세심하게 바로 하면서 다시 기침을 했고, 자기가 그리스어를 모른다는 것이 드러나는 것을 피할 수 있는 어떤 일이라도 일어나길 바랐다. 그러고 나서 그는 커스가 건네주는 책을 유유히 받았다. 그런데 그때 정말 무슨 일이 벌어졌다.

갑자기 문이 열린 것이다.

두 신사는 깜짝 놀라 황급히 돌아보았고, 털 달린 실크해트 밑의 드문드문 장밋빛을 띤 얼굴을 보고는 안도했다. "술청*이죠?" 그 얼굴이 묻고는 바라보며 서 있었다.

"아니요." 두 신사는 즉시 말했다.

"저쪽 편입니다, 형제님." 번팅 목사가 말했고, "문 좀 닫아주시오." 커스 씨가 짜증을 내며 말했다.

"됐네."** 침입자가 처음 물을 때의 쉰 목소리와는 기묘하게 다른 낮은 목소리로 말했다. "알겠습니다." 침입자는 앞서의

* Tap은 Bar와 달리 주점(inn) 안에 있는 숙박시설을 제외한, 술을 파는 공간 전체를 가리킨다. '술청'으로 달리 번역한 것은 그래서이다. 지금 마블이 그곳이 보통 객실인 줄 알면서도 일부러 문을 열기 위해 '술청'인 줄 알았다고 하는 것이다.

** 이것은 투명인간이 한 말이다.

목소리로 말했다. "비켜 서!"* 그리고 그는 사라졌고 문이 닫혔다.

"내 짐작엔, 뱃사람이군요." 번팅 씨가 말했다. "저들은 재미있는 친구들이죠. '비켜 서!'라니 허허. 해상 용어일 겁니다. 내 짐작엔 자신이 다시 방을 나가는 걸 주목시키려고 쓰는."

"그런 거 같군요." 커스가 말했다. "요즘 신경이 너무 곤두선 거 같아요. 문이 열린다고 내가 그렇게 놀라 자빠지다니."

번팅 씨가 마치 자신은 '놀라 자빠지지' 않았던 것처럼 미소를 지었다. "그건 그렇고," 그가 숨을 토해내며 말했다. "이제 이 책자들을 봅시다."

"잠깐만," 커스가 말하곤, 가서는 그 문을 잠갔다. "이제, 방해받지 않을 거예요."

그러는 동안 누군가가 코를 훌쩍였다.

"한 가지는 분명하군요." 커스가 앉은 옆으로 의자 하나를 끌면서 번팅 씨가 말했다. "지난 며칠 동안 분명히 아이핑에서 매우 이상한 일들이 벌어졌다는 것 말이오…. 매우 이상한 일이. 물론 나는 그 터무니없는 투명인간 이야기를 믿을 수 없지만…."

"믿기 힘들지요." 커스가 말했다. "믿기 힘들 겁니다. 하지만

* "Stand clear!", 이 말은 술꾼으로 위장한 마블이 보이지 않는 투명인간에게 한 말이다.

분명한 사실은 제가 그의 소매 아래를 보았다는 사실입니다."

"하지만 …, 정말 확신해요? 가령, 거울을 보면 쉽게 환각을 일으킬 수도 있죠. 커스 씨가 실제 뛰어난 마법사를 본 적이 있는지 모르겠지만…."

"저는 다시 논쟁하지 않겠습니다." 커스가 말했다. "그 얘긴 이미 끝났어요, 번팅 목사님. 그리고 이제 이 책자들도 있으니…. 아! 여기 내가 그리스어라 생각하는 게 일부 있군요! 그리스 문자가 분명합니다."

그는 페이지 중간을 가리켰다. 번팅 씨가 살짝 낯을 붉히며 언뜻 보기에 안경에 무슨 문제라도 생긴 듯이 얼굴을 가까이 가져갔다. 그런데 갑자기 자신의 목이 눌리는 이상한 느낌을 받았다. 그는 머리를 들려고 했지만 움직일 수 없는 저항에 맞닥쳤다. 그 느낌은 무겁고 단단한 손에 쥐어져 눌리는 듯한 기묘한 압박이었다. 그의 턱은 저항할 수 없게 테이블에 대고 짓눌려졌다. "움직이지 마, 이놈들아." 목소리가 속삭였다. "안 그러면 둘 다 머리통을 부숴버릴 테다!" 그는 자기 옆의 커스 얼굴을 살폈고, 서로는 공포에 질려 창백한 모습을 보았다.

"너무 거칠게 다루어 유감이군." 목소리가 말했다. "하지만 어쩔 수 없는 일이야."

"당신들은 언제부터 연구자의 개인적인 기록물을 훔쳐보는 짓거리를 배운 거지?" 목소리가 말했다. 그리고 두 턱은 동시에 테이블에 세게 찧어졌고 이빨들이 덜거덕 소리를 냈다.

"언제부터 곤란을 당한 사람의 개인 방에 침입하는 걸 배운 거냐고?" 그리고 그 찧음은 되풀이되었다.

"내 옷들은 어디에다 두었나?"

"잘 들어." 목소리가 말했다. "창문들은 잠겨 있고 문 열쇠는 내가 가지고 있어. 나는 제법 힘이 센 사내야. 또한 부지깽이도 가졌지…. 그것 말고도 나는 눈에 보이지도 않는 존재야. 두말할 필요없이 나는 마음만 먹으면 너희 둘을 죽이고 조용히 달아날 수도 있어…. 당연히 이해하겠지? 좋아. 당신들을 놔주면 어떤 허튼짓도 하지 않고 내가 시키는 대로 하겠다고 약속하겠나?"

교구 목사와 의사는 서로를 바라보았고, 의사는 얼굴을 찡그렸다. "예." 번팅 씨가 말했고, 의사가 되풀이했다. 그러자 목의 압박이 풀렸고, 의사와 목사는 둘 다 몹시 붉어진 얼굴로 머리를 꿈틀 대며 앉았다.

"그 자리에 꼼짝 말고 앉아 있어." 투명인간이 말했다. "여기 부지깽이도 있어, 보다시피."

"내가 이 방에 왔을 때," 투명인간은 방문객 각자의 코끝에 부지깽이를 겨눈 후에 계속해서 말했다. "나는 이곳에 누군가 들어와 있을 거라곤 상상도 못했어. 나는 내 메모 책자와 옷가지를 찾으러 온 거야. 그건 어디 있지? 아니— 일어서지 마라. 그게 사라진 건 나도 아니까. 지금은, 낮엔 옷을 벗고 돌아다녀도 좋을 만큼 따뜻하지만, 저녁이면 제법 쌀쌀하지. 옷이 있어야겠어. … 다른 묵을 장소도. 또 이 세 권의 책은 무엇보다 있어야겠고."

Chapter 12

투명인간이 이성을 잃다

The Invisible Man Loses His Temper

이 시점에서 이야기가 다시 중단되는 것은 피할 수 없을 것 같다. 곧 명백하게 드러날 매우 고통스러운 이유 때문이다. 객실 안에서 이런 일들이 벌어지고 있는 동안, 또한 헉스터 씨가 문에 기대 파이프 담배를 피우고 있는 마블 씨를 지켜보는 동안, 10미터도 떨어지지 않은 곳에서 홀 씨와 테디 헨프리 씨는 아이핑의 그 이야깃거리를 두고 혼란스러운 상태에서 논쟁을 벌이는 중이었다.

갑자기 객실 문에서 날카로운 고함 소리와 쿵 하는 격렬한 소리가 난 뒤, 다시 조용해졌다.

"뭐지?" 테디 헨프리가 말했다.

"뭐야?" 술청으로부터도 들려왔다.

홀 씨는 느리지만, 확고히 상황을 받아들였다. "저건 옳지 않은데." 그는 말하며, 바 뒤를 돌아 객실 문을 향했다.

그와 테디는 의아한 표정으로 함께 문으로 다가갔다. 그들의 눈빛은 심각했다. "무언가 잘못된 모양인데." 홀이 말했고, 헨프리는 동의한다는 의미로 고개를 끄덕였다. 훅 하고 불쾌한 화학약품 냄새가 풍겨왔고, 소리를 죽인 대화 소리가 들려왔다. 매우 빠르면서도 억눌린 소리였다.

"거기 괜찮은가요?" 홀이 문을 두드리며 물었다.

웅얼거리던 대화가 갑작스레 그치며, 잠깐 침묵이 흐르더니 속삭이듯 대화가 이어졌다. 그러고는 "안 돼! 안 돼, 하지마!" 하는 날카로운 부르짖음이 있었다. 갑작스레 움직이는 소리와 의자 자빠지는 소리, 짧은 몸싸움을 벌이는 소리가 새어나왔다. 다시 침묵.

"뭐 하고 있는 거지?" 헨프리가 혼잣말처럼 낮게 말했다.

"당신들, 정말 괜찮은 겁니까?" 홀 씨가 다시 날카롭게 물었다.

목사의 목소리가 쫓기듯 더듬거리는 억양으로 대답했다. "괜… 괜찮소. 방… 방해하지 마시오."

"이상한데?" 헨프리 씨가 말했다.

"이상하군!" 홀 씨가 말했다.

"'방해하지 마시오.'라는데."

"나도 들었구만." 홀이 말했다.

"그리고 코를 훌쩍이는 소리도." 헨프리가 말했다.

그들은 계속해서 듣고 있었다. 대화는 빠르면서 억눌려 있었다. "난 할 수 없소." 번팅 씨가 말했고 목소리가 높아졌다. "정말이지, 선생, 나는 못하겠소."

"뭐라는 거야?" 헨프리가 물었다.

"못하겠다고 하는데." 홀이 말했다. "우리에게 말하려던 게 아닌 것 같아. 그렇지?"

"수치스럽소!" 안에서 번팅이 말했다.

"수치스럽다는데?" 헨프리 씨가 말했다. "그렇게 들었네. 분명히."

"지금 말하고 있는 사람은 누굴까?" 헨프리 씨가 물었다.

"커스 씨 같은데." 홀이 말했다. "뭐라고 하는지 들을 수 있겠나?"

침묵. 안에서 나는 소리는 불분명하면서 곤혹스러워하고 있었다.

"탁자보를 당기는 소리 같은데." 홀이 말했다.

홀 부인이 바 뒤에서 나타났다. 홀이 조용히 하고 와보라는 행동을 취해 보였다. 이것이 홀 부인에게 아내로서의 반감을 불러일으켰다. "당신 거기서 무얼 엿듣고 있는 거야?" 그녀가 물었다. "이렇게 바쁜 날, 뭐라도 해야 하지 않아?"

홀은 얼굴을 찡그리고 손짓 발짓으로 상황 전부를 전달하려 애썼지만, 홀 부인은 완고했다. 그녀는 목소리를 높였다. 그래서 홀과 헨프리는 오히려 풀이 죽어, 그녀에게 상황을 설명하겠다는 몸짓을 해보이며, 살금살금 바로 돌아왔다.

처음에 그녀는 그들이 들은 것이 무엇이었든 전혀 들으려고 하지 않았다. 그러면서 그녀는 홀에게 입을 다물라고 했다. 그 와중에 헨프리가 그녀에게 자신이 보고 들은 바를 말했다. 그녀는 사건 전부를 터무니없는 일로 생각했다. 아마 그들이 가구를 움직이는 중이었을 거라고 생각했다.

"'수치스럽다'라고 하는 말을 들었어. 내가 듣기엔 그랬다구." 홀이 말했다.

"나도 그렇게 들었어요, 홀 부인." 헨프리가 말했다.

"아마 틀림없이 그건…." 홀 부인이 말을 시작했다.

"쉿!" 테디 헨프리 씨가 말했다. "창문 소리가 들렸던 것 같지 않나?"

"무슨 창문요?" 홀 부인이 물었다.

"객실 창문이요." 헨프리가 말했다.

모두 열중해 귀를 기울이며 서 있었다. 홀 부인의 눈은 바로 앞에 있는, 밝게 빛나는 직사각형의 여관 문을 보고 있는 것이 아니라, 하얗고 선명한 길과 6월의 태양으로 맹렬히 타고 있는 헉스터의 가게 앞을 바라보고 있었다. 갑자기 헉스터의 가게 문이 열렸고, 헉스터가 나타나, 흥분한 눈에 팔과 몸짓으로 무언가를 가리켰다. "야!" 헉스터가 외쳤다. "멈춰라, 도둑놈아!" 그리고 그는 마당 입구를 향해 직사각형 문 안쪽을 가로질러 달렸고, 시야에서 사라졌다.

동시에 객실로부터 떠들썩한 소음이 들려왔고, 창문이 닫히는 소리가 났다.

홀과 헨프리, 그리고 술청 안에 있던 이들이 즉시 허둥지둥 달려나갔다. 그들은 누군가 코너를 돌아 길을 향해 급히 사라지는 것을 보았고, 헉스터 씨가 느닷없이 공중으로 뛰어올랐다가 얼굴과 어깨로 곤두박질치는 것을 보았다. 아래 거리 사람들이 놀라서 멈춰 서 있거나 그들을 향해 달려왔다.

헉스터 씨는 기절했다. 헨프리는 이를 발견하고 멈추었지만, 홀과 술청에서 나온 두 명의 노동자는 일관되지 않은 소리를 내지르며 즉시 모퉁이로 내달렸고, 마블 씨가 교회 담 모퉁이로 사라지는 것을 보았다. 그들은 그것을 투명인간이 갑작스레 보이게 된 것이라는 불가능한 결론으로 비약해 생각하게 되었고, 즉시 좁은 길을 따라 추적에 나섰다. 하지만 홀은 거의 10여 미터도 달리기 전에 커다란 비명을 내지르며

붕 떠올라, 노동자 중 한 명을 끌어안은 채 땅에 상대를 쓰러뜨리면서 길옆으로 고꾸라졌다. 축구 경기 중 누군가 한 사람을 떼미는 것처럼 떠밀었던 것이다. 두 번째 노동자는 그걸 보고 선회해 왔지만, 홀 스스로가 실수로 굴러 넘어졌을 거라 보고, 몸을 돌려 추적을 계속했다. 하지만 결국엔 헉스터처럼 발목이 걸려 똑같이 넘어지고 말았다. 그때 앞의 노동자가 간신히 일어섰는데, 그는 황소도 쓰러졌을 법한 일격으로 옆구리를 차였다.

헨프리 씨가 내려갔을 때, 마을 잔디밭으로부터 사람들이 모퉁이를 돌아 달려왔다. 처음 나타난 이는 푸른 운동 셔츠 차림의 단단한 근육질의 코코넛 떨구기 게임 운영자였다. 그는 텅 빈 좁은 길에 어이없게 세 명의 사내가 땅에 대자로 엎어져 뭉쳐 있는 것을 보고 놀랐다. 그러고는 그의 후미에서 무언가가 일어났는데, 그는 자신의 동생이자 동료의 발에 걸려서 거의 동시에 길옆으로 고꾸라져 굴렀다. 둘은 그때 채이고, 무릎을 꿇고, 엎어져서, 성질 급한 여러 사람들로부터 욕을 들었다.

홀과 헨프리, 그리고 노동자들이 그 집 밖으로 달려나갔을 때, 수년의 경험으로 단련된 홀 부인은, 바 안 금고 옆에 남아 있었다. 그런데 갑자기 객실 문이 열렸고, 커스 씨가 나타나 그녀 쪽을 쳐다보지도 않고 즉시 교회 모퉁이 쪽을 향해 계단을 달려 내려갔다. "저놈, 잡아라!" 그가 소리쳤다. "짐 꾸러미를 떨구지 못하게 해. 꾸러미를 잡고 있는 한, 놈을 볼 수 있다!" 그는 마블의 존재에 대해 아는 바가 없었다. 투명인간이 마당에서 책자와 묶음 꾸러미를 넘겨주었기 때문이다. 커스 씨 얼굴은 화가 나 단호했지만, 그의 복장은 얼빠진 이의 것이었다. 일종의 흐느적거리는 흰색 킬트 복색의, 단지 그리스에서나 통할 수 있는 차림이었다. "저놈, 잡아라!" 그가 소리쳤다. "저자가 내 바지를 훔쳐 갔다! 그리고 목사님 옷을 홀딱 벗겨 갔다!"

그가 엎어져 있는 헉스터를 지나치며, "얼른 그를 돌보시오!" 하고 헨프리에게 소리치고는 소란에 합류하기 위해 모퉁이를 돌아 달려갔고, 곧바로 발이 걸려 큰대자로 뻗어버렸다. 전속력으로 달리던 누군가가 그의 손가락을 심하게 밟았다. 그는 고함을 질러대며, 다시 일어나려 했는데, 달려가는 사람들의 흐름에 부대껴 다시 엎어졌다. 그는 자신이 포획자가 아니라 패주자 속에 속해 있다는 것을 깨닫게 되었다. 모두가 마을로 달려 돌아왔다. 그는 다시 일어서다가 귀 뒤쪽을 심하게 얻어맞고 비틀거리며, 지금은 깨어나 길에 앉아 있는, 버려진 헉스터를 무시하고 〈역마차〉로 돌아왔다.

그는 주막 계단을 반쯤 올랐을 때 뒤에서 들려오는, 날카로운 비명과 성난 외침 소리, 누군가의 뺨을 찰싹 때리는 소리를 들었다. 그는 그 목소리를 투명인간의 것으로 인식했다. 그 어조는 갑작스러운 타격에 고통스러워 화난 사람의 것이었다.

다음 순간, 커스 씨가 객실로 돌아왔다. "그자가 돌아오고 있어요, 목사님!" 그가 뛰어들어오면서 소리쳤다. "조심해야 해요!"

번팅 씨는 난로 앞에 까는 양탄자와 〈웨스트 서리 관보〉로 자신의 몸을 가리려 애쓰며 창가에 서 있었다. "누가 온다고요?" 너무 놀라서 간신히 가린 매무새를 흩뜨리면서 그가 말했다.

"투명인간 말입니다." 커스가 말하며 창가로 달려갔다.

"여기서 깨끗이 나가는 게 좋겠어요! 그는 미쳤어요! 미쳤다구요!"

다음 순간 그는 마당에 나와 있었다.

"오, 주여!" 번팅 씨가 두 가지 참담한 선택 사이에서 주저하며 말했다. 그는 여관 통로에서 나는 무시무시한 싸움 소리를 듣고는 결정을 내렸다. 그는 창문 밖으로 기어 나와 황급히 자신의 차림새를 정돈하고, 짧고 비대한 다리가 감당할 수 있을 만큼의 속도로 빠르게 마을 위로 달아났다.

투명인간이 화가 나서 소리를 지르고 번팅 씨가 기억될 만한 모습으로 마을 위로 달아난 그 순간부터, 아이핑 내의 일들을 연결해 설명하는 것은 불가능해졌다. 아마도 투명인간의 원래 의도는 마블이 옷과 책들을 챙겨 철수하는 것을 돕고자 하는 데 있었을 것이다. 그렇지만 아주 안 좋은 때에, 그는 어느 틈엔가 완전히 이성을 잃은 것처럼 보였고, 곧 다만 분풀이를 해서 얻는 만족감을 위해 사람들을 때려눕히고 쓰러뜨리게 되었던 것이다.

여러분들은 달려가고 있는 사람들, 문들이 쾅쾅 닫히고 숨을 장소를 위해 다투는 사람들로 가득한 그 거리를 상상해보아야만 한다. 두 개의 의자에 받힌 널빤지 위에서 불안정한 균형상태를 유지하고 있던 플랜처 영감에게 갑자기 맞닥친 소란— 재앙의 결과를 상상해보아야만 한다. 그네를 타다 오싹해져 겁에 질린 커플을 상상해보아야만 한다. 그러고 나서 소란스럽게 내달리던 이들이 모두 사라지고 번지르르한 장식과 깃발만 남은 아이핑 거리는, 여전히 격노해 있는 투명인간과 어질러진 코코넛, 엎어진 액자들, 그리고 과자 가판대에 흩어진 물건들을 제외하곤 인적이 끊겨 있었다. 도처에서 셔터 문이 닫히는 소리와 잠금쇠 잠기는 소리가 났고, 단지 눈에 띄는 사람이라고는 창틀 구석에서 이따금 눈썹을 추켜세우는 눈들이 고작이었다.

투명인간은 〈역마차〉의 모든 창문을 부수는 것으로 잠깐 분풀이를 하고 나서는, 그리블 부인의 거실 창문으로 거리의 가로등 하나를 밀어넣었다. 그가 애더딘가街 위편 하긴스의 오두막 바로 너머 애더딘으로 가는 전선을 끊었을 것도 분명했다. 그리고 그 후, 그의 특별한 능력 덕택에 그는 전적으로 사람들의 인식에서 벗어났고, 아이핑에서는 더 이상 들리지도, 보이지도, 느껴지지도 않게 되었다. 그는 완전히 사라졌다.

하지만 사람들이 위험을 무릅쓰고 다시 그 황량한 아이핑 거리에 나타나기까지는 채 두 시간이 걸리지 않았다.

Chapter 13

마블 씨가 그만둘 것을 토로하다

Mr. Marvel Discusses His Resignation

어스름이 짙어지고 아이핑이 뱅크 홀리데이Bank Holiday(은행과 공기관이 쉬는 공휴일)의 산산조각난 잔해 위에서 다시 깨어나기 시작했을 무렵, 다 낡은 실크해트를 쓴 작달막하고 뚱뚱한 사내 하나가 브램블허스트로 가는 길의 너도밤나무 숲 뒤편에서 어스름을 뚫고 아주 힘겹게 걸어가고 있었다. 그는 일종의 장식용 고무 끈으로 묶은 세 권의 책과 푸른색 식탁보로 싸맨 보퉁이 하나를 들고 있었다. 그의 불그레한 얼굴에는 실망감과 피로가 깃들여 있었다. 그럼에도 그는 때로 급작스럽게 서둘렀다. 그는 그 자신보다 다른 목소리에 따르고 있었는데, 이따금 보이지 않는 손길이 닿는 것에 따라 움칠움칠했다.

"만약 다시 나를 따돌리려 하면, 또다시 따돌리려 시도하면…." 목소리가 말했다.

"주여!" 마블 씨가 말했다. "어깨의 멍 덩어리가 아직 그대로라고요."

"맹세코 죽여버릴 테다." 목소리가 말했다.

"당신을 따돌리려 한 게 아니었다니까요." 마블이 막 울음을 터뜨릴 것 같은 목소리로 말했다. "맹세해요. 그 망할 갈림길이 있는지 몰랐다구요. 그게 전부예요! 어떻게 내가 그 망할 갈림길을 알았겠어요? 그 때문에 두드려 맞다니…."

"입 다물지 않으면 더 맞게 될 거야." 목소리가 말했고 마블 씨는 재빨리 입을 다물었다. 그는 볼이 부풀어올랐고, 눈은 체념을 대변하고 있었다.

"저 허둥대던 촌뜨기들이 내 책을 갖고 가는 자네를 막지 않고, 내 작은 비밀을 폭로시킨 것도 꽤 나빴어. 저놈들이 달려들었을 때 무시하고 달아난 건 저놈들 중 몇몇에겐 행운이었고! 내가 있는데… 아무도 내가 보이지 않는 줄 몰랐던 거야. 그런데 이제 어떻게 하지?"

"어떡하죠?" 마블이 낮은 소리로 물었다.

"모든 게 다. 신문에 날 거야! 모두가 나를 찾으려들겠지. 전부 경계하면서…." 목소리는 생생한 저주를 내뱉으며 그쳤다.

마블의 얼굴에 체념이 깊어지며 걸음이 느려졌다.

"가자구!" 목소리가 말했다.

마블 씨의 불그레한 얼굴이 군데군데 회색빛을 띠고 있었다.

"그 책 버리지 마, 멍청아." 목소리가 날카롭게 그를 덮쳤다.

"사실, 난 자넬 이용해야만 해…." 목소리가 말했다. "형편없는 도구지만 말야."

"내가 못마땅한 도구군요." 마블이 말했다.

"그래." 목소리가 말했다.

"선생님이 구할 수 있었던 최악의 도구군요." 마블이 말했다.

그가 낙담하는 듯한 침묵 후에 말했다. "나는 강하지 못해요."

"나는 강하지 못해요." 그가 되풀이했다.

"그렇지?"

"또 마음도 약하고. 그건 하찮은 일이었는데…, 물론, 내가 해냈지만…. 신의 가호를! 전 그만두어야만 할 거 같아요."

"뭐라고?"

"저는 당신이 원하는 만큼의 용기와 힘을 가지고 있지 못해요."

"내가 도와줄 거야."

"그러지 마세요. 당신 계획을 망치고 싶지 않아요, 하지만 그럴지도 몰라요. 순전히 두려움과 고통 때문에 말이죠."

"그러지 않는 게 좋을 거야." 목소리가 조용히 강요하듯 말했다.

"차라리 죽는 게 낫겠어요." 마블이 말했다. "이건 정의롭지 못해요." 그가 말했다. "인정해야 해요. 제게 완전한 권리가 있잖아요."

"가자구!" 목소리가 말했다.

마블 씨는 보조를 맞췄고, 잠깐 그들은 다시 침묵하며 걸었다.

"너무 힘들어요." 마블 씨가 말했다.

이것은 전혀 효과가 없었다. 그는 다른 방식을 시도했다.

못 견디게 잘못되었다는 투로 다시 시작했다. "그것으로 내가 얻는 게 뭔가요?"

"오우! 입 좀 다물어!" 목소리가 갑자기 놀랄 만큼 힘주어 말했다.

"잘할 수 있다는 걸 알게 해줄게. 시키는 대로만 해. 잘할 수 있어. 멍청하지만, 해낼 거라구…."

"정말이에요, 선생님, 나는 그런 사람이 못 돼요. 존경스럽지만… 그건 너무…."

"입을 다물지 않으면 다시 손목을 비틀어버리겠어." 투명인간이 말했다. "난 생각을 좀 하고 싶어."

이제 두 개의 직사각형 노란 불빛이 나무 사이로 나타났고, 네모진 교회 건물이 어스름 속에 흐릿하게 보였다. "자네 어깨 위에 내 손을 얹고 있을 거야." 목소리가 말했다. "마을을 완전히 지날 때까지. 곧장 가라고. 어리석은 짓 하려 들지 말고. 만약 그러면 자네에게 더 안 좋을 테니."

"저도 알아요." 마블 씨가 인정했다. "저도 다 안다구요."

철 지난 실크해트를 쓴 불안해 보이는 인물은 짐꾸러미와 함께 그 작은 마을 거리를 통과해 창문의 불빛 너머 짙어지는 어둠 속으로 사라졌다.

Chapter 14

포트 스토에서

At Port Stowe

다음날 아침 10시, 마블 씨가 면도를 하지 않아 지저분한 얼굴에 여행으로 더럽혀진 몰골로 포트 스토 외곽의 작은 주점 밖 의자에 모습을 드러냈다. 그는 책과 함께 매우 지치고 초조하고 거북해하는 표정으로, 가끔 뺨을 부풀리면서 호주머니에 손을 깊이 찔러 넣은 채 앉아 있는 중이었다. 옆의 책들은 이제 끈으로 묶여 있는 상태였다. 짐 보퉁이는 투명인간의 계획이 변경됨에 따라 브램블허스트 너머 소나무 숲에 버려진 채였다. 마블 씨는 벤치에 앉아 있었고, 누구도 자신을 주시하지 않았음에도 열에 들뜬 듯 불안해하고 있었다. 기이한 초조함으로 손을 여러 호주머니에 넣었다 뺐다 하며 무언가를 만지작거리고 있었다.

그런데 1시간가량을 앉아 있으려니, 한 나이 든 선원이 신문 하나를 들고, 여관에서 나와서는 그 옆에 앉았다. "좋은 날씨군요." 선원이 말했다.

마블 씨는 몹시 두려워하는 표정으로 주변을 흘끗 둘러보았다. "무척 좋네요." 그가 말했다.

"계절에 딱 맞는 날씨죠?" 대화를 피할 수 없게 만들면서 선원이 물었다.

"그러네요." 마블 씨가 말했다.

선원이 이쑤시개를 꺼내서는, (그의 시선에 구애받지 않고) 몇 분 동안 이를 쑤시는 데 몰두했다. 그의 눈은 그 사이 자연스레 마블 씨의 먼지투성이 용모와 그 옆의 책자들을 살피고 있었다. 그는 마블 씨에게 다가오면서 호주머니 속에서 금전이 쩔렁거리는 소리 같은 것을 들었다. 그는 그렇듯 부유해 보이는 것과는 전혀 다른 마블 씨의 외모에 놀랐다. 그때부터 그의 머릿속은 자신의 상상력을 기이할 정도로 확고히 붙잡았던 화제로 다시 돌아가 있었다.

"책인가요?" 요란스레 이를 쑤시던 일을 마치고 그가 갑자기 물었다.

마블 씨는 흠칫 놀라고는 그것들을 보았다. "아, 예." 그가 말했다. "예, 책입니다."

"책 속엔 놀라운 게 담겨 있죠." 선원이 말했다.

"맞아요." 마블 씨가 말했다.

"물론 책 밖에도 놀라운 것들이 있고 말이오." 선원이 말했다.

"마찬가지겠죠." 마블 씨가 말했다. 그는 대화 상대를 의심스럽게 쳐다보았고 그러고 나서 주변을 흘끔거렸다.

"신문 속에도 얼마간 놀라운 것들이 있고, 예를 들면…." 선원이 말했다.

"있겠죠."

"이 신문 속에도 말이오." 선원이 말했다.

"아!" 마블 씨가 말했다.

"이야기가 있지." 선원이 확고하면서도 의도적인 눈을 마블 씨에게 고정하고는 말했다. "예를 들어 투명한 인간에 대한 이야기가 있지."

마블 씨는 입을 삐죽 내밀곤 뺨을 긁으면서 자신의 귓불이 붉어지는 것을 느꼈다. "그들이 다음으로 쓸 게 뭘까요?" 그가 애매하게 말했다. "오스트리아, 아니면 미국?"

"둘 다 아닐걸." 선원이 말했다. "바로 여기지."

"주여!" 마블 씨가 흠칫 놀라며 소리를 냈다.

"내가 말하는 여기는," 마블 씨를 안심시키기 위한 듯, 선원이 말했다. "물론 바로 이 장소를 말하는 건 아니오, 이 근처를 의미하는 거지."

"그런데 투명인간이라니!" 마블 씨가 말했다. "그가 무슨 일을 했죠?"

"전부." 선원이 눈으로 마블을 통제하며 말했고, 그러고 나서 더 자세히 설명했다. "전부, 전부 다."

"나는 나흘 동안 신문을 보지 못했어요." 마블이 말했다.

"그는 아이핑이라는 곳에서 시작했더군." 선원이 말했다.

"정말요!" 마블 씨가 말했다.

"그자는 거기서 시작했어. 그런데 그자가 어디서 왔는지, 알고 있는 사람이 아무도 없는 것 같다는 거지. 여길 봐요, '아이핑의 괴이한 사건.' 그리고 신문에서는 그 증거가 너무나 놀라운 거라고 하고 있지 않소. 놀라운 것."

"오!" 마블 씨가 소리를 냈다.

"그도 그럴 것이, 그건 놀라운 이야기지. 목격자로는… 그를 분명히 제대로 보았다고 하는… 아니, 적어도 그가 정말 보이지 않았다고 하는 성직자와 의료인이 있군. 그는 분명 〈역마차〉에 머물러 있었소. 그런데 기사에 따르면, 여관에서 실랑이가 벌어져 그의 머리에서 붕대가 벗겨지기 전까지, 그자의 불행을 눈치챈 사람이 아무도 없었다는군. 그자의 머리가 눈에 보이지 않는다는 걸 그때야 목격했다는 거지. 즉시 그자를 붙잡으려 했지만, 그자는 옷을 벗어 던지고 탈출하는 데 성공했다는군. 하지만 기사에 따르면, 필사적인 싸움을 거치지 않으면 안 되었고, 와중에 훌륭하고 유능한 순경, 재퍼스 씨에게 심각한 부상을 입혔다는군. 아주 확실한 이야기 아니오, 응? 이름이나 모든 게 말이지."

"주여!" 마블 씨가 호주머니 속 돈을 다만 손의 감촉만으로 헤아리며, 예상 밖의 새로운 생각에 초조하게 주위를 살피며 말했다. "정말 놀라운 일이군요."

"그렇지? 기괴한 일이지. 나는 그렇게 생각하오. 나로서는 전에 투명인간에 관한 이야기를 들어본 적이 없으니. 하지만 요즘 사람들은 그런 기괴한 일들에 대해 많이 들으니까…. 그게…."

"그가 한 일은 그게 전부인가요?" 마블 씨가 아무렇지도 않게 보이려 애쓰면서 물었다.

"그거면 충분하지 않소, 응?" 선원이 말했다.

"혹시 되돌아가진 않았나요?" 마블이 물었다. "그냥 달아났다, 그게 전부라는 건가요?"

"전부요!" 선원이 말했다. "왜! 그거로 충분하지 않소?"

"물론 충분하긴 하죠." 마블이 말했다.

"그거면 충분한 거요." 선원이 말했다. "그거면 충분하지."

"그에게 일행은 없었다던가요? 그자에게 일행이 있다는 이야긴 없었겠죠, 그렇죠?" 마블이 염려스럽게 물었다.

"그런 자는 혼자라도 충분치 않을까?" 선원이 되물었다. "없소. 참말 다행이지. 쓰인 대로라면, 그에게 일행은 없었소."

그는 천천히 고개를 끄덕였다. "벌거벗었을 거로 생각되는 그놈이 이 지역 어디쯤을 뛰어다니고 있다는 게 아주 불쾌해! 그놈은 현재 라지Large에 있고, 추정컨대 포트 스토로 가는 길을 택했을 거라는데, 말하자면. 알다시피 우리가 바로 그 안에 있는 거잖아! 이번엔 미국이 아닐까 하는 당신 생각은 잘못된 거요. 그리고 그놈이 할 수 있는 일들을 생각해봐요! 계속해서 술이라도 마시고, 당신을 노린다면 당신은 어디에 있어야 하겠소? 놈이 도둑질을 한다고 가정하면 누가 그놈을 막을 수 있겠소? 그자는 아무 방해도 받지 않고 남의 집에 침입할 수 있소. 도둑질을 할 수도 있고, 경찰의 포위망을 아무렇지도 않게 걸어서 빠져나갈 수도 있지. 나나 당신이 장님을 따돌리는 것처럼 쉽게 말야! 더 쉽지! 장님들은 아주 작은 소리도 예민하게 들을 수 있으니 말이야. 그리고 그자가 좋아하는 술이 있는 곳은 어디든…."

"확실히 그는 엄청난 이점을 지녔군요." 마블 씨가 말했다. "그리고… 음…."

"그렇지." 선원이 말했다. "그자는 엄청난 이점을 지녔지."

그 시간 내내 마블 씨는 끊임없이 주위를 흘끔거렸고, 희미한 발소리를 놓치지 않고 듣고, 눈에 보이지 않는 움직임을 감지하려고 애썼다. 그는 어떤 큰 결심을 하려는 순간처럼 보였다. 그는 손을 가리고 기침을 했다.

그는 다시 주변을 살폈고, 귀를 기울였다가, 선원을 향해 몸을 기울이고는 목소리를 낮추었다. "그에 대해 사실… 우연히… 이 투명인간에 대해 한두 가지 정보를 알게 되었죠. 개인적인 연줄로 말이죠."

"오!" 선원이 흥미로워하며 물었다. "당신이?"

"예." 마블 씨가 말했다. "내가요."

"정말이오?" 선원이 말했다. "그럼 내가 물으면…."

"깜짝 놀라실 겁니다." 마블 씨가 손을 가리고 말했다. "엄청나죠."

"정말?" 선원이 말했다.

"사실은…." 마블 씨가 비밀을 털어놓는 듯한 낮은 목소리로 간절하게 막 말을 시작한 참이었다. 갑자기 그의 표정이 거짓말처럼 바뀌었다. "오우!" 그가 말했다. 그는 자리에서 뻣뻣하게 일어섰다. 그의 얼굴이 육체적 고통을 말하고 있었다. "아아!" 그가 소리쳤다.

"무슨 일이오?" 선원이 걱정스러운 듯 물었다.

"치통이," 마블 씨가 손을 귀로 가져가며 말했다. 그는 묶인 책들을 들었다. "가봐야만 할 거 같네요." 그가 말했다. 그는 기이한 방식으로 벤치 의자를 따라 그의 대화 상대로부터 천천히 멀어졌다. "하지만 당신은 지금 그 투명인간에 대해 말하려던 참이 아니었소!" 선원이 따지고들었다. 마블 씨는 마치 자신과 상의하는 듯했다. "장난." 목소리가 말했다. 이어서 "그건 장난이에요." 하고 마블 씨가 말했다.

"하지만 신문에도 난걸." 선원이 말했다.

"전부 똑같은 장난이죠." 마블이 말했다. "나는 그 거짓말을 시작한 녀석을 알아요. 무슨 투명인간 같은 게 있겠어요…. 어이쿠."

"그렇다면 이 신문은 어떻게 된 거지? 당신이 말하려던 건…"

"하나도 맞는 게 없다는 거죠." 마블이 완강하게 잡아뗐다.

선원은 손에 신문을 들고 노려보았다. 마블 씨가 홱 하고 고개를 돌려 외면했다. "잠깐만." 선원이 말했다. 그는 일어서서 천천히 물었다. "그럼 당신이 한 말은…?"

"말한 대로요." 마블 씨가 말했다.

"그러면 왜 당신은 내가 이 쓸데없는 걸 계속해서 말하도록 내버려둔 거지, 응? 사나이를 그처럼 혼자 바보가 되게 내버려둔 건 무슨 뜻인가 말이야, 엉?"

마블 씨는 그의 뺨을 부풀렸다. 선원은 정말로 갑자기 얼굴이 몹시 붉어졌다. 그는 주먹을 움켜쥐었다. "나는 이 일에 대해 10분을 떠들었어." 그가 말했다. "그런데 너는, 똥배에 늙다리 철면피 같은 낯짝을 가진 네놈은, 기본적인 매너도 없이…."

"말싸움하지 맙시다." 마블 씨가 말했다.

"말싸움! 나는 아주 지성적인 사람이야…."

"가자." 목소리가 말했고, 마블 씨는 갑자기 빙글 돌아서서는 기이하게 떨리는 자세로 걷기 시작했다. "달아나는 게 더 낫겠지." 선원이 말했다. "누가 달아난다고 그래요?" 마블 씨가 말했다. 그는 이상하게 서두르는 걸음걸이로 비뚜름히, 때때로 격렬하게 홱 하고 돌려 세워지면서 앞으로 물러나고 있었다. 어느 정도 길을 따라가서 그는 혼잣말로 항의와 비난의 말을 웅얼거리기 시작했다.

"망할 자식!" 선원이 다리를 쫙 벌리고, 양손을 허리에 댄 채 서서히 멀어지고 있는 모습을 지켜보면서 말했다. "내가 한 수 가르쳐주지. 멍청한 자식— 내게 장난을 쳐! 여기 신문에 나와 있는데!"

마블 씨는 두서없이 쏘아붙이고는 천천히 물러나, 굽어지는 길에서 보이지 않게 되었다. 하지만 선원은 푸줏간 마차가 가까이 와 그를 비켜서도록 만들 때까지 여전히 길 한복판에 당당히 서 있었다. 그러고 나서 그는 포트 스토를 향해 돌아섰다. "기괴한 놈들 천지라니까." 그는 자신에게 부드럽게 말했다. "날 얕잡아본 모양이지만… 어리석은 짓이지… 신문에 다 나와 있는데!"

그리고 그가 곧 듣게 된 또 다른 기괴한 일은 아주 가까운 곳에서 발생한 일이었다. 그것은 눈에 보이는 사람도 없는데 성미카엘 거리 모퉁이를 벽을 따라 이동하는, '돈을 가득 움켜쥔 주먹'에 대한 이야기였다. 동료 선원 한 명이 이 불가사의한 광경을 본 것은 바로 그날 아침이었다. 그는 즉시 그 돈을 낚아채고 머리를 얻어맞았고, 일어났을 때는 나비처럼 날아다니던 돈도 사라지고 없었다. 우리의 선원은 무엇이라도 믿을 분위기였지만, 그건 너무 지나치게 터무니없게 여겨졌다. 그렇지만 그 후 그는 다르게 생각하기 시작했다.

날아다니는 돈에 관한 이야기는 사실이었다. 또한 그 동네 전역에서, 심지어 위용 있는 〈런던 앤 카운티 금융회사〉에서도, 상점들과 여관들 돈 통에서도— 별이 좋은 날씨였기에 문을 연 곳은 완전히 열려 있었다— 돈이 조용히 그리고 교묘하게 한 움큼씩 혹은 꾸러미로, 벽과 그늘진 곳을 따라 조용히 날아서, 다가오는 사람들의 눈을 피해 재빨리 빠져나갔다. 그리고 그것은, 비록 추적하는 사람은 없었지만, 영락없이 포트 스토 외곽의 작은 여관 바깥에 앉아 있는 한물간 실크해트를 쓴 그 불안해하는 사내의 호주머니 속에서, 신비스러운 비행을 끝마쳤다.

그리고 그 버독Burdock 이야기가 이미 낡은 게 되고— 그 선원이 비로소 그 사실들을 끌어모아 그 불가사의한 투명인간과 자신이 얼마나 가까이 있었던가를 깨닫기 시작한 것은 열흘이 지나서였다.

Chapter 15

도망치고 있던 사내

The Man Who Was Running

이른 저녁 시간, 켐프 박사는 버독 마을이 내려다보이는 언덕 위 전망대 서재에 앉아 있었다. 그것은 쾌적한 작은 방으로, 세 개의 창이— 북쪽, 서쪽, 남쪽으로— 나 있었고, 책과 과학 출판물이 빼곡한 책장과 넓은 집필용 책상이 있었고, 북쪽 창 아래로는 현미경, 비커, 아주 작은 기구들, 얼마간의 배양물, 시약 병이 흩어져 있었다. 하늘은 석양 빛으로 여전히 밝았음에도, 켐프 박사의 태양광 램프는 켜져 있었고 블라인드는 밖에서 들여다볼 우려가 거의 없었기에 올려진 채였다. 켐프 박사는 키가 크고 호리호리한 젊은이로, 금발에 콧수염은 거의 흰색이었다. 그는 자신이 하고 있는 연구를 아주 소중히 생각하고, 그것으로 왕립학회 회원자격을 얻을 수 있길 희망했다.

작업에서 벗어나 방황하던 그의 눈은 이내 맞은편 언덕 너머로 타오르고 있는 석양을 포착했다. 잠시 동안 그는 펜을 입에 물고 앉아, 산마루 위의 풍성한 황금빛에 감탄하다, 자신이 있는 쪽을 향해 언덕을 달려 내려오고 있는 검고, 작은 형체의 한 사내에게로 관심이 쏠렸다. 그는 작달막한 키에, 높은 모자를 쓰고 있었고, 매우 빠르게 달리는지 다리가 경쾌히 움직였다.

"또 다른 멍청이로군." 켐프 박사가 말했다. "투명인간이 오고 있습니다, 선생님! 하면서, 오늘 아침 모퉁이를 돌아 달려오던 그 멍청이 같은 자들. 도대체 무엇이 사람들을 사로잡는지 상상도 못하겠어. 우리가 13세기에 살고 있는 것도 아니고 말이지."

그는 일어나 창문으로 갔고, 어스름한 산허리와 그것을 맹렬히 타고 내려오고 있는 거무스름한 작은 형체를 바라보기 시작했다. "지독히 서두르고 있는 것 같은데." 켐프 박사가 말했다. "그렇다고 그렇게 빠른 거 같지는 않군. 주머니에 납덩이를 채웠다 해도 저보다 굼뜨게 달릴 수 없을 것 같은데."

"좀더 박차를 가하시게, 선생."

다음 순간, 버독에서 언덕으로 오르며 지어진 더 높은 저택들로 인해 달리고 있는 형체가 가려졌다. 그는 잠시 후 다시 눈에 띄었고, 다시 가려졌다가 눈에 들어오길, 세 개의 분리된 집들 사이에서 세 번을 반복하고 나서는 그의 집 테라스로 가려졌다.

"멍청이들!" 켐프 박사가 획 돌아서서 자신의 집필 책상으로 걸어오며 말했다.

그러나 트인 도로에서 도망자를 더 가까이서 보았던 사람들은 땀 흘리는 그의 얼굴에서 끔직한 공포를 감지했기에 의사의 경멸에 공감하지 않았다. 그 사내가 요란스레 걷고 달릴 때는 가득 찬 돈주머니가 이리저리 던져지는 것처럼 쩔렁거렸다. 그는 오른쪽도, 왼쪽도 보지 않았지만 커다랗게 뜬 눈은 등불이 밝혀져 있는 내리막과 거리에 붐비는 사람들을 똑바로 응시하고 있었다. 또한 그의 못생긴 입은 벌어져 있었고, 입술에는 진득한 거품이 묻어 있었으며, 호흡은 거칠고 요란스러웠다. 그가 지나가면 모두들 걸음을 멈추고 길 위아래를 바라보았고, 그자의 서두름에 대해 불편한 기색으로 다른 이에게 질문을 던지곤 했다.

그러고 나서 곧 언덕 위에서 개 한 마리가 길에서 놀다가 컹컹거리며 짓다가는 문 아래로 달려갔고, 사람들이 아직 놀라고 있는 중에, 헐떡이는 숨소리처럼 헉, 헉, 헉 하고 들리는 바람 소리가 옆으로 빠르게 지났다.

사람들이 비명을 질러댔다. 사람들은 거리로 뛰어나와 소리를 질러댔고, 그것은 본능적으로 언덕 아래로 전해졌다. 마블이 얼마 가지 못해 거리에서 비명 소리가 터져나왔다. 그 소식과 함께 사람들은 집 안으로 뛰어들어 문을 꽝 소리가 나게 닫고는 걸쇠를 걸어 잠갔다. 마블은 필사적으로 마지막 박차를 가했다. 그를 앞질러 돌진해온 공포는 성큼성큼 다가와 순식간에 마을을 점령했다.

"투명인간이 오고 있다! 투명인간이다!"

Chapter 16

〈즐거운 크리켓터스〉*에서

In The <Jolly Cricketers>

〈즐거운 크리켓터스〉는 전차 선로가 시작되는 언덕 바로 아래 있다. 바텐더는 살찐 붉은 팔을 카운터에 걸치고 활력 없는 마부와 말에 관한 이야기를 나누고 있었다. 와중에 회색 복장에 검은 턱수염을 한 남자 한 명이 비스킷과 치즈를 똑똑 부러뜨리며 버턴 맥주를 마시면서, 비번인 경찰관과 미국식 영어로 대화를 나누고 있었다.**

"뭐라 소리치는 거지?" 활력 없는 마부가 갑자기 곁길로 새서, 술집의 낮은 창문의 빛바랜 누런 블라인드 너머로 언덕

* Jolly Cricketers는 주점 상호이다. 'Jolly'에는 '즐거운, 유쾌한'의 뜻이 있고, 'Cricketers'에는 '크리켓 선수들' 외에, 19세기 후반 영국의 교사들 사이에서 통용되었던 '존중의 의미를 모르는 정신없고 판단력이 부족한 청소년 무리'라는 의미를 내포하고 있다. 작가는 이중의 의미에 역설적 의미를 더해 쓴 것이다.

** 작가는 검은 수염의 사내가 미국인임을 알려주기 위해 굳이 이런 식의 표현을 했다.

위를 보려고 애쓰면서 말했다. 누군가가 밖으로 달려나갔다.

"아마 불이 난 모양인데요." 바텐더가 말했다.

힘겹게 달려오는 발소리가 가까워지더니 문이 격렬하게 밀쳐 열리면서, 모자는 사라지고 코트 목 부분이 찢겨 헤쳐진 마블이 울부짖으며 달려 들어왔다. 흩트러진 몰골로 떨면서 달려 들어온 그는 문을 닫으려 애썼다. 문이 끈으로 반쯤 열려 있었던 것이다.

"오고 있어!" 그가 비명을 질렀다. 그의 목소리는 공포로 갈라져 있었다. "그가 오고 있어. 투명인간이! 나를 쫓아서 말이야! 하나님 맙소사! 사람 살려! 도와주시오! 도와주시오!"

"그 문을 닫으시오." 경찰이 말했다. "누가 오고 있다고? 도대체 무슨 일이야?" 그는 문으로 가서 끈을 풀고는 그것을 꽝하고 닫았다. 미국인은 다른 문을 닫았다.

"안으로 들어가게 해주시오." 마블이 말했다. 비틀거리며 울고 있었지만, 여전히 책 묶음은 움켜쥐고 있었다. "안으로 들어가게 해주시오. 나를 가둬줘요…, 어디든. 정말이오. 그가 나를 쫓고 있소. 나는 그를 따돌렸어요. 그가 나를 죽일 수도 있다고 했소. 정말 죽일 거요."

"당신은 안전해요." 검은 턱수염의 사내가 말했다. "문은 잠겼소. 어떻게 된 일이죠?"

〈즐거운 크리켓터스〉에서

"나를 안으로 들어가게 해주시오." 마블이 말하는데, 갑자기 누군가 밖에서 닫힌 문을 한 방 때리더니 급하게 두드리며 외치는 소리가 나자, 마블이 크게 비명을 질렀다. "누구시오?" 경찰이 소리쳤다. "거기 누구요?"

마블 씨는 문처럼 보이는 판때기로 미친 듯이 달려갔다. "나를 죽일 거야. 그자는 칼을 가지고 있어. 오, 하나님!"

"여기." 바텐더가 말했다. "이리 들어가요." 그리고 그는 바의 덮개를 들어올렸다.

마블 씨는 바깥에서 부르는 소리가 되풀이됨에 따라 바 뒤로 달려 들어갔다. "문 열지 마." 그는 비명을 질렀다. "제발 그 문 열지 마시오. 내가 어디 숨을 수 있죠?"

"그럼 저, 저것이 투명인간이란 거지?" 검은 수염의 사내가 한 손을 그 뒤로 가리키면서 물었다. "우리가 그를 볼 시간이 된 듯하군."

주점의 유리창이 갑자기 부서졌고, 사람들이 비명을 지르며 거리 이리저리로 뛰어다니고 있었다. 경찰이 장의자에 올라서서 문가에 누가 있는지 보기 위해 목을 길게 빼고 밖을 내다보았다. 그는 눈썹을 추켜세우고 뛰어내리며 말했다. "그 자야." 바텐더는 이제 마블 씨가 잠가 둔 술집 문 앞에서 박살난 유리창을 바라보며 서 있다가는 다른 두 사람에게로 돌아왔다.

갑자기 사방이 조용해졌다. “내 경찰봉이 있으면 좋았겠는데.” 경찰관이 머뭇머뭇 문으로 다가가며 말했다. “일단 우리가 열면 그가 들어올 거야. 그를 멈추게 할 방법은 없어.”

“그 문을 너무 서둘러 열 필요는 없잖소.” 활력 없는 마부가 걱정스럽게 말했다.

“빗장을 풀어요.” 검은 수염의 사내가 말했다. “그리고 만약 그가 들어오면….” 그는 손에 쥔 리볼버 권총을 보여주었다.

“그건 안 되오.” 경찰관이 말했다. “그건 살인이오.”

“내가 어느 나라에 있는지는 나도 알고 있소.” 턱수염의 사내가 말했다.

“그의 무릎을 쏠 참이오. 빗장을 풀어요.”

“그 빌어먹을 걸 내 뒤에 쏘지는 마세요.” 바텐더가 블라인드 너머로 목을 길게 빼고 말했다.

“아주 좋아.” 검은 수염의 사내가 말하며, 안전 장치를 풀곤 허리를 굽혀 스스로 걸쇠를 풀었다. 바텐더, 마부, 그리고 경찰관이 정면을 보았다.

“들어오시라고.” 수염 난 사내가 뒤로 물러서서 권총을 뒤로 한 채 빗장 풀린 문을 정면으로 바라보며 낮은 목소리로 말했다.

아무도 들어오지 않았고, 문은 닫힌 채였다. 두 번째 마부가 조심스럽게 문 밖으로 머리를 내민 5분 후까지도 그들은 여전히 기다리고 있었고, 불안해하는 얼굴 하나가 바 밖을 살펴보며 정보를 제공했다. "이 집에 모든 문이 닫혀 있나요?" 마블이 물었다. "그는 들어올 곳을 찾아 주위를 돌고 있을 거요. 그는 악마처럼 교활한 자거든요."

"어이쿠!" 건장한 체격의 바텐더가 말했다. "뒷문이 있어요! 저 문들을 잘 지켜보세요! 내 말은…!" 그는 속수무책으로 주위를 살폈다. 바텐더의 방문이 쾅 닫히고 그들은 키가 돌아가는 소리를 들었다. "정원 문과 비상문이 있어요. 정원 문은…."

그는 바 밖으로 달려나갔다.

잠시 후 그는 손에 고기 써는 칼을 들고 다시 나타났다. "정원 문이 열려 있어요!" 그가 말했고, 그의 두툼한 아랫입술이 밑으로 처졌다. "그는 지금 집 안에 들어와 있을 거예요!" 첫 번째 마부가 말했다.

"부엌 안에는 없어요." 바텐더가 말했다. "거기엔 아주머니 두 명이 계세요. 또한 내가 이 고기 저미는 칼로 구석구석을 찔러봤거든요. 그분들은 그가 들어왔을 거라고 생각하지 않아요. 아무 낌새도 없었대요."

"거긴 잠갔소?" 첫 번째 마부가 물었다.

"난 계집애가 아녜요." 바텐더가 말했다.

수염 난 사내는 권총을 제자리에 놓았다. 그런데 그가 그렇게 하는 것과 거의 동시에 바의 덮개가 내려앉으며 볼트가 찰칵 소리를 냈다. 그러고는 그 문의 잠금쇠가 엄청난 소리를 내며 뚝 부러졌고 바텐더 방문이 부서지며 열렸다. 그들은 마블이 붙잡힌 토끼 새끼처럼 끼익 하고 내는 소리를 듣자 곧바로 그를 구하기 위해 바 위로 기어올랐다. 수염 난 사내의 총이 날카로운 소리를 내자 그 특별실 뒤편 거울처럼 보이는 것이 별처럼 반짝 하더니 쨍 소리와 함께 산산이 부서져내렸다.

바텐더가 그 공간으로 들어섰을 때 그는 기묘하게 구부러져 마당과 부엌으로 통하는 문에 대고 발버둥 치고 있는 마블을 보았다. 바텐더가 주저하는 사이 그 문이 갑자기 열리며, 마블은 부엌 안으로 질질 끌려갔다. 비명 소리와 프라이팬 덜거덕거리는 소리가 났다. 마블은 고개를 떨구고, 억지로 질질 끌려가면서 부엌문에 부딪혔고, 볼트가 풀렸다.

그때 바텐더를 비껴가려고 애쓰고 있던 경찰관과 마부 중 한 사람이 뒤따라 달려 들어와서는, 마블의 목덜미를 쥐고 있는 투명인간의 손목을 움켜쥐려다 얼굴을 맞고는 뒤로 비틀거렸다. 문이 열렸고, 마블은 그 뒤의 공간을 확보하기 위해 미친 듯이 달려들었다. 그때 마부가 무언가의 목덜미를 쥐었다. "놈을 잡았다." 마부가 말했다. 바텐더의 붉은 손이 보이지 않는 그것을 할퀴었다. "놈이 여기 있다!" 바텐더가 소리쳤다.

풀려난 마블은, 갑자기 바닥으로 몸을 낮추더니 싸우는 사내들의 다리 뒤로 기어가려 시도했다. 그 분투는 문의 끝부분에서 실패로 끝났다. 투명인간의 목소리가 처음으로 들렸다. 경찰관이 그의 발을 밟았을 때 날카롭게 내지른 소리였다. 그러고 나서 그는 격노해서 소리쳤고, 주먹을 도리깨처럼 마구 휘둘렀다. 마부가 갑자기 사타구니를 걷어차이고는 두 배쯤 고함을 질렀다. 부엌에서 바텐더 공간으로 통하는 문이 탕 하고 닫히며 마블 씨의 퇴각을 가려주었다. 부엌 안의 사내들은 허공을 움켜쥐고 싸우고 있는 자신들을 발견했다.

"어디로 간 거지?" 수염 난 사내가 말했다. "나갔나?"

"이 길이다." 경찰관이 말하며, 마당 안으로 걸어가다 멈추었다.

타일 조각 하나가 그의 머리를 스쳐 날아가서는 식탁 위의 도기 그릇 사이에서 부서졌다.

"본때를 보여주지." 수염 난 사내가 소리치더니 갑자기 총구를 경찰관의 어깨너머를 향해 발사했고, 다섯 발의 총알은 그 타일 조각이 날아온 쪽으로 빛을 내며 날아갔다. 수염 난 사내는 발사하면서 수평으로 곡선을 그으며 움직였기에, 그의 충격은 바퀴의 부챗살처럼 좁은 마당 안으로 펼쳐졌다.

침묵이 뒤따랐다. "다섯 발의 사격." 검은 수염의 사내가 말했다. "그게 제일 좋지. 에이스 네 장에 조커 한 장. 누가 랜턴 좀 가져오지, 가서 그놈의 시체를 찾아보자고."

〈즐거운 크리켓터스〉에서

Chapter 17

켐프 박사의 방문객

Dr. Kemp's Visitor

그는 작업을 멈추고 남쪽 유리창으로 가서는, 밖으로 몸을 내밀어 밤이면 마을을 드러내주는 지붕과 마당의 검은 틈새로 구슬 모양의 가스등과 상점, 창문 망을 내려다보았다. "언덕 아래에 사람들이 있는 것 같은데." 그가 말했다. "크리켓터스 옆이잖아." 그리고 계속해서 지켜보았다.

그러고 나서 그의 눈은 마을 너머 멀리 배의 불빛이 비치는 곳으로 향했는데, 부두는 노란 빛의 보석처럼 조명이 켜진 작은 전시관처럼 빛났다. 상현달은 서쪽 언덕에 걸려 있었고 별은 맑아서 거의 열대 지방에서처럼 밝았다.

5분이 지난 후, 그의 머릿속은 미래 사회의 상황에 대한 상념으로 옮겨갔고, 마침내 시간 차원을 넘어 무아지경에 빠졌다. 켐프 박사는 한숨을 쉬며 자신을 일깨우고, 다시 창문을 내리고는 그의 집필용 책상으로 돌아왔다.

현관 벨이 울린 것은 그로부터 거의 한 시간이 지난 후였다. 그는 총성 이후, 느릿하게, 때로는 멍하니 글을 쓰고 있었다. 귀를 기울이며 앉아 있던 그는 하녀가 문에 응답하는 것을 듣고 계단을 올라올 그녀의 발소리를 기다렸지만 그녀는 오지 않았다. "뭐였지?" 켐프 박사가 혼잣말을 했다.

그는 작업을 계속하려다 포기하고, 일어나 서재에서 계단을 내려가 층계참에서 벨을 눌렀는데, 하녀가 아래 복도에 나타나자 난간 너머로 불렀다. "아까 소리는 편지였나?" 그가 물었다.

"그냥 벨을 누르고 달아난 거예요, 선생님." 그녀가 대답했다.

"오늘 밤은 왠지 불안하군." 그는 혼잣말을 했다. 그는 서재로 돌아와, 이번에는 굳은 결의로 자신의 작업에 달려들어 다시 글쓰기에 몰두했고, 방 안에는 시침 소리와 책상 위로 비치는 램프 빛 한가운데 압력이 가해진 날카로운 깃털 펜의 서걱대는 소리만 들렸을 뿐이었다.

켐프 박사가 그날 밤 작업을 마쳤을 때는 두 시가 지나서였다. 그는 일어서서 하품을 하고는 아래층 침실로 내려갔다. 그가 갈증을 느낀 것은 이미 상의와 안의 옷을 벗고 나서였다. 그는 촛불을 들고 소다수와 위스키를 찾아 식당으로 내려갔다.

켐프 박사의 과학적 탐구는 그를 매우 주의 깊은 사람으로 만들었다. 그는 홀을 가로질러 가면서, 계단 바닥 매트 근처의 리놀륨 위에 생긴 검은 반점을 인식했다. 그는 아래층으로 내려가서, 문득 그 리놀륨에 있는 반점이 무얼까 하는 의구심이 일었다. 분명히 어떤 무의식적인 요소가 작동한 것이었다. 어쨌든, 그는 물건을 챙겨 돌아섰고, 홀로 돌아와, 소다수와 위스키를 내려놓고 몸을 숙여 반점을 만졌다. 특별한 놀라움 없이 그는 그것이 끈끈하게 말라붙은 피라는 것을 알아챘다.

그는 다시 물건을 들고, 계단으로 돌아와 주위를 살피면서 핏자국에 대해 해석해보려 애썼다. 층계참에서 그는 무언가를 보았고 놀라서 멈춰 섰다. 자신의 방문 손잡이에 핏자국이 묻어 있었던 것이다.

그는 자신의 손을 들여다보았다. 아주 깨끗했다. 그러고 나서 그 방문은 자신이 서재에서 내려왔을 때 이미 열려 있었으며, 자신은 분명히 그 손잡이를 만지지 않았다는 것을 떠올렸다. 그는 곧장 방 안으로 들어갔다. 그의 얼굴은 제법 침착했는데, 아마 평소보다는 조금 단호했을 것이다. 그의 시선이 의심스럽게 떠돌면서 침대로 떨어졌다. 이불 위에는 더러워진 핏자국이 있었고, 시트는 뜯겨 있었다. 아까 그는 곧장 화장대로 갔었기에 알아채지 못했었다. 저편에는 마치 누군가가 조금 전 거기 앉아 있었기라도 한 것처럼 침구류가 눌려 있었다.

그때 그는 낮은 목소리로 "주여, 감사합니다!… 켐프!" 하는 소리를 들은 것 같은 이상한 느낌을 받았다. 하지만 켐프 박사는 목소리를 믿을 수 없었다.

그는 구겨진 시트를 바라보며 서 있었다. 정말 목소리였나? 다시 주위를 살폈지만, 흩어진 이불과 피 묻은 침대 말고는 아무것도 알아채지 못했다. 그때 그는 방을 가로질러 세면대 가까이 가는 움직임 소리를 분명히 들었다. 아무리 높은 교육을 받았다 해도 대부분의 사람은, 어떤 미신적 관념을 가지게 된다. '으스스하다'로 불리는 바로 그 느낌이 그를 사로잡았다. 그는 방문을 닫고, 화장대 앞으로 가서는 그의 물건들을 내려놓았다. 불현듯 그는 깜짝 놀라며, 자신과 세면대 사이에서, 공중에 매달려 감겨 있는 피 묻은 리넨 붕대 조각을 인지했다.

그는 놀란 상태로 그것을 바라보았다. 그것은 비워진 붕대였고, 제대로 묶여 있었지만, 완전히 비어 있었다. 그는 그것을 잡으려 앞으로 나아가려 했지만, 어떤 감촉이 그를 방해했고, 목소리 하나가 꽤 가까이서 들려왔다.

"켐프!" 목소리가 말했다.

"응?" 켐프가 입을 열고 소리를 냈다.

"침착하시오." 목소리가 말했다. "나는 투명인간이오."

켐프는 빈 공간에 대고 대답할 수 없어서 그저 붕대를 바라봤다. "투명인간이라고?" 그가 말했다.

"나는 투명인간이오." 목소리가 되풀이했다.

그날 아침 그를 비웃게 만들었던 그 이야기가 켐프의 뇌 속으로 달려들었다. 그는 그 순간 지나치게 섬뜩해하거나 놀란 것 같지는 않았다. 깨달음은 나중에 왔다.

"전부 거짓말이라고 생각했는데." 그가 말했다. 그의 가슴을 치고 올라온 그 생각은 그날 아침 되풀이해서 따져본 논거였다. "당신은 붕대를 감고 있소?" 그가 물었다.

"그렇소." 투명인간이 말했다.

"오우!" 켐프가 말했다, 그러고 나서 자신을 일깨웠다. "이보시오!" 그가 말했다.

"하지만 이건 난센스야. 이건 속임수라고." 그는 갑자기 앞으로 내디뎠고, 붕대 쪽으로 손을 뻗어서 보이지 않는 손가락과 만났다.

그는 그 감촉에 놀라 움찔하며 안색이 바뀌었다.

"동요하지 마시오, 켐프. 오, 하나님! 나는 몹시 도움이 필요해요. 멈춰요!"

그 손이 그의 팔을 잡았다. 그는 그것을 떨쳐냈다.

"켐프!" 목소리가 울부짖었다. "켐프! 진정해요!" 그리고는 단단히 쥐었다.

벗어나야 한다는 광적인 열망이 켐프를 사로잡았다. 붕대를 감았던 손이 그의 어깨를 움켜잡았고, 그는 갑작스레 발이 걸려 뒤편 침대로 내동댕이쳐졌다. 그는 소리치려 입을 벌렸지만, 시트 자락이 이빨 사이로 파고들었다. 투명인간이 무섭게 그를 눌렀지만, 팔은 풀려 있어서 때리면서 발길질을 했다.

"이유를 들어봐야지 않겠소, 응?" 옆구리를 소리가 나게 두들겨대는데도 불구하고 투명인간이 말했다. "하늘에 맹세해! 나를 미치게 만들 셈이오? 가만히 누워 있으라고, 이 바보야!" 투명인간이 켐프의 귀에 대고 고함쳤다.

켐프는 잠시 몸부림치다가 가만히 누워 있었다.

"만약 소리치면 얼굴을 갈길 거야." 투명인간이 그의 입을 풀어주며 말했다.

"나는 투명인간이오. 바보도 아니고, 마술도 아니오. 나는 정말로 투명인간이오. 그리고 당신 도움을 원해요. 당신을 다치게 하고 싶지 않지만, 만약 당신이 미친 얼뜨기처럼 행동한다면, 틀림없이 그렇게 할 거요. 나를 기억하지 못하겠소, 켐프? 그리핀이요, 유니버시티 대학의!"

"나를 일어나게 해주시오." 켐프가 말했다. "여기서 움직이지 않겠소. 잠시 그냥 앉아 있게 해줘요."

그는 일어나 앉아서는 목을 만졌다.

"나는 그리핀이오. 유니버시티 대학의, 나는 나를 보이지 않게 만들었소. 그저 예전과 같은 사람이오. …당신이 알고 있던 사람이… 보이지 않게 된 것 뿐이오."

"그리핀이라고?" 켐프가 말했다.

"그래요, 그리핀." 목소리가 말했다. "당신보다 어린 학생으로*, 거의 알비노** 같았고, 180센티 키에, 우람하고, 분홍빛 흰 얼굴에 붉은 눈을 가졌던, 화학으로 메달을 따기도 했던 사람 말이오."

"혼란스럽군." 켐프가 말했다. "머릿속이 뒤죽박죽이야. 이게 그리핀과 무슨 관계가 있지?"

"내가 그리핀이오."

* A younger student than you were, 영어에는 특별히 존대와 하대의 표기가 없어 번역에 역자의 입김이 많이 작용하는데, 이 작품에서 투명인간이 켐프에게 건네는 대화를 경어체로 쓴 것은 이 대목 때문이다. 투명인간은 자기 입으로 켐프보다 어렸던 학생이라고 말하고 있다.

** albino, 선천성 색소결핍증인 백색종에 걸린 사람.

켐프는 생각했다. "이건 끔찍하군." 켐프가 말했다. "어떤 악마의 소행이 보이지 않는 사람을 만들어낸 거지?"

"악마의 소행이 아니오. 이건 과정이지. 맨정신에 충분히 이해할 수 있는…."

"끔찍한 일이군!" 켐프가 말했다. "세상에 어떻게…."

"충분히 끔찍하오. 하지만 나는 고통 속에 떠돌고 있소. 그리고 지쳤고…. 위대한 신이시여! 켐프, 당신은 사람이잖소. 진정하시오. 내게 먹을 것과 마실 것을 좀 주겠소? 그리고 여기에 내가 좀 앉아 있게 해주오."

켐프는 붕대가 방을 가로질러 움직일 때마다 그것을 바라봤다. 그때 라탄 의자 하나가 바닥을 가로질러 끌리어 침대 근처에 놓이는 것을 보았다. 그것이 삐걱 소리를 내더니, 자리가 4분의 1인치쯤 눌렸다. 그는 자신의 눈을 비비고는 다시 목을 문질렀다. "이러면 귀신을 이긴다고 했지." 켐프가 말하고는, 자신도 어리석은 소리라는 걸 알았는지 웃었다.

"그게 더 낫겠군. 고맙소, 당신은 안정을 찾아가고 있소."

"아니면 어리석거나." 켐프가 말했다. 그러고는 눈을 주먹으로 두드렸다.

"위스키를 좀 주시오. 거의 죽을 지경이오."

"그렇게 느껴지진 않는데. 자네는 어디에 있나? 내가 일어서면 자넬 들이받으려나? 거기 있군! 좋아. 위스키? 여기 있네. 내가 어디로 주면 되지?"

의자가 삐걱거렸고 켐프는 유리잔이 그에게서 앗겨나가는 것을 느꼈다. 그는 어렵게 손을 놓았다. 그의 본능이 무의식적으로 저항했다. 유리잔은 앉은 의자의 앞쪽 모서리 50센티쯤 위에 멈춰 있었다. 그는 한없이 당혹스러워하며 그것을 응시했다. "이건, 이건 틀림없이 최면술이야. 자네는 보이지 않는다고 암시를 걸었을 거야."

"당치 않은 소리요." 목소리가 말했다.

"미치겠군."

"내 말 좀 들어봐요."

"나는 오늘 아침 최종적으로 논증했어," 켐프가 말하기 시작했다. "눈에 보이지 않는다는 건…."

"당신이 논증한 게 무엇이든 개의치 않소! 나는 배가 고프오." 목소리가 말했다. "또 밤에는 옷이 없는 사람에겐 쌀쌀해요."

"먹을 걸 달라는 건가?" 켐프가 말했다.

위스키가 담긴 텀블러가 저절로 기울여졌다. "그래요." 투명인간이 그것을 두드리면서 말했다. "실내복도 하나 있소?"

켐프는 낮은 목소리로 무슨 말인가를 했다. 그는 옷장으로 걸어가서는 칙칙한 진홍빛 옷 하나를 꺼내왔다. "이걸 입겠나?" 그가 물었다. 그것이 그에게서 떠나갔다. 그것은 잠깐 동안 공중에 흐느적거리며 매달렸다가, 기묘하게 펼쳐졌고, 똑바로 섰다가 저절로 단추가 꼼꼼히 채워지더니 의자에 앉았다.

"속바지와 양말, 슬리퍼가 있으면 편하겠군." 보이지 않는 이가 간결하게 말했다. "그리고 먹을 거도."

"무엇이든 주지. 하지만 이건 살다살다 처음 겪는 미친 짓이군!"

그는 그 물품들을 위해 서랍을 열어본 뒤 식품 저장고를 뒤지기 위해 아래층으로 내려갔다. 그는 식은 커틀릿과 빵을 가지고 돌아와서, 가벼운 탁자를 끌어다 자신의 손님 앞에 놓았다. "나이프는 신경 쓰지 마시오." 방문객이 말했다. 그리고 씹어 먹는 소리와 함께 커틀릿이 허공에 매달려 있었다.

"눈에 보이지 않는다니!" 켐프가 말하며 침대 의자에 앉았다.

"나는 언제나 먹기 전에 무언가로 나를 가리길 좋아하오." 투명인간이 입 안 가득 음식을 채우고 걸신들린 듯이 먹으면서 말했다. "괴상한 성격이지!"

"그 손목은 괜찮은 모양이군." 켐프가 말했다.

"나를 믿어도 좋소…." 투명인간이 말했다.

"모든 이상하고 놀라운 것 중에…."

"맞소. 무엇보다 이상한 건 내가 붕대를 구하기 위해 우연히 들어온 집이 당신 집이었다는 걸 거요. 나로선 처음 맞는 행운인 게지! 어쨌든 나는 오늘 밤 이 집에서 잘 생각이었소. 당신은 그걸 참아야만 했을 테고! 내가 흘린 피까지 보이니, 그건 지독한 폐가 될 테지만. 그렇지 않소? 저기엔 제법 덩어리진 것도 있지. 내 보기엔 그게 응고되면서 보이게 된 것 같소. 내가 바뀌고도 유일하게 살아 있는 조직이오. 그리고 내가 살아 있는 한 유일하게… 나는 세 시간 전부터 이 집에 있었소."

"그런데 어떻게 된 일인가?" 켐프가 격앙된 목소리로 말하기 시작했다. "빌어먹을! 모든 게… 처음부터 끝까지 비상식적이군."

"지극히 상식적이오." 투명인간이 말했다. "더할 나위 없이 상식적이지."

그는 손을 뻗어 위스키 병을 확보했다. 켐프는 병째 집어삼킬 듯 마시고 있는 드레스 가운을 바라봤다. 빛 한 조각이 오른쪽 어깨의 찢어진 틈을 관통해가서는, 왼쪽 갈비뼈 아래 삼각형의 불빛을 만들었다. "총성은 뭐였나?" 켐프가 물었다.

"그 총성은 어떻게 시작된 건가?"

"정말이지 바보 같은 사내가 한 명 있었소, 일종의 내 동맹이었지… 그자 때문에! 그자가 내 돈을 훔치려 했소. 아니, 훔쳐갔지."

"그자도 역시 눈에 보이지 않나?"

"아니오."

"그럼?"

"그에 관해 말하기 전에 뭐든 좀더 먹을 수 없겠소? 배가 고프오…. 고통스럽게. 먹고 나서 듣는 게 어떻겠소!"

켐프는 일어섰다. "자넨 어쨌든 총을 쏘지 않았다는 건가?" 그가 물었다.

"난 아니오." 방문객이 말했다. "한 번도 본 적 없는 어떤 바보 하나가 무작정 쏴댄 거요. 많은 이가 겁을 먹었지. 전부 내가 두려웠던 거지. 빌어먹을! …내 말은… 우선 좀더 먹고 싶소, 켐프."

"아래층에 먹을 게 있는지 가보지." 켐프가 말했다. "유감이네만, 많진 않을걸세."

투명인간은 충분히 먹고 나서, 다시 배불리 먹었고, 시가를 요청했다. 그는 켐프가 나이프를 찾기 전에 사납게 시가의 끝을 물어뜯으며, 바깥 잎이 풀리자 욕설을 했다. 그가 담배를 피우는 걸 보는 건 이상했다. 입과 목, 인두와 콧구멍이, 일종의 연기가 휘돌아나오는 거푸집처럼 보였다.

"이 축복받은 흡연의 선물이라니!" 그는 힘차게 연기를 내뿜고는 말했다. "당신에게 오게 되다니, 운이 좋았소, 켐프. 날 도와주어야만 해요. 나는 궁지에 몰렸소… 미치는 줄 알았지. 그간 겪어야 했던 일들을 생각하면! 하지만 우리는, 아직 할 일이 있소. 당신에게 말해주리다…."

그는 위스키와 소다수를 더 마셨다. 켐프가 일어나, 주위를 둘러보고는 여분의 유리잔 하나를 가지고 왔다.

"이건 독한데…, 하지만 나도 마셔야만 할 것 같군."

"지난 십여 년 동안, 별로 변한 게 없군요, 켐프. 올바른 사람은 그렇지. 실패 후에도 냉정하고 체계적이지. 이 말은 꼭 해야겠소. … 우리는 함께 연구할 수 있을 거요!"

"그런데 전부 어찌 된 일인가?" 켐프가 물었다. "자네는 어쩌다 이렇게 된 거지?"

"아무쪼록, 잠시만 평화롭게 담배를 태우게 해주오! 그러고 나서 이야기하리다."

하지만 그 이야기는 그날 밤 말해지지 않았다. 투명인간의 손목 고통이 점점 심해졌기 때문이다. 그는 열이 났고, 지쳤으며, 그의 마음은 언덕 아래의 추격과 여관에서의 싸움을 곱씹고 있었다. 그는 마블에 대해 단편적으로 이야기했다. 급하게 담배를 피우며, 목소리는 화가 나서 높아졌다. 켐프는 그가 하는 이야기들을 이해하려고 애썼다.

"놈은 나를 두려워했고, 놈이 나를 두려워하는 걸 알 수 있었소." 투명인간이 여러 번 반복해서 말했다. "놈은 내게서 달아나려는 의도였소. 항상 기회를 엿보고 있었던 거야! 내가 정말 멍청했던 거지! 망할 자식! 놈을 죽여버렸어야 했는데!"

"망할 자식!"

"그자를 죽였어야 했는데!"

"그 돈은 어디서 났던 건가?" 불현듯 켐프가 물었다.

투명인간은 한동안 침묵했다. "오늘 밤은 말할 수 없을 것 같소." 그가 말했다.

그는 갑자기 신음 소리를 내며 앞으로 몸을 굽혔고, 보이지 않는 머리를 보이지 않는 손으로 짚었다. "켐프." 그가 말했다. "나는 거의 사흘 동안 잠을 자지 못했소. 한두 시간 졸았던 것을 제외하곤 말이오. 좀 자야만 할 거 같소."

"그래, 내 방을 쓰게…. 이 방을."

"하지만 내가 어찌 잠들 수 있겠소? 만약 내가 잠들면… 녀석은 달아날 텐데. 우! 그게 무슨 상관이람?"

"총에 맞은 상처는 어떤가?" 켐프가 갑자기 물었다.

"괜찮소… 스쳐서 피가 났을 뿐이오. 오, 하나님! 얼마나 졸린지!"

"자면 되지, 왜?"

투명인간은 켐프를 바라보는 것 같았다. "동료에 의해 붙잡히게 되는 건 무엇보다 싫기 때문이오." 그가 천천히 말했다.

켐프가 흠칫 놀랐다.

"나는 정말 바보로군!" 투명인간이 테이블을 세차게 치면서 말했다. "당신 머릿속에 그런 생각을 집어넣다니."

Chapter 18

투명인간이 잠든다

The Invisible Man Sleeps

그는 지쳤고 상처를 입었음에도 투명인간으로서, 그의 자유를 존중하겠다는 켐프의 말을 곧이곧대로 받아들이지 않았다. 그는 언제든 두 개의 창문으로 달아나는 게 가능하게 되어 있다는 켐프의 설명을 확인하기 위해 그곳을 살폈다. 블라인드를 끌어내리고 유리창을 열어보았다. 바깥의 밤은 매우 고요하고 평온했으며, 초승달이 저물고 있었다. 그런 다음, 그는 침실의 열쇠와 두 개의 화장실 문을 살폈다. 그것들 또한 자유를 확보할 수 있다는 걸 확인하고 안심하기 위해서였다. 마침내 그는 만족감을 표했다. 그는 벽난로 깔개 위에 서 있었고 켐프는 하품하는 소리를 들었다.

"미안하오." 투명인간이 말했다. "유감스럽지만 내게 있었던 일 전부를 오늘 밤에 다 말할 수는 없을 것 같소. 나는 너무 지쳤소. 그건 의심의 여지없이 기괴한 일이었소. 끔찍했지! 그렇지만 나를 믿으시오, 켐프. 오늘 아침 당신의 추론에도 불구하고, 그건 꽤 가능한 일이오. 내가 발견한 게 하나 있소. 그걸 나 혼자만 알고 있을 작정이었지. 안 될 일이었소. 나는 같은편이 있어야만 했소. 그리고 당신은… 우리는 그 일을 할 수 있소. 하지만 내일 합시다. 켐프. 지금은 잠을 자지 않으면 죽을 것만 같소."

켐프는 머리 없는 의복을 바라보면서 방 중앙에 서 있었다. "나는 나가봐야만 할 것 같군." 그가 말했다. "이건… 믿을 수가 없군, 내 모든 선입관을 뒤집는, 이 같은 일이 세 번쯤 일어나면 난 미쳐버릴걸세. 하지만 이게 현실이니 어쩌겠나! 더 필요한 건 없나?"

"그냥, 잘 자라고만 해주시오." 그리핀이 말했다.

"잘 자게." 켐프가 말했다. 그리고 보이지 않는 손과 악수했다. 그는 옆으로 해서 문 쪽으로 걸었다. 갑자기 실내복이 빠르게 그를 향해 왔다. "나를 이해해주시오!" 실내복이 말했다. "나를 방해하려거나 잡으려고 하지 마시오! 아니면…."

켐프의 얼굴이 조금 바뀌었다 "약속한 것 같은데." 그가 말했다.

켐프가 부드럽게 문을 닫았고 곧바로 뒤에서 문이 잠겼다.

그러고는, 그가 놀란 표정으로 서 있을 때, 급한 발소리가 화장실 문으로 갔고 그 역시 잠겼다. 켐프는 손으로 이마를 때렸다. "내가 꿈을 꾸고 있나? 세상이 미친 걸까…? 아니면 내가?"

그는 웃었다. 그러고는 잠긴 문에 손을 댔다. "이런 황당한 일로 내가 내 침실에서 내쫓기다니!" 그가 말했다.

그는 층계 머리까지 걸어갔고, 돌아서서는 잠긴 문을 바라보았다.

"이건 사실이야." 그가 말했다. 그는 가볍게 멍이 든 목에 손을 댔다. "부정할 수 없는 사실이라고!"

"하지만…."

그는 절망적으로 머리를 흔들고는, 돌아서서 계단을 내려갔다.

그는 식당의 등을 켰고, 시가를 꺼내 물고 갑자기 소리치면서 그 안을 서성이기 시작했다. 이따금 그는 자기 자신과 논쟁을 했다.

"보이지 않다니!" 그가 말했다.

"보이지 않는 동물이 있을까? …바다엔, 그래 거긴 있겠구나. 수천, 수백만 마리가. 모든 유충들, 작은 노플라우스와 토르나리아들, 미세한 생물들, 해파리. 바다엔 보이는 것보다 보이지 않는 것이 더 많잖아! 이전엔 왜 한 번도 생각지 못했었지? 또 연못에도! 작은 연못 생물들… 투명한 젤리 같은 조각들! 그런데 공기 안엔? 없지!

그런 게 있을 수는 없어.

하지만 어쨌든… 왜 있으면 안 되는 거지?

만약 사람이 유리로 만들어졌다 해도 여전히 보이는 존재겠지."

그의 숙고는 깊어졌다. 다시 입을 열기 전에, 커다란 시가 세 개비가 다 타버리거나 카펫 위로 떨어져 뺏가루처럼 흩어졌다. 그러고 나서 감탄하지 않을 수 없었다. 그는 방을 나와 옆으로 돌아서, 그의 작은 진료실 방으로 들어가서는 그곳 가스등에 불을 붙였다. 켐프 박사는 의료행위로 생활하는 게 아니었기 때문에 방은 자그마했고, 그 안에는 그날치 신문이 있었다. 그날 아침 신문이 한쪽에 아무렇게나 놓여 있었다. 그는 그것을 집어들어 펼쳐서는, '아이핑의 이상한 이야기'에 대한 기사를 읽었다. 포트 스토에서 선원이 마블 씨에게 그토록 애써 쏟아냈던 이야기 기사. 켐프는 그것을 신속히 읽었다.

"싸맸던 거구나!" 켐프가 말했다. "변장했던 거야! 그걸 숨겼던 거야! 그의 상황을 눈치챘던 이가 아무도 없었던 것 같군. 이 무슨 악마의 장난일까?"

그는 신문을 내려놓고는 뭔가를 찾았다. "아!" 소리를 내며 그는, 배달된 상태 그대로 놓여 있는, 〈세인트 제임스 가제트〉* 를 집어들었다. "이제 진실을 밝혀내자고." 켐프 박사가 말하며 신문을 거칠게 펼쳤다. 그는 두어 개의 칼럼에 주목했다. 〈서식스 마을 전체가 미쳐버리다〉라는 제목을 달고 있었다.

"세상에나!" 이미 기술되어 있는, 전날 오후의 믿기 힘든 아이핑에서의 행적 이야기를 열심히 읽으면서 켐프가 말했다. 그날 아침 기사를 펼쳤다.

그는 그것을 다시 읽었다. "닥치는 대로 때리면서 그 거리를 내달려 통과했다. 제퍼스는 의식을 잃었다. 극심한 고통을 호소하는 헉스터 씨— 그는 여전히 자신이 본 것을 묘사하지 못했다. 굴욕적인 고통을 당한 목사. 여인은 두려움으로 앓아 누웠다! 창문들은 부서졌다. 이 놀라운 이야기는 아마 꾸며낸 것일 테다. 그 점을 조금 감안한다 해도, 신문에 싣지 않을 수 없을 만큼… 너무나 일목요연하다!"

그는 신문을 내려놓고 멍하니 앞을 응시하기 시작했다. "아마 꾸며낸 걸 거라고!"

그는 다시 신문을 잡았고, 전체적으로 다시 읽었다. "그런

*1880~ 1905년, 런던에서 발간되던 신문.

데 부랑자는 언제 나오는 거야. 제길 그는 왜 부랑자를 뒤쫓았다는 거지?"

그는 불쑥 외과의 작업대에 앉았다. "단지 보이지 않는 것만이 아니야." 그가 말했다. "그는 미친 거야! 살의도 있어!"

새벽이 식당 방의 램프 불빛과 시가 연기로 창백히 섞여들었을 때, 켐프는 여전히 위아래를 서성이고 있었다. 그 믿을 수 없는 사태를 파악하기 위해 애쓰면서.

그는 너무 흥분해서 전혀 잠을 이룰 수 없었다. 그의 하인들은 졸린 눈으로 내려오다, 그를 발견하고는 과도한 연구가 그를 이 같은 상태로 밀어넣었으리라고 생각했다. 그는 그들에게 이상하지만 아주 명확한 지시를 내렸다. 전망대가 있는 연구실에 두 명의 아침 식사를 차리라는 것과 그들은 아래층이나 1층에 머물러 있으라는 것이었다. 그러고 나서 그는 아침 신문이 올 때까지 식당 방을 서성였다. 신문은 많은 이야기를 하고 있으면서도, 전날 저녁 확인한 몹시 부정적으로 쓰인, 포트 버독에서 벌어진 또 다른 주목할 만한 이야기를 제외하곤 별다른 게 없었다. 그래도 기사는 켐프에게 〈즐거운 크리켓터스〉에서 벌어졌던 일의 진상과 마블의 이름을 알게 해주었다. "그는 24시간 나를 자기와 같이 있게 했어요."라고 마블은 증언했다. 일부 사소한 사실들이, 특히 마을 전화선을 끊은 것 같은 일들이 아이핑 이야기에 첨가되었다. 그렇지만 투명인간과 부랑자 사이의 관련을 밝혀주는 것은 아무것도 없었다. 마블이 세 권의 책자나 그가 가로챈 돈에 관한 정보를 제공하지 않았기 때문이다. 믿을 수 없는 일이라는 어조는 사라졌고 기자와 몇몇의 탐구자 들이 자세한 조사에 들어가 있었다.

켐프는 모든 기사를 읽고 나서 그의 하녀에게 일반인 누구나 보는, 그녀가 구할 수 있는 모든 신문을 사오도록 시켰다. 그는 그것들 또한 탐독했다.

"그는 눈에 보이지 않아!" 그가 말했다. "그런데 격렬한 분노가 광기로 커가고 있어! 무슨 일을 저지를지 몰라! 무슨 일을 저지를지! 세상에나, 그런 그가 공기처럼 자유롭게 2층에 있다니. 어떡해야 하는 거지?"

"예를 들어, 만약 내가… 하면, 배신행위가 될까? 아니다."

그는 구석의 어수선한 작은 책상으로 가서, 글을 써나가기 시작했다. 그는 절반쯤 썼다가 찢어버렸고 또다시 썼다. 그는 그것을 다시 읽고 숙고했다. 그러고는 봉투를 가져다가 '포트버독 에다이 총경에게'라고 수신자를 써넣었다.

켐프가 그러고 있을 때 투명인간이 잠에서 깨어났다. 그는 불길한 상태로 깨어났다. 모든 소리에 신경을 집중하고 있던 켐프는, 갑자기 침대 머리맡을 가로질러 달려가는 그의 퉁탕거리는 발소리를 들을 수 있었다. 그러고 나서 의자가 넘어졌고 세면대 컵이 부서졌다. 켐프는 서둘러 위층으로 올라가서는 열심히 문을 두드렸다.

Chapter 19

특정한 기본 원칙들

Certain First Principles

"무슨 일인가?" 투명인간이 그를 들어오게 했을 때 켐프가 물었다.

"별일 아니오."라는 답이 돌아왔다.

"제길! 그 깨지는 소리는?"

"화가 치밀어서." 투명인간이 말했다. "이 팔을 잊고 있었는데, 아프더군."

"그런 거로 너무 과민하군."

"그러네요."

켐프는 방을 가로질러 가서는 깨어진 유리 파편들을 주웠다. "아이핑과 언덕 아래서 일어났던 일들을 포함해서 자네에 관한 모든 사실들이 드러났네." 손에 유리 조각을 들고 선 채로 켐프가 말했다. "세상은 눈에 보이지 않는 시민의 존재를 알게 된 걸세. 하지만 누구도 자네가 여기 있다는 건 모르지."

투명인간이 욕을 내뱉었다.

"비밀이 밝혀진 걸세. 나는 그것이 비밀이었다는 걸 알게 됐고. 자네 계획이 뭔지 모르겠지만, 물론 나는 자네를 돕는 데 최선을 다할 거네."

투명인간이 침대에 앉았다.

"위층에 아침을 차려놨어." 켐프는 가능한 편하게 말했다. 그리고 자신의 이방인 손님이 기꺼이 일어서준 것이 기뻤다. 켐프는 계단으로 오르는 길을 통해 전망대가 있는 방으로 이끌었다.

"우리가 다른 어떤 일을 함께 할 수 있는지간에 그전에…," 켐프가 말했다. "나는 자네의 이 불가시성에 대해 좀더 알아야만 하겠네." 그는 긴장된 눈으로 창밖을 한번 흘끔 본 후에, 할 얘기가 있다는 분위기를 풍기며 앉았다. 전체 상황에 대한 그의 이성적인 의구심들이 반짝했다가는, 아침 식탁에 그리핀이 앉아 있는 건너편을 보았을 때— 머리도 손도 없는 목욕가운이, 기적적으로 냅킨을 잡고 보이지 않는 입술을 닦고 있었다— 다시 사라졌다.

"그건 아주 단순하죠…. 충분히 믿을 만하고." 그리핀이 냅킨을 옆으로 치우고 보이지 않는 머리를 보이지 않는 손으로 받치면서 말했다.

"자네에게야 의심의 여지가 없었겠지만…." 켐프가 웃었다.

"음, 그래요, 처음엔 의심의 여지없이 아주 멋진 일로 여겨졌소. 그렇지만 지금은, 오, 주여! 하지만 우리는 아직 위대한 일을 할 수 있소! 나는 체실스토에서 처음 그걸 발견했소."

"체실스토?"

"런던을 떠난 후 거기로 갔었지. 당신도 알잖소? 내가 의학을 그만두고 물리학을 전공했던 거. 몰랐나? 그래, 그랬소. 빛이 나를 매료시켰지."

"아!"

"광학농도 말이오! 전체 문제가 수수께끼에 싸인 망, 해법이 보일 듯 말 듯 깜박거리며 빠져나가는 망 말이오. 그리고 겨우 스물두 살의 열정으로 충만한 존재였던 나는 선언했소. '내 삶을 여기에 모두 바칠 테다. 이건 그럴 만한 가치가 있다.' 당신도 알 거요. 스물두 살 대의 우리가 얼마나 바보였는지를?"

"그때 바보였거나 지금 바보겠지." 켐프가 말했다.

"마치 지식이 인간에게 어떤 만족감을 줄 수 있기라도 한 것처럼! 그렇지만 나는 연구에 착수했소…. 노예처럼. 그리고 거의 연구를 하지 않고 6개월쯤을 생각만 했소. 갑자기 틈새

중 하나로 빛이 통과해 들어오기까지… 눈부셨소! 나는 색소와 굴절에 관한 일반적인 원리를 발견했던 거요. 사차원을 포함하는 기하학적 표현인 하나의 공식을 말이오. 바보들이나 보통 사람들, 심지어 보통 수학자들, 분자 물리학 전공의 학생들은 특정한 기본 표현이 무엇을 의미할 수 있는지 알지 못하오. 공책 속에— 부랑자가 훔쳐 간 그 공책 말이오. 경이롭고, 기적적인 게 적혀 있소! 하지만 그건 공식이 아니오, 착상이지, 그건 물질의 어떤 다른 속성을 바꾸는 법 없이… 어떤 경우의 색깔을 제외하고… 그것은 공식으로 이끌지도 모르오. 고체든 액체든, 공기의 수준까지 물질의 굴절률을 낮추는 것을 가능하게 함으로써 말이오…. 모든 실질적인 목적에 영향을 끼치지 않는 한도에서 말이오."

"휴우!" 켐프가 말했다. "기이하군! 하지만 아직 나는 잘 모르겠어. 이해할 수 없네. 그렇게 해서 자네가 어떤 보석의 성질을 바꿀 수 있을지는 모르겠지만, 개인의 불가시성과는 거리가 멀지 않나."

"정확하오." 그리핀이 말했다. "하지만 깊이 생각해봐요. 가시성은 빛에 대해 보이는 물체들의 작용에 좌우돼요. 물체가 빛을 흡수하든 반사하든 굴절시키든 또는 그 전부를 하든. 만약 그것이 빛을 반사하지도 굴절시키지도 흡수하지도 못한다면, 그 자체로 보이게 할 수는 없는 거죠. 예컨대, 당신이 불투명한 붉은색 박스를 보는 것은 그 색깔이 얼마간의 빛을 흡수하고 나머지, 빛의 붉은색 부분 전부를 당신에게 반사하기 때문이오.

만약 그것이 빛의 어떤 특정 부분을 흡수하지 않고 전부를 반사한다면, 그때 그것은 빛나는 흰 박스가 될 거요. 바로 은이오! 다이아몬드 박스는 일반적인 표면으로부터 빛의 많은 부분을 흡수하지도 반사하지도 않지만, 단지 빛의 표면 여기저기에서 반사되거나 굴절되어, 번쩍이는 반사와 반투명성의 찬란하게 빛나는 외면을 얻게 되는 거요… 일종의 빛의 골격이죠. 유리 박스는 다이아몬드 박스처럼 그렇게 찬란히 빛나지도, 그렇게 명백히 보이지도 않죠. 왜냐하면 그것은 덜 반사하고 굴절하기 때문일 테죠. 그건 알죠?

어떤 관점에서 보자면 사람들은 그것을 통해 아주 또렷하게 볼 수 있는 거고. 어떤 종류의 유리는 다른 것에 비해 더 잘 보이고, 납유리의 박스는 보통 창유리 박스보다 훨씬 더 빛날 거요. 매우 얇은 보통 유리 박스는 약한 빛 속에서 보기 더 힘들 테지. 왜냐하면 그것은 어떤 빛도 거의 흡수하지 않고 굴절과 반사도 매우 적게 하기 때문일 거요. 또한 만약 물 속에 보통의 흰 유리 한 장을 넣거나, 물보다 더한층 짙은 액체 안에 넣는다 해도 거의 전부 사라질 거요. 왜냐하면 물에서 유리로 통과하는 빛은 단지 옳게 반사되거나 굴절되거나 또는 어떤 식으로든 영향을 받지 않기 때문이오. 그것은 공기 중의 석탄 가스나 수소의 분출물을 볼 수 없는 것과 거의 같은 거요. 엄밀히 말해 같은 이유로!"

"그래." 켐프가 말했다. "그건 꽤 분명한 범주로군."

"그리고 여기, 당신이 진실이라는 걸 알게 될 또 다른 사실이 있소. 만약 한 장의 유리를 두드려 깨서 가루를 내면, 켐프, 그것이 공기 중에 있으면 훨씬 더 잘 보이게 되죠. 그건 적어도 불투명한 흰색 가루가 되어서요. 이건 가루가 되면서 굴절과 반사가 발생하는 유리 표면을 크게 증가시켰기 때문인 거요. 한 장의 유리 안에는 오직 두 개의 표면이 있을 뿐인데, 가루 안에는 그것을 통과하는 빛이 알갱이마다 반사나 굴절을 일으키는 것이고, 또한 가루를 통과하는 빛은 거의 없고 말이오. 그렇지만 만약 흰색 유릿가루를 물 안에 넣으면 그건 즉시 사라지죠.

가루가 된 유리와 물은 거의 똑같은 굴절률을 가지오. 그건 빛이 하나에서 다른 하나로 통과할 때 굴절이나 반사가 거의 일어나지 않는 상태에 놓이게 된다는 거요.

거의 똑같은 굴절률을 가진 액체 속에 그것을 넣는 것으로 보이지 않는 유리를 만들 수 있게 되는 거요. 투명한 물질을 만약 거의 똑같은 굴절률을 가진 어느 매개체에 넣으면 안 보이게 되는 거죠. 그리고 단 몇 초만 숙고해봐도, 만약 유릿가루의 굴절률을 공기와 같이 만들 수 있다면 그것을 공기 중에 사라지게 만들 수 있을 거라는 걸, 또한 알 수 있을 거요. 그 때는 빛이 유리를 통과할 때 굴절이나 반사가 일어나지 않기 때문이오."

"그래, 그래." 켐프가 말했다. "하지만 인간은 유릿가루가 아니잖나!"

"아니." 그리핀이 말했다. "사람은 더 투명하오!"

"말도 안 돼!"

"그건 박사가 한 말이오! 어떻게 잊어버리죠? 10년 만에, 당신은 이미 물리학을 잊어버린 거요? 단지 투명한 것과 그렇지 않게 보이는 모든 물질을 생각해봐요. 예를 들어, 종이는 투명한 섬유질로 만들어졌소. 그리고 그것은 희고 불투명하오. 유릿가루가 희고 불투명한 것과 같은 이유로. 백색 기름종이는 미립자 사이의 틈새를 기름으로 채워, 표면을 제외하곤 더 이상 굴절과 반사를 없게 했기에, 유리처럼 투명하게 된 거요. 종이뿐만 아니라 무명, 리넨, 양모, 목질, 섬유, 그리고 뼈, 살, 머리칼, 켐프, 손톱과 신경, 사실 인간의 모든 조직은 붉은 피와 머리칼의 검은 색소를 제외하곤, 전부 투명한 무색의 세포 조직으로 구성되어 있소. 그래서 우리를 서로에게 보이게 만드는 건 적은 양이요. 대부분의 경우 살아 있는 생물의 섬유들은 물보다 더 불투명하지 않소."

"대단하군!" 켐프가 소리쳤다. "물론일세, 물론이야! 나는 단지 지난밤에야 바다 유충과 모든 해파리를 생각했었네."

"이제 내 말을 이해하는군요! 그리고 런던을 떠난 1년 후, 알게 된 모든 걸 마음속에 품었소…. 6년 전이오. 하지만 나는 그것을 혼자만 알고 있었소. 나는 지독한 악조건 아래 연구를 해야만 했소. 올리버라고, 내 지도교수는 천박한 과학자로, 본능적인 저널리스트에, 아이디어 도둑놈이었소…. 그자는 항상 나를 염탐했소! 또 당신도 과학 세계의 그 악랄한 시스템을 잘 알지 않소. 나는 정말이지, 발표하지 않으려고 했소. 내 공적을 그가 나눠 갖게 할 수는 없었기 때문이오.

나는 계속 연구해서, 점점 더 실험과 실체를 통해 내 공식을 완성해가고 있었소. 나는 살아 있는 영혼 누구에게도 말하지 않았소. 연구를 압도적 효과로 세상에 터뜨려, 일거에 명성을 얻을 작정이었소. 나는 한 틈을 채우기 위해 색소 문제를 다루고 있었소. 그리고 갑자기, 의도치 않게 우연히, 생물학에서 발견하게 되었던 거요."

"찾았다고?"

"알다시피 피는 붉은 상태요. 그걸 희게 만들 수 있다는 거였소…. 무채색으로… 가지고 있는 모든 기능을 그대로 유지시키면서!"

켐프는 믿을 수 없다는 표정으로 소리를 질렀다.

투명인간은 일어나서 그 작은 서재를 서성거렸다.

"당신이 놀라는 건 당연해요. 나는 그날 밤을 기억하오. 늦은 밤이었소… 낮에는 멍하니 입을 벌리고 지루해하는 철없는 학생들을 가르쳐야 했기에 그때는 종종 새벽까지 연구를 했었소. 갑자기 머릿속에 멋지고 완벽한 착상이 떠올랐소. 나는 혼자였지. 커다란 조명이 밝고 고요히 밝혀진 실험실은 조용했소. 내 가장 위대한 순간에 나는 혼자였던 거요. '누구라도 동물을, 세포조직을, 투명하게 만들 수 있겠구나!' 그걸 보이지 않게 만들 수 있겠어! 단지 색소 문제만 빼면… 나는 보이지 않는 존재가 될 수 있다!

갑자기 알비노라는 존재에게 그런 지식이 무슨 의미인지 깨달음이 오면서, 나는 말했소. 그건 압도적이었소. 나는 하고 있던 여과작업을 그만두고 걸어가서는 커다란 창문 밖의 별들을 바라보았소. '보이지 않는 존재가 될 수 있다!' 하고 되풀이 말했소.

그런 일은 마술을 능가할 테지. 그리고 나는 보았소, 한 점 의심도 없이. 보이지 않는 것이 인간에게 의미하는 바의 모든 웅대한 비전들을… 신비로움, 능력, 자유로움을 말이오. 결점은 아무것도 없었소. 당신도 한번 생각해보시오! 그리고 내가, 초라하고, 빈곤에 찌든, 논증이나 하는 지방대학에서 바보들을 가르치고 있던 내가, 갑자기 이처럼 된다고 말이오.

당신에게 묻겠소. 켐프 만약 당신이라면…, 아니, 누구라도, 정말이지, 그런 연구에 달려들지 않았을 것인지. 그리고 3년을 연구했소. 온갖 어려움의 산들을 힘겹게 오르면 그 정상에서 또 다른 산을 보아야 했소. 끝도 없는 사소한 어려움들! 그리고 분노! 지방대학 교수 하나는 항상 나를 염탐 중이었소. '자네의 이 연구는 언제 발표할 예정인가?'는 그자의 끝날 것 같지 않은 질문이었소. 그리고 학생들, 꽉 막힌 인간들! 3년을 나는 그렇게 버틴 거요….

그리고 비밀스럽고 격분에 찬 3년을 견딘 후에, 나는 그것을 완성한다는 게 불가능하다는 걸 깨달았소. …불가능했지."

"어째서?" 켐프가 물었다.

"돈이오." 투명인간이 말하고는, 다시 창문으로 가서 밖을 내다보았다.

그는 갑자기 돌아섰다. "나는 노인네에게서 그것을 훔쳤소…. 바로 내 아버지에게서 훔친 거요. 그 돈은 자신의 것이 아니었는데, 아버지는 자신에게 총을 쏘았소."

Chapter 20

그레이트 포틀랜드가街 집에서

At the House in Great Portland Street

잠시 동안 침묵 속에 앉아 있던 켐프는, 창가에 있는 머리 없는 형체의 등을 바라보았다. 그러다가 퍼뜩 떠오른 생각에 일어나서는 투명인간이 밖을 보지 못하게 팔을 끌어당겨 돌려세웠다.

"자넨 지쳤네." 그가 말했다. "내가 앉아 있는 동안에도 계속 서 있었잖나. 의자에 앉게나."

그는 그리핀과 가장 가까운 창문 사이에 자신을 두었다.

한동안 그리핀은 침묵을 지키며 앉아 있었고, 그러다가 불쑥 다시 말을 시작했다.

"그 일이 일어났을 때 나는 이미 체실스토 시골집을 떠났었소." 그가 말했다. "지난 12월이었지. 그레이트 포틀랜드 거리 근처 빈민가에 있는 관리가 잘 안 된 커다란 하숙집의 가구가 딸려 있지 않은 큰 방 하나를 구했소. 그 방은 곧 아버지의 돈으로 내가 사들인 기구들로 가득 채워졌고, 연구는 꾸준히, 성공적으로 진행되어 막바지에 이르고 있었소. 나는 마치 잡목숲에서 막 나온 사람 같았는데, 갑자기 터무니없는 비극이 찾아온 거요. 나는 장례를 치르러 갔소. 내 정신은 여전히 연구에 가 있었기에 아버지의 영혼을 구원하기 위해 손가락 하나 까닥하지 않았소. 그 장례식을 기억해요. 싸구려 장의차와 빈약한 장례의식, 바람이 불어대던 서리 내린 산허리, 그리고 그를 위해 추도사를 읽던 늙은 대학 친구… 굽은 등에 추레하고 거무스름한, 그 늙은 사내는 감기에 걸려 코를 훌쩍이고 있었소.

나는 한때 마을이었다가 지금은 날림 건축업자들로 인해 덧대고 땜질 되어 추하게 변해버린 작은 도시를 지나 빈집으로 돌아갔던 것을 기억해요. 모든 길은 황폐해진 들판으로 이어졌고 마침내 잔해더미와 무성한 젖은 잡초로 끝나고 있었소. 미끄럽고 빛나는 포장도로를 따라 걷던, 수척한 검은 형체로서의 나 자신과 그 구질구질한 체면과 그곳의 비도덕적인 상례관습에서 느꼈던 무감각한 이상한 감정 또한 기억하죠.

아버지에게 미안한 감정은 조금도 없었소. 그는 내게 그 자신의 바보 같은 감상주의의 희생양처럼 여겨졌을 뿐이오. 관습은 장례식에 참석하게 했지만, 실제는 내 알 바가 아니었소.

그런데 시내 중심길을 따라 걷다가, 내 옛날 삶이 잠시 나를 찾아왔소. 10년 전 알고 지내던 여자를 만났던 것이오. 우리의 눈이 마주쳤소.

무언가가 나를 그녀에게 돌아가 말을 걸게 했소. 그녀는 아주 평범한 사람이었소.

옛 장소를 방문한 게 모두 꿈만 같았소. 그때 내가 혼자라는 것이나, 세상으로부터 적막한 곳으로 나와 있다는 것도 느끼지 못했소. 내가 동정심을 잃었다는 걸 인식했지만, 일반적인 부질없는 감정 따위는 내려놓았소. 내 방으로 돌아오는 일은 현실을 회복하는 것처럼 여겨졌고. 거기엔 내가 알고 사랑하는 것들이 있었소. 실험기구들이 있었고, 실험이 준비되어 기다리고 있었소. 그리고 이제 세부적인 계획을 세우는 것 말고 어려움도 거의 남아 있지 않았소.

조만간 모든 복잡한 과정을 말해주리다, 켐프. 지금은 거기까지 나아갈 필요는 없을 것 같소. 왜냐하면 내가 기억해두기로 하고 남겨둔 오차들 외에는, 대부분 부랑자가 훔쳐 간 그 책 속에 암호로 쓰여 있기 때문이오. 우리는 그자를 잡아야만 하오. 우리는 다시 그 책들을 가져야만 해요. 하지만 본질적 단계는 굴절률을 낮추기로 되어 있는 투명한 대상을 두 개의 방사중인, 일종의 지극히 가볍고 여린 음향진동의 중심에 놓는 일이오. 그건 나중에 더 자세히 설명해주리다. 아니, 그 뢴트겐* 진동은 아니오…. 그것이 내 발견 외의 다른 점을 설명하고 있는지는 모르겠소. 그럼에도 그것들은 충분히 명백해요. 나는 두 개의 작은 발전기가 필요했고, 그것을 값싼 가스 엔진으로 작동시켰소. 내 처음 실험은 흰 모직물이었소. 그것이 부드럽고 하얀 섬광 속에서 깜박거리다가, 연기와 소음의 소용돌이처럼 사라지는 것을 지켜보는 일은 세상에서 가장 이상야릇한 일이었소.

내가 그것을 해냈다는 사실을 거의 믿을 수 없었소. 빈 공간에 손을 넣어보았는데, 거기엔 예전처럼 단단한 것이 있었소. 그것을 들고 어색하게 느끼다가 바닥으로 내던졌소. 당연히 그것을 다시 찾기는 얼마간 곤란을 겪어야 했다오.

그러고 나서 기이한 경험을 하게 되었소. 내 뒤에서 야옹하는 소리를 들었고, 돌아서서 창밖 물탱크 뚜껑 위에 있는, 아주 더럽고, 마른 흰 고양이 한 마리를 보게 된 거요. 머릿속으로 생각 하나가 스쳐 갔소. '너를 위해 모든 게 준비되어 있

* Roentgen vibrations 1895년 독일 물리학자 뢴트겐에 의해 발견된 방사선(오늘날 엑스레이라 불린다). 뢴트겐의 발견 시점이 소설과 시대적으로 겹치기에, 투명인간이 뢴트겐이 아니라고 굳이 설명하고 있다.

구나.' 나는 말하고는, 창문으로 가서 그것을 열고, 다정하게 불렀소. 그애가 기분 좋게 가르랑거리며 들어왔고… 그 불쌍한 짐승은 굶주려 있었던 거요. 나는 그애에게 얼마간의 우유를 내주었소. 먹을 거는 전부 방구석의 찬장 안에 있었죠. 그 후 그애는 냄새를 맡으며 방을 돌아다녔소. 분명히 집처럼 편하게 지내자는 생각이었을 거요. 그런데 보이지 않는 모직물 조각이 그애를 조금 혼란에 빠뜨렸던 모양이오. 그애가 거기에 침을 뱉는 걸 당신도 보아야 했는데! 하지만 나는 내 바퀴 달린 침대의 베개 위에 그애를 편안하게 올려주었죠. 그리고 그애를 씻기려고 버터를 주었소."

"그리고 그것으로 연구를 진행한 거군?"

"그렇소. 하지만 고양이에게 약을 먹이는 일이 장난 아니었소, 켐프! 아무튼 그 진행은 실패했소."

"실패했다고?"

"두 부분에서. 발톱과 그 색소물질, 뭐더라? …고양이 눈 뒤에 있는 건데, 아시겠소?"

"뇌실벽판."

"그래요, 뇌실벽판. 그게 사라지지 않았소. 나는 그애에게 피를 표백시키기 위한 재료를 주고 어떤 다른 조치를 한 뒤 동물용 아편을 주사했소. 그리고 그애와 그애가 잠들어 있는 베개를 함께 장치 위에 올려놓았소. 그런데 나머지 전부가 희미해지다가 사라진 후에도, 거기엔 그애의 눈이 두 개의 작은 영령처럼 남아 있었소."

"기이하군!"

"그걸 설명할 수는 없소. 그애는 물론 붕대에 감겨 묶여 있었고… 그래서 안전했는데, 그애는 몽롱한 가운데 깨어나 음울하게 울어댔고, 누군가가 와서 문을 두드렸지. 아래층의 노파였소. 내가 생체실험을 하고 있다고 의심한…. 세상에 가진 건 흰 고양이 한 마리가 유일한 술에 찌든 늙은 인간이었소. 나는 클로로포름을 급히 꺼내, 고양이를 잠재우고, 현관으로 나갔소. '고양이 소리를 들었는데, 내 고양이를 데리고 있나?' 그녀가 물었죠. '여기 없는데요.' 나는 매우 정중하게 말했소. 그녀는 살짝 의심을 품고 나를 피해 방 안을 자세히 보려 애썼소. 그녀로선 분명 충분히 이상했을 거요…. 텅 빈 벽에 커튼 없는 창, 바퀴 달린 침대, 진동하고 있는 가스 엔진, 그리고 방사점에서 들끓고 있는 소리와 어렴풋이 불쾌하게 코를 찌르는 공기 중의 클로로포름. 그녀는 결국 만족하고는 다시 가버렸소."

"그건 얼마나 걸린 건가?" 켐프가 물었다.

"서너 시간쯤…. 고양이는 뼈와 힘줄, 그리고 근육이 사라졌고, 마지막으로 색깔 있는 털끝이 사라졌소. 그런데 말한 것처럼 눈의 뒷부분에 질기게 붙어 있는 그것은 결코 사라지지 않았소.

일이 끝나기 한참 전으로 밝은 밤이었고, 희미한 눈과 발톱을 제외하곤 보이는 건 아무것도 없었소. 나는 가스 엔진을 멈추고, 여전히 의식이 없는 그 짐승을 더듬어 쓰다듬고는, 피곤해져서, 끈을 풀고 보이지 않는 베개 위에서 자고 있는 그것을 내버려두고 침대에 들었소.

나는 잠들기 힘들다는 걸 깨달았소. 나는 깨어 있는 채로 목적 없는 시시한 것들을 생각하고, 그 실험을 거듭해서 되짚어보거나, 또는 물건들이 내게서 안개처럼 옅어지다 사라지는, 모든 것이, 내가 서 있는 땅조차 사라지는 열띤 꿈을 꾸면서 누워 있었고, 결국에 나는 끔찍한 추락의 악몽까지 꾸기에 이른 거요. 두 시쯤이었을 거요. 그 고양이가 그 방 어디쯤에서 야옹거리며 울기 시작했소. 나는 그애에게 말을 걸어 조용히 시키려고 애쓰다가는 그애를 내보내기로 결정했소. 그때 내가 불을 켰을 때 받았던 그 충격을 지금도 기억하오…. 거기에는 단지 녹색으로 빛나는 눈만 있었소…. 그 둘레엔 아무것도 없었죠. 나는 우유를 주고 싶었지만 남은 게 없었소. 그애는 조용해지지 않았고, 다시 앉아서는 문에서 야옹야옹 울기만 하는 거였소. 나는 그애를 잡으려 애썼소. 창밖으로 내보낼 생각으로. 하지만 그것은 잡히지 않고 사라졌소. 그러고 나서 그 방의 다른 곳에서 야옹거리기 시작하는 거였소. 마침내 나는 창문을 열고 수선을 피웠소. 그애는 결국 나갔을 거요. 나는 더 이상 그애를 보지 못했으니.

그러고 나서… 왜 그랬는지 모르겠지만… 날이 샐 때까지 나는 내 아버지의 장례식과 황량한 바람이 불던 산 중턱에 대한 생각에 빠져 있었소. 나는 잠에 들 희망이 없다는 것을 깨달았고, 그래서 일어나 나와 문을 잠그고, 아침거리를 배회했소."

"자네는 보이지 않는 고양이가 자유로이 돌아다니고 있다고 말하려는 건 아니겠지?" 켐프가 말했다.

"죽임을 당하지 않았다면." 투명인간이 말했다. "왜 안 되죠?"

"왜 안 되냐고?" 켐프가 말했다. "말을 방해할 생각은 아니었네."

"죽임을 당했을 가능성이 매우 높소." 투명인간이 말했다. "내가 알기로, 그애는 4일 후에도 살아 있었소. 그레이트 티치필드가의 창살 아래에서. 왜냐하면 나는 그곳을 둘러싸고 있는 군중들을 보았기 때문이오. 어디에서 야옹거리는 소리가 나는지를 보기 위해 애쓰고 있는 사람들을 말이오."

그는 1분쯤 침묵했다. 그러고 나서 갑자기 다시 말을 시작했다.

"그날 아침, 변화가 오기 전을 아주 생생하게 기억하오. 나는 그레이트 포틀랜드가를 거슬러 올라야 했던 게 틀림없소. 알바니 거리의 막사와 기병들이 나오던 것을 기억하고 있으니. 그리고 마침내 나는 프림로즈 언덕 꼭대기에 이르러 있었소. 1월의 화창한 날이었소…. 올해 눈이 시작되기 전, 서리가 내린 밝은 날 중 하루였소. 내 지친 머리는 그 장소를 명확히 해두려고 애썼소. 행동에 옮길 계획을 세우기 위해서.

나는 이제 보상이 내 손아귀 안에 거의 들어왔는데, 그 성과로 보이는 것들이 얼마나 결과에 미치지 못하는지를 깨닫고는 놀랐소. 사실 나는 지쳐 있었소. 4년간의 끊임없는 연구로 인한 극심한 스트레스가 나를 어떤 감정도 느낄 수 없게 망쳐버린 것이오. 나는 무관심했고, 예전에 가졌던 연구의 열정을, —백발이 된 아버지의 몰락조차 받아들이는 걸 가능하게 했던— 발명에 대한 그 열정을 회복하기 위해 무진 노력을 했소. 나는 이것이 명백히 과로와 수면 부족으로 인한 일시적인 현상이고, 따라서 약이나 휴식으로 내 에너지를 회복하는 게 가능할 것이라고 보았소.

분명한 건 아무리 생각해도 그 일을 끝내야만 한다는 것이었소. 그 고정된 생각이 여전히 나를 지배했소. 그런데 곧, 내가 가지고 있던 돈이 거의 떨어질 참이었소. 나는 비탈에 서 있는 나를 보았소. 놀고 있는 아이들과 그들을 지켜보는 여자들, 그리고 투명인간이 세상에서 가질 수 있는 모든 환상적인 이점에 대해 생각하려 애썼소. 얼마 있다 나는 거의 기다시피 해서 집으로 돌아왔고, 얼마간의 음식과 과량의 스트리크닌을 먹고는 흐트러진 침대에서 옷을 입은 채로 잠에 들었소. 스트리크닌은 멋진 강장제요, 사람의 무기력증을 없애주는."

"그건 악마 같은 거지." 켐프가 말했다. "병에 든 구석기시대 유물 같은."

"나는 기운을 차리고 조금 짜증이 나는 상태로 깨어났소. 당신도 알 거요."

"그 약은 나도 알지."

"그런데 누군가가 문을 두드리고 있었소. 그건 평소 나를 위협하고 감시하는 집주인으로, 긴 회색 코트와 기름때 절은 슬리퍼 차림을 한 폴란드계 유대인 영감이었소. 그날 밤 내가 고양이를 괴롭혔다고, 거의 확신하고 있었소…. 노파의 혀가 바삐 놀려졌던 걸 테지. 이 나라에서 생체실험에 대한 법은 아주 엄격하잖소…. 그는 자신이 책임져야 할지도 모른다는 거였소. 나는 고양이에 대해 부인했소. 그러자 작은 가스 엔진의 진동이 집 안 전체에 느껴졌다고 하더군요. 그건 분명 사실이었죠. 그는 나를 에돌아 방 안으로 들어와서는, 그의 독일제 은테 안경 너머로 자세히 살피는 거였소. 그리고 갑자기 내 머릿속엔 그가 내 비밀을 훔쳐 갈지도 모른다는 공포가 찾아드는 거였소.

나는 영감이 자세히 보지 못하게 농축기구를 가리고 서려고 애썼소. 그런데 그게 오히려 그자의 호기심을 키우게 만들었소. '하는 일이 뭐냐?' '왜 항상 혼자이고 비밀스럽냐?' '저건 적법한 일이냐? 위험한 건 아니냐?' '방값 말고는 아무것도 지불한 적이 없다. 평판이 안 좋은 이웃들 가운데서도, 자신의 집은 항상 가장 잘나가는 집이었다….' 듣고 있자니 나는 갑자기 성질이 나기 시작했소. 나는 그에게 그만 나가달라고 했소. 그는 자신이 거기 들어올 수 있는 권리에 대해 주절대면서 항의하기 시작했소. 순간 나는 그의 목깃을 잡았고, 무언가 뜯어졌소. 그리고 그는 자기 소유의 집 복도로 돌아나갔소. 나는 문을 쾅 소리가 나게 닫아 잠그고는 떨면서 앉아 있었소.

그는 밖에서 난리를 피웠고 나는 무시했소. 그리고 얼마 후 그는 떠나갔지.

하지만 이로 인해 상황이 위기로 치달은 거요. 나는 그가 무슨 일을 하려는지, 심지어 무슨 힘을 가졌는지도 알지 못했소. 새로운 집으로 이사하는 건 지연을 의미했소. 뿐만 아니라 내가 가진 돈이라고 해봐야 20파운드에도 미치지 못했소. 그 대부분도 은행에 있었고… 나는 그것을 감당할 수 없었소. 사라지자! 거기에 저항할 수 없었소. 그러고 나면 조사가 있을 테고, 내 방을 뒤질 테니 말이오.

내 연구가 드러나거나 가로막힐 가능성이 있다는 생각은 극에 달했고, 나는 몹시 화가 나서 행동에 나섰소. 나는 필기한 세 권의 책과 수표책을 가지고—지금은 그 부랑자가 가지고 있소—서둘러 나와서는 가장 가까운 우체국에서 그레이트 포틀랜드가에 있는 편지와 소화물을 처리해주는 곳으로 보냈소. 나는 소리 없이 떠날 참이었는데 집으로 들어가다, 집주인이 조용히 위층으로 올라가는 걸 발견했소. 그는 아마 문이 잠기는 소리를 들었던 모양이오. 내가 그 뒤에서 맹렬히 올라가자 층계참 옆으로 뛰어내리는 걸 당신도 보았다면 웃지 않을 수 없었을 텐데. 그 옆을 지날 때 그가 눈을 부라리며 노려보더군. 나는 집이 울릴 만큼 쾅 소리가 나게 방문을 닫았소. 나는 그가 발을 끌며 내 방이 있는 층까지 올라와, 주저하다가는, 내려가는 소리를 들었소. 나는 즉시 내게 쓸 조제용 약품을 만드는 일에 착수했소.

그건 저녁과 밤 사이 전부 끝났소. 내가 피를 탈색시키는 약의 영향으로 메스껍고 졸린 상태로 앉아 있는 중에, 다시 문 두드리는 소리가 났소. 소리가 그치고, 발소리가 떠났다가 다시 돌아와서는, 다시 계속해서 두드려댔소. 문 아래로 무언가를 밀어넣으려 시도했는데…, 푸른색 종이였소. 그때 짜증이 일어났고 나는 일어나 거칠게 문으로 가서는 열었소. '자, 뭐요?' 나는 말했죠.

퇴거통지서인가 하는 것을 든 집 주인이었소. 그는 그것을 내게 내밀었고, 내 손에서 뭔가 이상한 걸 본 모양인지, 그의 눈이 내 얼굴로 들어올려졌소.

잠시 후 그는 입을 쩍 벌리고 깜짝 놀라는 거였소. 그러고 나서 일종의 알아들을 수 없는 비명을 지르곤, 촛불과 통지서를 같이 떨구곤, 계단으로 가는 통로를 어정버정 내려가는 거였소. 나는 문을 닫아 잠그고는 거울을 보러 갔소. 그때서야 나는 그의 공포를 이해했소…. 내 얼굴이 새하얬던 거요…, 흰 돌처럼.

하지만 그건 정말이지, 끔찍스러웠지. 나는 그 고통을 예상치 못했던 거요. 구역질과 까무러치길 되풀이하는 극심한 고통의 밤이었소. 이빨이 갈렸고, 머지않아 피부가 타들어가는 듯하더니, 내 온몸이 타들어가는 듯했소. 하지만 나는 처참

한 시체처럼 누워 있었소. 나는 고양이가 클로로포름을 놔줄 때까지 야옹거리며 울어댔던 이유를 이해했소. 방 안에 돌보는 것 없이 나 혼자 살았던 게 다행이었지. 거기엔 내가 흐느끼고 신음하고 헛소리하던 시간만 있었소. 그렇지만 나는 그 고통을 견뎠소…. 나는 의식을 잃었고 어둠 속에서 지쳐서 깨어났소.

고통은 지나갔소. 자살행위일 수도 있다고 생각했지만, 신경 쓰지 않았소. 나는 그 새벽을 영원히 잊지 못할 거요. 내 손이 흐린 유리처럼 되어가는 것을 보고, 시간이 지날수록 더 맑고 엷어져 마침내 투명해진 눈꺼풀을 감았음에도 불구하고 그것들을 통해 엉망으로 어지럽혀진 내 방을 볼 수 있는 그 이상한 전율을. 내 팔다리가 유리처럼 되었고, 뼈와 동맥이 흐릿해지다 사라졌고, 작고 하얀 신경이 마지막으로 사라졌소. 나는 이를 앙다물고 끝까지 남아 있었소. 마침내 죽은 손톱 끝이 창백하고 하얗게 남았고, 내 손가락에 묻은 약간의 산酸이 갈색 반점처럼 남아 있었소.

나는 힘겹게 일어났소. 처음에는 팔다리를 볼 수 없었기에 강보에 싸인 아기처럼 무력했소. 힘이 없고 무척 배가 고팠소. 면도 거울로 가서 바라보았는데, 아무것도 없었소. 내 눈 뒤쪽에 아직 남아 있던 약화된 색소도 안개보다 더 엷게 된 상태였소. 나는 테이블에 매달리듯 해서 유리에 대고 머리를 눌러보아야만 했소.

내가 그 몸을 이끌고 기구로 되돌아가 그 과정을 완성하기까지는 정말이지, 필사의 의지가 필요했었소.

빛을 차단하기 위해 눈 위까지 시트를 당겨 덮고, 오전 내내 잠을 잤소. 그리고 정오 무렵, 다시 문 두드리는 소리에 깨어났소. 기운이 돌아와 있었소. 나는 일어나 앉아서 귀를 기울였는데 속삭이고 있는 소리가 들렸소. 나는 튀어올라 일어서서는 가능한 소리를 내지 않고 기구들의 연결을 떼어내기 시작했소. 그리고 방 안에 분리해 늘어놓았소. 그것의 배열이 암시하는 걸 없애기 위해서였소. 곧 노크 소리가 새롭게 났고 부르는 목소리가 있었소. 처음에는 집주인이었고, 그러고 나서는 다른 누군가의 것이었소. 시간을 얻기 위해 나는 대답했소. 보이지 않는 걸렛조각과 베개를 손에 잡고 창문을 열어서는 물탱크 뚜껑 위로 던져버렸소. 창문이 열렸을 때, 문에서 요란한 소리가 심하게 났소. 누군가 잠긴 것을 부술 생각으로 공격을 가하는 거였소. 그렇지만 나는 며칠 전 나사못을 박아두었었소. 그들은 나를 놀라게 했고, 화나게 만들었소. 나는 분노로 치를 떨면서 서둘러 일을 시작했소.

나는 못 쓰는 종이, 짚, 포장지 등을 방 한가운데에 함께 던져두고 가스를 틀었소. 문에서는 억수 같은 공격이 쏟아지고 있었소. 성냥을 찾을 수 없었소. 나는 화가 나서 벽을 손으로 치고는 할 수 없이 다시 가스를 잠갔고, 매우 조심스럽게 창틀을 낮추고 창문 밖 물탱크 위로 올라갔소. 보이지 않아 안전했지만, 분노로 몸을 떨며 상황을 지켜보기 위해 그곳에 앉아 있었소. 그들이 문짝을 부수고, 다음 순간 잠금쇠의 꺾쇠를 부수고는 현관문을 열고 들어서는 것을 나는 지켜보았소. 주인과 그의 두 양아들이었소. 스물서넛의 우람한 젊은이들. 그들 뒤에는 아래층에서 올라온 심술궂은 노파가 서성거리고 있었소.

방이 빈 것을 발견한 그들의 놀라움을 상상할 수 있을 거요. 청년 가운데 하나가 즉시 창문으로 달려와서는 고개를 내밀고 밖을 살피기 시작했소. 응시하는 그의 눈과 두터운 입술의 수염 난 얼굴이 내 얼굴로부터 한 발짝 떨어져 있었소. 나는 그 아둔한 면상을 한 방 먹여버리려고, 반쯤 마음먹었지만, 두 주먹을 움켜쥐고 참았소. 그는 나를 통해 정면을 바라보았소. 그리고 다른 이들 역시 합류해서는 그와 똑같이 했소. 그러다 노인이 가서 침대 아래를 자세히 살폈고, 그러고 나서 그들 전부는 벽장으로 달려들었소. 그들은 그에 관해 이디시와 코크니 지방 사투리로 길게 논쟁을 벌여야만 했소. 그들은 내가 자기들에게 대답한 게 아니라고, 그것은 자신들의 상상이 빚어낸 착각이었다고 결론을 내렸소. 창문 밖에 앉아 그들 네 사람을 지켜보고 있던 터라, 비상한 감정이 분노가 차 있던 자리로 차오르더군요…. 그사이 노파가 들어와, 내 행위의 수수께끼를 알아채기 위해 애쓰며 자신의 고양이처럼 의심스럽게 살피기 시작했소.

노인은, 내가 그의 사투리를 이해한 한에서는, 내가 생체실험자라는 노파의 말에 동의했소. 아들들은 잘 알아들을 수 없는 영어로 내가 전기공이라며, 그 증거로 발전기와 냉각기를 제시하기도 했소. 그들은 모두 내가 갑자기 들어올 것에 대해 신경을 쓰고 있었지만, 그들은 이미 현관문을 잠갔던 걸 이후 알았소. 노파는 벽장 안과 침대 밑을 자세히 살폈고, 젊은이들 중 하나는 통풍구를 밀고는 굴뚝을 올려다보았소. 푸주한 하나와 맞은편 방을 나누어 쓰고 있는 내 하숙생 중 동료 하나가 층계참에 나타나서는 앞뒤가 맞지도 않는 말을 들어야만 했소.

냉각장치들, 만약 그것들이 잘 교육된 어떤 명민한 사람들 손에 들어간다면, 내 연구에 대해 너무 많은 걸 알려줄지도 모른다는 생각이 들었고, 나는 기회를 봐서 방 안으로 들어가, 놓여 있는 본체와 그것에 딸린 작은 발전기들 중 하나를 떼어냈고 두 기구를 박살내버렸소. 그때, 그들이 그 부서짐에 대해 해석하려고 애쓰고 있는 동안, 나는 그 방을 빠져나와 조용히 계단을 내려갔소.

나는 응접실로 들어가 그들이 내려올 때까지 기다렸는데, 여전히 추측하고 논쟁하면서, 모두들 '소름 끼치도록 싫은 어떤 것도' 발견하지 못하자 조금 실망한 듯했소. 그들은 내게 위법한 일을 저질러서 조금 어쩔 줄 몰라 하는 눈치였소. 그러고 나서 나는 성냥갑을 가지고 다시 미끄러지듯 빠져나와 올라갔고, 내 서류와 쓰레기 더미, 그 근처에 의자와 이불을 놓고, 고무관을 끌어오는 방법으로 가스를 끌어와서 마지막으로 방에 영원한 작별을 고하고 그곳을 떠났소."

"그 집에 불을 질렀다는 거군!" 켐프가 소리쳤다.

"집에 불을 지른 건, 내 흔적을 덮기 위한 유일한 방법이었소.— 그리고 그건 당연히 보험에 가입되어 있었을 거요. 나는 현관문을 풀고 조용히 빠져나와 거리로 나섰소. 나는 눈에 보이지 않았고, 단지 보이지 않는다는 것만으로도 엄청난 이점이 있다는 것을 막 깨우치기 시작하고 있었던 거요. 내 머리는 이미 모든 다양하고 멋진 일들에 대한 계획으로 넘쳐나고 있었소, 이제 내가 방해받지 않고 할 수 있는 모든 일에 대해서 말이오."

Chapter 21

옥스퍼드가街에서

In Oxford Street

"계단을 내려가면서 처음으로 나는 예기치 않은 어려움을 발견했소. 내 발을 볼 수 없었기 때문이오. 실제로 나는 두 번이나 발을 헛디뎠고, 빗장을 잡는데 익숙하지 않아 불편했소. 하지만 아래를 내려다보지 않는 것으로, 그런대로 높이를 조절할 수 있었소.

한마디로 나는, 의기양양했었소. 나는 볼 수 있는 사람이 소리가 나지 않게 발에 스펀지를 대고 장님들만 사는 도시로 들어가고 있는 기분이었소. 나는 사람들을 놀라게 하고, 누군가의 등을 때려보고, 모자를 벗겨 날려버리는 등 장난을 치고 싶었소. 내 특별한 이점으로 누릴 수 있는 즐거움을 누려보고 싶다는 격렬한 충동을 느꼈던 거요.

하지만 내가 그레이트 포틀랜드가로 들어서자마자(내 하숙집이 거기 커다란 포목점 가까이에 있었소), 등 뒤에 충격이 느껴지면서 요란스런 소리가 나기에 돌아보니 소다수 바구니를 운반하던 사내가 놀란 표정으로 흩어진 자신의 짐을 바라보며 서 있었소. 그 충돌에 아팠지만, 나는 그 놀란 표정의 이유를 깨닫고는 웃음을 참지 못하고 터뜨리고 말았소. '바구니 안에 악마가 들어 있군.' 그렇게 말하고 갑자기 그자의 손에서 그것을 빼앗으려 비트니까 즉시 놔주더군. 나는 바구니를 허공에 휘둘러댔소. 그런데 바보 같은 마부 한 명이 선술집 앞에 서 있다가는, 갑자기 달려드는 바람에 그자의 쭉 뻗은 손이 내 귀밑을 심하게 찔렀소. 나는 그 마부를 한 방에 때려눕혔는데, 그러고 나자 상점들에서 사람들이 뛰어나오고, 지나던 마차들이 멈춰 서더니 내 쪽으로 몰려오는 것이었소. 나는 내가 무슨 짓을 저질렀는지를 깨달았고, 내 어리석음을 저주하며 상점 유리창에 등을 대고 비켜서서 그 혼란 속을 빠져나갈 기회를 엿보고 있었소. 얼마 못 가 나는 군중 속에 갇히게 될 테고 불가피하게 발견될 처지였소. 나는 정육점에서 일하는 아이 하나를 밀쳤는데, 운 좋게도 그 애가 뒤를 돌아보지 않았기에 그 애를 옆으로 밀치고는 마부가 앉아 있는 사륜마차 뒤로 피했소. 사람들이 그다음 어찌했는지 모르겠지만, 나는 서둘러 마침 비어 있는 길을 건넜고, 이후 들킬지 모른다는 두려움으로 어디로 가고 있는 건지도 모른 채, 옥스퍼드가의 오후 속으로 뛰어들었소.

나는 인파 속에 섞이려 했지만, 사람들이 너무 많아서 자칫하면 내 뒤꿈치가 차일 지경이었소. 그걸 피해 배수로로 내려섰는데 바닥이 거칠어서 발이 아파왔고, 곧 이륜마차의 끌채에 어깻죽지 아래를 심하게 찔려서 타박상에 멍이 들기까지 했소. 나는 허둥지둥 마찻길에서 벗어나, 유모차 하나를 힘겹게 피하고 나서, 서 있는 이륜마차 뒤에 이르게 되었소. 그때 마차 뒤를 따르면 되겠다는 생각이 구원처럼 떠올랐소. 나는 그 마차가 천천히 구르기 시작했을 때 내 모험의 전환에 놀라고 떨면서 그 뒤를 따랐소.

단지 마음만 떨고 있었던 게 아니라 몸도 떨고 있었소. 1월의 화창한 날이었는데, 나는 완전한 알몸이었고, 얇은 진흙층이 덮인 길은 바닥이 얼어 있었소. 지금 생각하면 참 어리석었던 건데, 내가 투명인간이 되었든 말든, 여전히 날씨와 그것의 모든 영향력에 순응해야 했는데 그걸 생각지 못했던 거요.

그러다가 갑자기 근사한 생각 하나가 떠올랐소. 나는 마차 옆으로 돌아가서 그것에 올라탔소. 그리고 그렇게 떨면서, 감기에 대한 첫 징후로 코를 훌쩍이고, 등 뒤에 입은 타박상에 아픔을 느끼면서, 천천히 옥스퍼드가를 따라 토튼햄코트가를 지났소. 내 기분은 바로 십여 분 전 기운차게 출발했던 때와는 상상도 못할 만큼 달라져 있었소. 정말이지, 이 불가시성이라니! 나를 사로잡고 있는 생각은 이제 하나였소… 어떻게 내가 처해 있는 이 곤경에서 벗어날 수 있을까 하는 것 말이오.

마차가 〈뮤디서점〉*을 기다시피 느리게 지나는데, 노란 라벨이 붙은 책, 대여섯 권을 든 키 큰 여성 하나가 내가 타고 있는 마차를 큰 소리로 불렀고, 나는 그녀를 피하려고 적당한 때를 맞추어 뛰어내렸소. 내가 뛰어내리는 동안 철도마차 한 대가 거의 스치듯이 지나기도 했소. 나는 블룸즈버리 광장으로 길을 잡고는 박물관을 지나 곧장 북쪽으로 가서 조용한 곳으로 갈 생각으로 걸어 올라갔소. 나는 온몸이 추위로 얼어 있었고, 내 상황의 기이함에 너무나 불안해서 뛰면서 울기까지 했소. 그때 광장의 북쪽 구석에서 하얀 개 한 마리가 약사회 사무실에서 달려나와, 즉시 내게로 와서 코를 대는 거였소.

나는 전에는 결코 깨닫지 못했었지만, 보는 사람의 주의력이 눈에 있는 것처럼 개의 주의력은 코에 있는 거였소. 사람

* Mudie's, 당시 옥스퍼드가에 실제 있던 도서대여점.

이 자신의 시각으로 인지하는 것처럼 개는 사람의 움직임을 냄새로 인지하는 거요. 이 짐승은 짖으며 뛰어오르기 시작했고, 그것은 나를 알아보는 것처럼 보였소. 너무나 명백히 내 존재를 알고 있었던 거요. 나는 그레이트 러셀가를 가로질러 갔고, 어느 방향으로 달려가는 중인지를 알기 위해 어깨너머를 흘끔 돌아보았는데, 몬태규가를 따라가고 있었소.

그때 커다랗게 쾅쾅거리는 음악 소리를 듣게 되었는데, 거리를 따라 붉은 셔츠 차림의 사람들이 구세군 깃발을 앞세우고 러셀 광장을 행진해나오고 있었소. 사람들은 길 위에서 구호를 외치거나 인도에서 야유섞인 비웃음을 날리고 있었소. 나는 되돌아가는 것도 집에서 더 멀어지는 것도 두려워서, 어쩔 줄 몰라하다, 그 군중이 지날 때까지 박물관과 마주 보고 있는 집의 흰색 계단 위로 뛰어올라 가서는 그곳에 서 있게 되었소. 다행히 개도 그 악대의 소음에 멈춰 서서 주저하다가는 꼬리를 돌려서 다시 블룸즈버리 광장으로 달려가고 있는 게 보였소.

악대는 지나가면서, 의도한 게 아니었겠지만, 아이러니하게도 '우리는 언제 그분의 얼굴을 뵐 수 있나요?'라는 찬송가를 불러댔고, 인도를 따라가는 군중의 물결은 끝이 없을 것 같았소. 쿵, 쿵, 쿵, 울리는 소리와 함께 북이 다가왔고, 잠시 동안 나는 어린 부랑아 둘이 내 옆 철책에 멈춰 서 있는 걸 의식하지 못했소. "저것 봐" 한 아이가 말했소. "뭘 보라고?" 다른 애가 말했소. "웬 맨발 자국이지? 진흙으로 찍혀진 것 같아."

아래를 내려다본 나는 아이들이 멈춰 서서 새로 하얗게 칠해진 계단 위에 내가 남겨둔 진흙 발자국을 보고 있는 걸 알았소. 지나던 사람이 팔꿈치로 그애들을 밀쳤지만, 그애들의 어리둥절한 호기심을 막지는 못했소. '쿵, 쿵, 쿵, 언제, 쿵, 우리는 보게 될까요, 쿵, 그분의 얼굴을, 쿵, 쿵.' "맨발의 남자가 저기 계단을 오른 거야, 어찌 된 건지 모르겠네." 한 애가 말했소. "올라가서 다시 내려오지 않았어. 더군다나 발에 피를 흘리고 있는데."

많은 군중이 이미 지난 다음이었소. "저길 봐 테드." 어린 탐정 중 더 어린애가 목소리에 날카로운 놀라움을 담아 말하곤, 바로 내 발을 지적했소. 나는 내려다보았고, 즉시 진흙 자국으로 그려진 그것들의 흐린 윤곽을 볼 수 있었소. 순식간에 나는 몸이 굳어버렸소.

"뭐야, 괴상한데." 큰애가 말했소. "괴상하게 찍혔네! 꼭 발 유령 같지 않아?!" 그애는 주저하다가 손을 뻗으며 다가왔소. 한 어른이 그애가 잡으려는 것이 무엇인지 보기 위해 잠깐 멈추었고, 그다음은 한 아가씨가 걸음을 멈추었소. 다음 순간 그애는 나를 만질 뻔했소. 그때서야 나는 내가 무얼 해야 하는지 깨달았소. 내가 한 걸음을 내딛자 소년이 소리를 지르며 뒤로 물러났고, 그 틈에 나는 빠른 동작으로 다음 집 현관으로 방향을 틀었소. 그렇지만 다른 작은 애는 그 움직임을 따를 만큼 예리한 눈을 가지고 있었고, 내가 계단을 내려가 인도로 내딛기 전에, 순간적인 놀라움에서 깨어나 '발이 담을 넘어갔다'고 소리쳤소.

그들은 돌아서 달려와서는 아래쪽 계단과 인도 위로 갑자기 찍히는 내 새로운 발자국을 보았소. "무슨 일이냐?" 누군가 물었소. "발이에요! 저기 봐요! 발이 달리고 있어요!"

길 위의 사람들은, 내 세 명의 추적자를 제외하곤, 전부 구세군 뒤를 따라 이동하고 있었고, 이 물결은 단지 나뿐만 아니라 그들이 나를 쫓는 것도 방해했소. 놀람과 의문의 소용돌이가 일었소. 나는 한 젊은 친구와 부딪히는 대가를 치르고 나서야 간신히 그곳을 벗어날 수 있었고, 다음 순간 내 발자국을 따르고 있는 예닐곱 명의 놀란 사람들과 함께 러셀 광장을 빙 돌아서 거꾸로 내달리고 있었소. 해명할 시간 따윈 없었소, 그랬다면 그 밖의 사람들 전부가 내 뒤를 쫓았을 테니.

연달아 나는 둥근 모퉁이를 두 번을 돌았고, 세 번째에 길을 가로질러 내 발자국들로 돌아왔소. 그러고 나자 내 발이 열기로 말랐기에 옅어진 흔적조차 흐릿해지기 시작했소. 마침내 나는 숨 돌릴 여유를 얻었고 손으로 내 발 흔적을 깨끗이 지우고는 달아날 수 있었소. 마지막으로 내가 보았던 추적자들은 여남은 명의 적잖은 무리였소. 그들은 크게 당혹해하며 태비스톡 광장의 물웅덩이로 인해 찍혔다가 천천히 말라가고 있는 발자국을 유심히 들여다보고 있었소. 그 발자국이 그들에게는 틀림없이 로빈슨크루소의 외딴 발견처럼 고립되고 불가사의해 보였을 테지.

그 달리기는 내 몸을 어느 정도 따뜻하게 덥혀주었고, 나는 좀더 용기를 내서 부근의 덜 번잡한 미로 같은 길을 돌아다녔소. 내 등은 이제 몹시 뻣뻣해져서 아팠고, 목 주변은 마부의 손가락에 찔린 탓에 아팠소. 또한 목의 피부는 그의 손톱에 의해 긁혀 있었고, 발이 심하게 아팠고, 한쪽 발은 상처가 나서 절뚝거리며 걸어야 했소. 나는 마침 장님 한 명이 내게 다가오는 것을 보았고, 그의 예민한 감각이 두려웠기에 발을 절뚝이며 빠르게 달아났소. 와중에 한두 번 우연한 충돌이 일어났고 말할 수 없는 욕설이 터져나오는 동안 나는 사람들을 떠났소. 그때 무언가가 고요하고 조용히 내 얼굴에 부딪쳐왔소. 눈 조각들이 얇은 막처럼 천천히 광장을 가로질러 떨어졌소. 나는 감기에 걸렸고, 갑자기 나오는 재채기를 피할 수 없었소. 그리고 시야에 들어오는 모든 개, 들이대는 코들과 이상한 킁킁거림이 내게는 공포였소.

그때 남자들과 아이들이 달려왔소. 처음에 한 명이 그리고 다른 이들이, 그들은 달리면서 소리치고 있었소. 불이 났던 거요. 그들은 내 하숙집 방향으로 달렸고 거리 아래편을 돌아보자 검은 연기 덩어리가 지붕 위와 전화선 위로 폭풍처럼 몰아치는 게 보였소. 내 하숙집이 불타고 있었던 거요. 내 옷, 내 기구들, 그레이트 포틀랜드가에서 나를 기다리고 있는 수표책과 세 권의 비망록을 제외한, 모든 실제적인 내 자산들이 거기 있었는데. 불타고 있었소! 나는 내 배들을 태운 거요… 어느 때고 사람으로 돌아갈 수 있었던! 그곳이 불타고 있었던 거요."

투명인간은 잠시 멈춰 서서 생각에 잠겼다. 켐프는 창밖을 초조하게 흘끔거렸다. "그래서?" 그가 말했다. "계속하게."

Chapter 22

백화점에서

In the Emporium

"그렇게 지난 1월, 공기 중에 눈보라가 날리기 시작하면서—그것이 내게 쌓이면 내 모습을 드러낼 터였기에!—피곤하고, 춥고, 고통스럽고, 말로 표현하기 힘들 정도로 비참한 상황을 맞게 되었고, 그럼에도 여전히 내 보이지 않는 능력에 대해 얼마간 자신하면서, 내 자신이 범한 이 새로운 삶을 살기 시작했소. 나는 은신처도 없었고, 실험 기구도 없었거니와 세상에 내 사정을 털어놓을 사람도 없었소. 내 비밀을 밝히는 건 나를 버리는 행위였소. 한낱 진기한 구경거리로 만드는 것이었으니 말이오. 그럼에도 나는 지나가는 행인에게 털어놓고 도움을 구하고픈 마음이 어느만큼은 있었소. 하지만 내가 다가가는 것이 공포와 잔혹한 끔찍함을 자아낼 뿐이란 사실을 분명히 알고 있었기에 나는 거리에선 어떤 계획도 세우지 않았소. 내 유일한 목적은 내리는 눈을 피해 내 몸을 가리고 따뜻이 하는 거였소. 그러고 나서야 계획을 세울 희망이라도 생길 수 있을지 모를 일이었으니. 그러나 투명인간인 나에게조차, 열 지어 선 런던의 집들은 자물쇠와 빗장, 그리고 볼트로 채워진 난공불락의 요새였소.

오직 한 가지만이 명백해 보였소. 앞으로 펼쳐질 추위에의 노출과 눈보라와 밤의 고통 말이오.

그러고 나서 기막힌 생각이 떠올랐소. 고어가에서 토튼햄코트가로 이어지는 길로 들어섰던 나는, '옴미엄스'*—모든 것을 살 수 있는 커다란 건물 말이오— 를 발견했소. 알다시피 그곳은 고기 식료품, 리넨, 가구, 옷, 심지어 유화조차 있는 곳이오. 하나의 상점이라기보다는, 상점들이 거대한 미로를 이루고 있는 곳 말이오. 문이 열려 있을 거로 생각했는데, 닫혀 있었고, 내가 넓은 입구에 서 있는 중에 마침 마차 한 대가 밖에 섰고, 유니폼을 입은 사내 하나가 문을 열고 튀어나왔소. 당신도 알 거요.— '옴니움'이라고 써진 모자를 쓴 인물 말이오.— 나는 그 틈에 용케 안으로 들어가, 리본과 장갑 스타킹 같은 것들을 팔고 있는 구역을 지나 피크닉 바구니와 고리버

* Omniums, 가상의 백화점 이름.

들 가구들이 진열된 좀더 넓은 구역으로 걸어갔소.

그러나 그곳이 안전하다고 느껴지지 않았소. 사람들이 이리저리 돌아다니고 있어서, 나는 많은 침대보가 함께 있는 위층의 널찍한 구역에 오르기 전까지 허둥지둥 배회해야만 했고, 마침내 위로 올라가, 커다랗게 접힌 매트리스 더미 사이에서 쉴 만한 곳을 발견했소. 이미 불이 밝혀져 있는 그곳은 기분 좋게 따뜻했소. 나는 종업원과 손님이 오가며 침대 두세 세트를 주의 깊게 살피고 있는 그곳에 남기로 결정했소. 문 닫을 시간이 올 때까지 말이오. 내 생각에 그러고 나서 그곳에서 음식과 옷을 훔치고, 변장할 만한 재료를 구해 입고 어쩌면 침구류에서 잠들 수 있을 것도 같았소. 꽤 괜찮은 계획처럼 여겨졌소. 내 생각은 나 자신을 따뜻하게 보호해주면서도 그런대로 괜찮은 용모로 만들어줄 옷을 구하는 것이었고, 나를 기다리고 있는 공책과 수표책을 되찾아, 어딘가에 하숙을 잡고, (내가 여전히 상상하고 있던 것처럼) 내 동료들보다 나은 내 불가시성의 이점을 살려 앞서 말한 계획의 완전한 실현을 이루자는 것이었소.

문 닫을 시간은 꽤 빠르게 왔소. 내가 매트리스 사이에 자리를 잡은 뒤 한 시간여가 채 지나지 않아서였소. 그전에 나는 창문의 블라인드가 끌어내려지고 손님들이 문 쪽으로 몰려가는 것을 인지했소. 그러고 나서 일군의 민첩한 젊은이들이 놀랄 만한 기민함으로 펼쳐져 남아 있던 물건들을 정리하기 시작했소. 나는 사람들이 줄어들었을 때 내 은신처를 떠나, 상점의 덜 어두운 곳으로 나와 조심스레 배회했소. 나는 정말로 놀랐소. 젊은 남녀들이 그날 하루 팔기 위해 진열해두었던 상품들을 얼마나 빠르게 끌어내리는지를 보면서 말이오. 모든 상품 박스들, 걸려 있던 천들, 레이스 장식들, 식료품 코너에 있던 모든 과자 상자들, 여기저기 진열된 것들이, 끌어내려지고 접혀서 쌓이고, 정돈된 수납장에 탁탁 놓였고, 치울 데 없는 모든 것들은 자루 같은 성긴 포장재로 덮였소. 마지막으로 모든 의자들이 바닥을 깨끗이 비운 채 계산대 위로 올려졌소. 곧 그 젊은 사람들은 각자의 일을 끝마쳤고, 그네들은 내가 상점 종업원으로부터 전에는 거의 볼 수 없었던 생기 있는 표정으로 신속하게 문으로 갔소. 그러고는 많은 젊은이가 톱밥을 드문드문 뿌리고 양동이와 빗자루를 가지고 왔소. 나는 그 통로를 벗어나기 위해 피해야만 했는데, 그때 내 발바닥은 톱밥들로 인해 얼얼했다오. 한동안 어둠에 휩싸인 구역을 배회하면서, 나는 작업하는 빗자루 소리를 들을 수 있었소. 그리고 마침내 한 시간 남짓 후에 건물이 닫혔고, 문을 잠그는 소리가 들려왔소. 침묵이 그곳으로 찾아들었고, 나는 그 광대하고 복잡한 상점, 갤러리, 그곳의 쇼룸을 혼자 배회하는 나 자신을 발견했소. 몹시 조용했는데, 근처 토튼햄코트가街 입구 한 곳에서 들려오던 지나는 행인의 부츠 굽 또각대는 소리를 기억하오.

내 첫 방문지는 내가 보아두었던 양말과 장갑을 파는 곳이었소. 그곳은 깜깜했고, 나는 미친 듯이 성냥을 찾은 끝에, 마침내 작은 현금 책상 서랍에서 발견할 수 있었소. 그러고 나서 나는 초를 구해야만 했소. 포장지를 뜯고 수많은 박스와 서랍을 뒤져야만 했는데, 마침내 내가 찾고자 하던 걸 찾을 수 있었소. 박스에 양모 팬츠와 양모 런닝셔츠라는 라벨이 붙어 있었소. 그러고 나서 양말, 두꺼운 목도리를 찾았고, 옷이 있는 곳으로 가서 바지, 긴 재킷, 오버코트를 챙겨 입었소. 슬로치 모자— 챙이 뒤집힌 성직자의 모자 같은 것 말이오—까지 챙겼소. 나는 다시 인간이 되어가는 느낌이었고, 다음은 음식에 생각이 미쳤소.

위층은 음식물 매장이어서, 거기서 식은 음식물을 구할 수 있었소. 커피포트에는 아직 커피가 남아 있어서, 가스불을 켜서 그것을 데우고 보니, 전체적으로 나쁘지 않았소. 그 후, 담요를 찾기 위해 그곳을 돌아다녔지만— 결국 솜털 이불 더미로 만족해야 했소. 우연히 많은 초콜릿과 설탕에 절인 과일이 함께 있는, 그뿐만 아니라 부르고뉴산 백포도주까지 있는 식료잡화 구역을 발견했는데, 정말이지 내겐 더할 나위 없이 유용한 것들이었소. 그리고 그 근처에는 장난감 매장이 있었는데, 내게 멋진 생각이 떠올랐소. 나는 몇 개의 인조 코들을 찾아냈소…. 가짜 코들 말이오, 당신도 알 거요, 그리고 검은 안경을 생각했소. 그렇지만 옴니움에는 안경점이 없었소. 코도 사실은 곤란했소. 색을 칠할까도 생각했었지. 하지만 그것들을 발견하면서 내 마음은 가발과 마스크 같은 것들로 달려가고 있었소. 마지막으로 나는 아주 따듯하고 안락한 솜털 이불 더미 속에서 잠들기 위해 갔소.

잠들기 전의 내 마지막 생각들은 내가 바뀐 이후 가졌던 가장 기분 좋은 것들이었소. 나는 육체적으로 평온한 상태였고, 그것이 마음속에 반영되었을 거요. 나는 아침에 눈에 띄지 않게 옷을 입고, 챙겨간 하얀 천으로 얼굴을 가리고 빠져나올 수 있을 테고, 내가 가지고 간 돈으로 안경 등을 구입하면 내 변장을 완료할 수 있을 거로 생각했소. 나는 지난 며칠 동안 벌어졌던 모든 기괴한 일들에 대한 혼란스러운 꿈속으로 빠져들었소. 나는 자신의 방에서 고함치고 있는 하숙집의 못생기고 작은 유대인을 보았소. 놀라워하는 그의 두 아들도 보았고, 자신의 고양이에 대해 묻던 주름진 늙은 여인의 찡그린 얼굴도 보았소. 나는 천이 사라지는 것을 지켜볼 때의 그 기이한 놀라움을 다시 경험했고, 그리하여 바람 부는 산허리로 돌아가 흙을 덮지 않은 내 아버지의 무덤에서, 코를 훌쩍이며 '흙은 흙으로, 재는 재로, 먼지는 먼지로.'라고 웅얼거리고 있는 늙은 성직자를 보았소.

'너도.'라는 목소리가 들렸고, 갑자기 나는 무덤 안으로 밀쳐졌소. 나는 몸부림치고 소리 지르며, 추모객들에게 항의했지만, 그들은 냉담하게 그 의식을 계속했소. 늙은 성직자는, 역시, 의식 내내 결코 흔들림 없이 웅얼거리고 코를 훌쩍였소. 나는 내가 보이지도 들리지도 않는 존재라는 걸, 어떤 압도적인 힘이 나를 움켜쥐고 있다는 사실을 깨달았소. 나는 헛되이 몸부림쳤고, 벼랑 끝에 몰려 있었소. 내가 관 속으로 떨어졌을 때 텅 빈 소리가 울렸고, 뒤이어 자갈이 한 삽 날아들었소. 누구도 나에게 관심을 두지 않았고, 누구도 나에 대해 알지 못했소. 나는 발작적으로 몸부림치다 깨어났소.

창백한 런던 새벽이 와 있었고, 그곳은 창문 블라인드 가장자리로 걸러진 냉랭한 회색빛으로 가득 차 있었소. 나는 일어났고, 잠깐 동안 이 광대한 공간이 어디인지 생각할 수 없었소. 그곳의 계산대, 둘둘 감긴 물건 더미, 솜털이불과 쿠션더미, 철 기둥들과 함께 있었음에도 말이오. 그러고 나서 정신이 들었을 때 나는 대화하는 목소리를 들었소.

그때 저 멀리서 이미 블라인드를 올린 어느 매장의 밝은 빛 속에서, 나는 두 사람이 다가오고 있는 것을 보았소. 나는 일어서서 도망칠 만한 길을 찾아 주위를 둘러보곤 재빨리 움직였소, 그랬음에도 내 움직임 소리는 그들이 나를 알아채게 만들었소. 짐작컨대 그들은 형체 하나가 조용히 그리고 빠르게 달아나는 걸 간신히 보았을 거요. '저게 누구지?' 한 사람이 외쳤고, '거기 서!' 다른 이가 외쳤소. 나는 코너를 돌아 전속력으로 내달리다 무언가와 부닥쳤소— 생각해보오! 얼굴 없는 형체가, 열다섯 살의 껑충한 체구의 젊은이와 부딪혔으니. 그는 고함을 질렀고 나는 그를 쓰러뜨리고 내달려서, 다른 코너를 돌았고, 문득 괜찮은 생각이 떠올라 카운터 뒤로 내 몸을 내던졌소. 다음 순간 발들이 달려 지나갔고 나는 외치는 소리를 들었소. '모두 도와 문으로 가!' 그리고 다른 이에게 무슨 일이냐고 물으며, 나를 어떻게 잡을지를 조언하는 소리도.

바닥에 누워서, 나는 두려움에 어쩔 줄 몰라하고 있었소. 하지만, 이상하게 여겨지겠지만, 내게 그 순간 옷을 벗어야겠다는 생각은 들지 않았소. 그랬어야만 했는데도 말이오. 나는 그것들을 입은 채로 달아나자고, 마음먹었던 것 같소. 그 생각이 나를 지배하고 있었던 것 같소. 그러고 나서 카운터가 보이는 저 아래쪽에서 '저기 있다'고 외치는 소리가 들렸소.

나는 튕기듯 일어나, 카운터 의자 하나를 꺼내서는, 소리친 그 바보에게 휘둘러 던져버리고는 돌아서서, 다른 쪽 코너로 돌아 계단을 달려 올라갔소. 그가 상황을 살피다가, 계단을 뛰어올라 내 뒤까지 바짝 따라왔소. 계단 위에는 밝고 색깔 있는 항아리 같은 것들이 적잖게 쌓여 있었는데… 그게 뭐였더라?"

"도자기" 켐프가 넌지시 말했다.

"그래! 도자기. 음, 나는 계단 꼭대기에서 몸을 돌려 빙글빙글 돌다가 그가 내게 다가왔을 때, 그중 하나를 꺼내 그의 아둔한 머리를 내리쳤소. 항아리 더미 전부 무너져내렸고, 나는 사방에서 달려오는 발소리와 외치는 소리를 들었소. 나는 음식점이 있는 곳으로 미친 듯이 달렸는데, 거기에서도 흰색 가운을 입은 남자 요리사 같은 사내 하나가 추적에 나섰소. 나는 필사적으로 마지막 코너를 돌았고 램프와 철물류 사이에 있는 나를 발견했소. 나는 그곳 계산대 뒤로 가서 그 요리사를 기다렸고 그가 추적대 맨 앞에서 뛰어들어왔을 때, 램프로 연달아 때렸소. 그는 바닥으로 쓰러졌고, 나는 카운터 뒤에 쭈그리고 앉아 가능한 한 빠르게 옷을 벗기 시작했소. 코트, 재킷, 바지, 신발, 전부 문제없었지만, 양모 내의가 피부처럼 몸에 달라붙어 벗기 힘들었소. 나는 더 많은 사람이 오고 있는 소리를 들었고, 요리사는 기절했는지 아니면 두려움에 말을 잃었는지 카운터 반대편에 조용히 누워 있었고, 나는 다시 장작더미에서 사냥당하는 토끼처럼 내달려야 했소.

나는 누군가가 '이쪽이오, 경찰관!' 하고 소리치는 것을 들었소. 나는 다시 침대틀을 보관하는 방 안의 대량의 옷장들 끄트머리에 이르렀고, 그것들 사이로 뛰어들어가, 그 틈새에서 한참을 버둥거린 끝에 내의를 벗어버렸고, 경찰과 세 명의 점원이 코너를 돌아왔을 때는, 헐떡거리며 다시 자유인이 되어 서 있었소. 그들은 내 내의와 속바지를 향해 달려들어, 바지를 움켜쥐고 있었소. '훔친 걸 버리고 있어.' 젊은이 가운데 하나가 말했소. '틀림없이 여기 어딘가에 있어.'

하지만 그들도 마찬가지로 나를 찾지 못했소.

나는 한동안 옷을 잃은 불행에 대해 저주하면서 나를 사냥하고 있는 그들을 지켜보며 서 있었소. 그러고 나서 다과가 있는 방으로 들어갔고, 거기서 발견한 작은 우유를 마시고는, 내 상황을 숙고해보려고 불 옆에 앉아 있었소.

조금 있다 점원 둘이 들어와서는 기를 쓰며 그 일에 대해 이야기를 나누기 시작했소. 그들은 바보 같았지. 나는 내 약탈에 대한 과장된 이야기와 내 행방에 관한 엉뚱한 추측을 들었소. 그러고 나서 나는 다시 계획을 세웠소. 특히 지금은 경계 중이어서 그곳에서 훔친 물건을 갖고 나가기엔 넘어설 수 없는 장벽이 있었소. 나는 물건을 싸서 주소를 적어 밖으로 내보낼 방법이 있는지 보기 위해 아래층 창고로 내려가 보았지만, 그 배송 시스템을 이해할 수 없었소. 11시경 눈은 내리면서 녹았고, 날씨는 전날보다 맑고 조금은 따뜻했소. 나는 그 백화점에서는 희망이 없다고 판단했고, 내 실패에 화를 내며, 단지 마음속에 막연한 계획을 품고서 다시 밖으로 나왔소."

Chapter 23

드루리 레인에서

In Drury Lane

"그렇지만 당신도 이제 깨닫기 시작했을 거요." 투명인간이 말했다. "내 상태의 절대적인 약점을. 나는 주거지가 없었소— 덮고 가릴 거처가 없었다는 거요— 옷을 입는 건 나 자신을 기이하고 소름 끼치게 만드는 것으로, 내 모든 이점을 포기하는 것이나 마찬가지였소. 나는 굶고 있었소. 먹는 건, 동화되지 않는 물질로 배를 채우면 다시 괴기스럽게 보이게 될 것이기 때문이었소."

"그 점에 관해서는 전혀 생각지 못했군." 켐프가 말했다.

"나도 생각지 못했었소. 그리고 눈은 내게 다른 위험에 대해 경고했소. 나는 눈이 내리는 동안에는 외부로 나갈 수 없었소— 눈이 내 몸에 내려앉으면 나를 노출시켰기 때문이오. 비 역시, 몸뚱이의 표면에 빛나는 물방울로 윤곽을 만들었소. 그리고 안개— 나는 안개 속에서 외관이 더 흐린 물방울 같았을 거요, 기름투성이로 번들거리는 사람처럼. 더욱이, 내가 외부로 나가면— 런던의 공기 속에서— 발목 주위로 흙이 쌓이고, 먼지와 부유물들이 내 살갗 위로 떠다닐 테지. 그럴 경우 내가 보이게 되기까지 얼마나 걸릴지는 알 수 없었소. 하지만 그리 오래가지 않을 거라는 건 명백했소.

어쨌든 런던에선 머물 수 없었소.

나는 그레이트 포틀랜드가 쪽 슬럼가로 갔고, 어느새 내 하숙집이 있던 거리의 끝자락에 있는 나 자신을 발견했소. 하지만 나는 그 길로 가지 않았소. 일부 사람들이 아직도 내가 불 지른 그 집의 잔해에서 연기가 피어오르고 있는 반대편에 모여 있었기 때문이오. 내게 가장 시급한 문제는 옷을 구하는 것이었소. 얼굴은 어찌할 것인가 하는 것이었소. 그때 작은 잡화점 중 한 곳을 보게 되었소.— 신문, 과자, 장난감, 문방구, 철 지난 크리스마스 장식 등을 파는 그곳에는 마스크와 코들도 진열되어 있었소. 문제가 해결되었다는 걸 깨달은 순간 내가 가야 할 곳이 보였소. 나는 더 이상 목적 없이 다닐 필요가 없었기에 바로 돌아서서, 혼잡한 길을 피해 스트랜드의 북쪽 뒷골목을 향해 걸었소. 어딘지는 분명치 않지만 몇몇 연극 의상 제작자들이 그 지역에 가게를 내고 있다는 걸 기억했기 때문이오.

날은 추웠고, 북쪽으로 이어진 거리로 살을 에는 듯한 바람이 불어왔소. 나는 사람들에게 추월당하는 걸 피하려고 빠르게 걸었소. 모든 건널목이 위험했고, 모든 행인을 주의 깊게 살펴야만 했소. 베드포드가街 끝에서 내가 막 한 사람을 지나치려는데, 갑자기 그가 돌아서는 바람에 나와 부딪쳐 주저앉았고, 나는 길 안쪽으로 밀려서 지나가는 이륜마차에 치일 뻔하기도 했소. 늘어선 마차들에게는 그가 일종의 뇌졸중을 일으킨 것으로 보였을 거요. 이 충돌로 너무 불안해서 코번트가든 시장 안으로 들어가서 제비꽃 좌판 옆 조용한 구석에서 얼마 동안 숨을 헐떡이며 떨고 앉아 있었소. 나는 감기에 걸린 것을 깨달았고, 재채기로 주목을 끌지 않도록 잠시 후 그곳을 빠져나와야만 했소.

마침내 내가 찾던 목적지에 도달했소. 드루리 레인 근처 길옆의 구더기가 끓는 아주 더러운 작은 가게로, 반짝이는 대관복과 가짜 보석들, 가발, 슬리퍼, 도미노와 연극 사진들이 가득 찬 장식창이 내다보이는 곳이었소. 가게는 구식으로 낮고 어두웠고, 살림집이 어둡고 음침하게 4층에 걸쳐 나 있었소. 나는 창문을 통해 들여다보았고 안에 사람이 없는 것을 확인하고는 안으로 들어갔소. 출입문을 여는데 딸랑거리는 종소리가 울렸소. 나는 문을 열어둔 채로, 빈 의상 걸이대를 돌아 구석의 전신 거울 뒤쪽으로 걸어 들어갔소. 대략 1분 동안 아무도 오지 않았소. 그러고 나서 방을 가로질러 걸어오고 있는 무거운 발소리가 들렸고, 한 사내가 가게에 모습을 드러냈소.

내 계획은 이제 완전히 명백해졌소. 나는 집 안으로 들어갈 작정이었소. 위층에서 은밀히 숨어 기회를 엿보다 모든 게 조용해지면, 샅샅이 뒤져 가발과 가면, 안경, 그리고 의상을 구해 세상 밖으로 나올 참이었소. 아마 좀 기괴하긴 하겠지만 제법 그럴듯한 용모가 될 것 같았소. 그리고 물론 부수적으로 얼마간 필요한 돈을 그 집에서 훔칠 수도 있었을 거요.

가게 안으로 막 들어선 사내는 키가 작고, 마르고 등이 휜, 눈썹이 짙은 사내로, 긴 팔에 매우 짧은 안짱다리를 하고 있었소. 분명 내가 식사를 방해한 모양이었소. 그는 기대에 찬 표정으로 가게를 둘러보았소. 그것은 곧 놀라움으로 바뀌었는데, 가게가 비어 있는 것을 확인하고는 화를 내기 시작했소. '망할 자식들!' 그가 말했소. 그는 거리 위아래를 살펴보러 나갔소. 잠시 후 다시 돌아와서는 그 문을 심술궂게 발로 차고는, 뭐라 웅얼거리면서 살림집 문으로 되돌아갔소.

나는 그를 뒤따르기 위해 앞으로 나섰는데, 내 움직임 소리에 그가 딱 멈추었소. 나 역시 멈췄는데, 그의 밝은 귀에 깜짝 놀랐소. 그는 내 얼굴 앞에서 살림집 문을 쾅 하고 닫아버렸소.

나는 망설이며 서 있었소. 갑자기 그가 빠르게 돌아오는 발소리가 들리고는, 문이 다시 열렸소. 그는 여전히 만족스럽지 못한 사람처럼 가게를 둘러보고 서 있었소. 그러고는 혼잣말로 웅얼거리며, 계산대 뒤를 조사하고 집기 뒤쪽을 자세히 살폈소. 그러고 나서도 망설이며 서 있었소. 그는 살림집 문을 열어둔 채로 떠났고 나는 그 공간 안으로 슬그머니 들어섰소.

그건 허름한 가구들과 구석에 여러 개의 커다란 가면이 있는 괴상하고 작은 방이었소. 탁자 위에 그가 먹다 만 아침식사가 놓여 있었는데, 그것은 정말이지 내 애를 태우는 것들이었소, 커피 냄새를 맡으며 그가 다시 음식을 먹는 걸 지켜보고 서 있어야만 했으니 말이오. 그리고 그의 테이블 매너는 짜증스러웠소. 그 작은 방에 세 개의 문이 나 있었는데, 하나는 위층으로 올라가는 것이었고 하나는 아래층으로 내려가는 것이었는데, 전부가 닫혀 있었소. 그가 거기 있는 동안 나는 방에서 나올 수가 없었소. 그의 경계심 때문에 거의 움직일 수도 없었는데, 내 등 뒤로 바람이 불어왔소. 나는 두 번씩이나 막 나오려는 재채기를 간신히 억눌러야만 했소.

내 극도의 예민한 감각은 미묘하고 신기했지만, 그럼에도 나는 정말 피곤했고 그가 긴 시간 음식을 다 먹기까지 화가 났소. 마침내 그는 식사를 마쳤고 얼마 안 되는 그릇을 차 주전자가 올려져 있던 검은 양철 쟁반에 담고 모든 찌꺼기를 겨자가 묻어 있는 식탁보 위로 끌어모아서는, 전부를 챙겨 들고 나섰소.

그는 나가면서 뒤의 문을 닫으려 했지만 짐이 방해를 일으켜 그러지 못했고— 그렇게 문을 닫는 것에 신경 쓰는 사람을 결코 본 적이 없소— 나는 그를 따라 매우 더러운 지하 부엌방으로 들어갔소. 그가 설거지하는 걸 즐거운 마음으로 바라보다, 벽돌 바닥에 발이 시려와서, 거기 그대로 있는 게 좋을 게 없다는 걸 깨닫고는, 위층으로 돌아와 불 옆에 있는 의자에 앉았소. 그것은 낮게 타고 있었고, 나는 무심결에 석탄을 조금 넣었소. 이 소리가 즉시 그를 불러올렸고, 그는 눈을 빛내며 서 있었소. 그가 자세히 방을 살피는 통에 나를 만질 뻔하기도 했소. 그 후에도 그는 완전히 만족하지 못한 듯 보였소. 그는 문가에 멈춰 서서는 내려가기 전에 마지막으로 한 번 더 둘러보았소.

나는 그 작은 응접실에서 한참을 기다렸고, 마침내 그가 올라와 위층 문을 열었소. 나는 겨우 그 옆으로 따라붙었소.

계단에서 그가 갑자기 멈춰 서는 바람에, 나는 거의 그와 부딪치는 실수를 할 뻔했소. 그는 내 얼굴 쪽으로 뒤를 바라보며 서서는 귀를 기울였소. '맹세할 수도 있어.' 하고 그가 말하더군요. 길게 털이 난 그의 손이 자신의 아랫입술을 당겼소. 그의 눈은 계단 아래위를 오갔소. 그러고는 툴툴거리며 다시 올라가는 거였소.

그는 문 손잡이를 잡고, 얼굴에는 이전과 같은 혼란스러운 분노를 띠고는 다시 멈췄소. 그는 내 움직임의 미세한 소리를 알아차렸던 거요. 그 사내는 악마같이 예리한 청각을 가졌음에 틀림없었소. 그는 갑자기 격분해 소리쳤소. '만약 이 집에 누군가 있다면….' 그는 맹세하듯 소리치고는 위협을 끝맺지 못하고 남겨두었소. 그는 호주머니 속을 뒤져 원하는 걸 찾는데 실패하고는 나를 지나쳐 요란스레 비틀거리며 호전적으로 아래층으로 달려내려갔소. 하지만 나는 그를 따라가지 않고 그가 돌아올 때까지 계단 머리에 앉아 있었소.

머지않아 여전히 중얼거리면서 그가 다시 올라왔소. 그는 방문을 열었고, 내가 들어가기도 전에 코앞에서 꽝 하고 닫아버렸소.

나는 그 집을 뒤져보기로 마음먹고 가능한 한 소리를 내지 않고 시간을 보냈소. 그 집은 너무 낡고 금방이라도 허물어질 듯했으며, 습기로 인해 다락방의 벽지는 뜯겨져 있었고 쥐가 들끓고 있었소. 몇 개의 문손잡이는 뻑뻑해서 돌리기가 두려웠소. 몇몇 방에는 가구들이 없었는데 다른 방들에는 겉보기에 고물상에서 샀을 법한 연극 소품들이 널브러져 있었소. 그가 있는 옆 방에서 나는 많은 옷을 발견했소. 그 사이에서 쓸 만한 것들을 골라내기 시작했는데, 내 열의가 매우 예민한 그의 청각에 대해 잊게 만들었던 것 같소. 나는 은밀한 발소리를 듣자마자 즉시 올려다보았는데, 손에 구형 리볼버를 쥐고 무너진 옷더미를 자세히 살피고 있는 그가 보였소. 나는 그가 입을 벌리고 의심스러운 눈초리로 바라보고 있는 동안 완전히 멈춰 조용히 서 있었소. '그년 짓이 틀림없어.' 그가 천천히 말했소. '이런 썩을 년!'

그는 조용히 문을 닫았고, 즉시 자물쇠에서 열쇠 돌아가는 소리가 들렸소. 그러고 나서 그의 발걸음이 멀어졌소. 나는 갑자기 내가 갇혔다는 것을 깨달았소. 잠깐 동안 나는 어찌해야 할지 몰랐소. 문에서 창문으로 다시 돌아서 걸었고, 당혹스럽게 서 있었소. 갑자기 화가 치밀어올랐소. 그렇지만 나는 무언가 다른 일을 하기 전에 옷을 더 살펴보기로 결정을 내렸소. 내 첫 시도는 위 선반으로부터 더미 하나를 끌어내리는 것이었소. 이 소리가 그 어느 때보다 험악한 얼굴로 그를 다시 돌아오게 했소. 그때 그는 실제로 나를 만졌고, 깜짝 놀라 뒤로 물러서서 방 한가운데에 놀라서 서 있었소.

곧바로 그는 조금 안정을 찾았소. '쥐들이군.' 그가 손가락을 입술에 대고 낮은 목소리로 말했소. 그는 분명히 조금 두려워하고 있었소. 나는 조용히 방을 빠져나왔지만 그만 판자가 삐걱거렸소. 그러자 그 지독한 작은 짐승은 그 집 구석구석을 오가기 시작했소. 손에 권총을 들고 이 문, 저 문을 잠그고 열쇠들을 주머니에 넣으면서. 그가 무슨 짓을 하는지 깨달았을 때 나는 분노가 치밀었소— 나는 충분히 기회를 엿볼 만큼 나 자신을 거의 통제할 수 없었소. 그때 그 집에 그가 혼자라는 것을 알고 있었고, 그래서 나는 더 이상 소동을 일으키지 않기 위해 그의 머리를 쳤소."

"그의 머리를 쳤다고?" 켐프가 소리쳤다.

"그렇소. 그를 기절시켰소. 그가 아래층으로 내려갈 때 계단참에 놓여 있던 의자로 뒤에서 그를 친 거요. 그는 낡은 부댓자루처럼 아래층으로 굴러떨어졌소."

"하지만… 내 말은! 보통 사람의 관례상…."

"보통 사람의 경우에는 모두 좋소. 하지만 요점은, 켐프, 나는 그가 나를 보지 못하는 가운데 변장을 해서 그 집을 빠져나가야만 한다는 것이었소. 그렇게 하는 것 말고 다른 어떤 방법도 생각해낼 수 없었소. 그러고 나서 나는 '루이 14세 조끼'*로 재갈을 물리고 시트를 묶었소."

"시트로 그를 묶었다고!"

"일종의 자루를 만든 거요. 그 멍청이를 겁에 질리게 해서 조용히 시키는 데는, 그리고 빠져나오기 힘들게 하는 데는—머리를 묶은 끈 반대쪽에 두었으니 오히려 좋은 방법이었소. 켐프 박사님, 당신은 마치 내가 살인자라도 되는 것처럼 노려보며 앉아 있지만, 별수 없는 일이었소. 그건 반드시 해야만 하는 일이었지. 그는 권총을 가지고 있었소. 만약 한 번이라도 그가 나를 본다면 그는 나에 대해 묘사할 수 있었을 테고…."

"하지만 그래도." 켐프가 말했다. "영국이라는 나라에서는… 오늘날… 그리고 그 사람은 자신의 집에 있었고, 자넨… 음, 도둑질을 하는 중이었네."

"도둑질을 하고 있었다고! 당황스럽군요! 다음엔 나를 도둑놈이라고 부를 기세네요! 분명, 켐프, 당신은 그 낡은 현악기에 장단 맞춰 춤추는 광대는 아닐 테죠. 내 처지를 모르겠어요?"

"그의 처지 또한." 켐프가 말했다.

* A Louis Quatorze Vest, 프랑스 왕 루이 14세의 조끼. 연극 소품.

투명인간이 날카롭게 일어섰다. "무슨 뜻이죠?"

켐프의 얼굴이 급격히 창백해졌다. 그는 자신이 한 말에 대해 스스로 점검해보았다. "어쨌든 내가 보기엔 그렇다는 거야." 그는 갑자기 태도를 바꾸어 말했다. "물론 그럴 수밖에 없었겠지. 자넨 곤경에 처해 있었으니. 하지만 그렇더라도."

"당연히 나는 곤경에 처해 있었소.— 지독한 곤경. 그리고 그는 또한 나를 난폭하게 만들었소.— 집 안을 돌아다니면서 나를 사냥했소. 멍청하게 권총을 들고, 문들을 잠갔다 풀면서 말이오. 그는 그야말로 짜증스러운 자였소. 지금 나를 비난하고 있는 건 아니겠죠? 나를 비난하는 건가요?"

"누구도 비난하지 않아." 켐프가 말했다. "전적으로 방식의 문제지. 다음엔 어떻게 했나?"

"배가 고팠소. 아래층에서 나는 빵 한 덩이와 얼마간의 치즈를 찾을 수 있었소.— 허기를 지우고도 남을 만큼 많은. 약간의 브랜디와 물을 마시고, 자루와 낡은 옷들이 있는 앞서의 방으로 올라왔소. 그는 여전히 조용히 누워 있었소. 그곳에선 거리가 내다보였고, 두 개의 더러운 갈색 레이스 커튼이 창문을 가리고 있었소. 나는 커튼 틈새를 통해 바깥을 자세히 살폈소. 맑은 날씨였소. 내가 있는 그 음울한 집의 갈색 음영과는 정반대로 화창하게 빛나고 있었소. 거리는 오가는 발길로 활기에 차 있었소. 과일 수레, 이륜마차, 박스 더미를 실은 사륜마차, 생선장수의 수레. 나는 눈앞에서 떠도는 색깔 있는 반점들과 함께 뒤쪽의 어둑한 세간들을 향해 돌아섰소. 내 흥분은 그쯤에서 다시 내 처지에 대한 명백한 우려로 가라앉았소. 그 방은 옅은 벤졸린 냄새로 가득 차 있었소. 짐작컨대, 의복을 세탁할 때 사용했을 거요.

나는 그곳을 체계적으로 살피기 시작했소. 내가 판단하기에 그 노트르담의 꼽추*는 한동안 그 집에서 혼자 살고 있었소. 그는 기묘한 사람이었소. 내게 유용할 듯한 모든 것을 그 가게의 옷방 안에서 끌어모아서는 숙고해서 골랐소. 적당한 크기의 손가방도 찾았소. 그리고 파우더와 입술연지, 반창고도.

나는 내 모습을 드러내 보이려고 얼굴과 보이는 곳 전신에 칠을 하고 파우더를 바를까도 생각했었소. 하지만 나중에 그것을 지울 테레빈유와 다른 재료들이 필요하고 내가 다시 사라지기까지 상당한 시간이 요구된다는 단점이 있었소. 마침내 나는 더 나은 타입의 가면을 선택했소. 조금 기괴하지만 그보다 더한 사람들이 없지 않으니, 검은 안경, 회색 구렛나

* The Hunchback. 이 사람이 혼자 사는 꼽추이다 보니, 빅토르 위고의 소설 『노트르담의 꼽추』 속 꼽추를 은유적으로 빗대어 쓴 것.

루, 그리고 가발도. 나는 고대 희극배우의 단화를 찾을 수는 없었지만 오히려 좀 헐렁한 꼽추의 부츠가 있었기에, 만족했소. 가게 안 책상에는 금화 세 닢과 30실링쯤의 은화가 있었고, 내가 부숴서 연, 잠긴 벽장 속에는 8파운드의 금화가 들어 있었소. 나는 준비를 갖추어 다시 세상으로 나갈 수 있게 되었던 거요.

그런데 그러고 나자 묘하게 망설여졌소. 내 외모는 정말 그럴 듯하게 보여질까? 하는 것이었소. 나는 작은 침대 거울로 나 자신을 비춰보며, 빼먹은 틈을 찾아내기 위해 보이는 모든 곳을 점검했는데, 전부 정상적으로 보였소. 나는 연극 무대에서조차 기괴하고, 구두쇠 같아 보였을 테지만, 확실히 물리적으로 불가능한 건 아니었소. 자신감을 갖고 나는 안경을 들고 가게로 내려가, 블라인드를 내리고 구석의 전신 거울의 도움을 받아 눈에 보이는 모든 요소를 점검했소.

나는 용기를 짜내느라 몇 분을 더 보내고 나서야, 그 작은 사내가 자신이 원할 때 시트에서 빠져나올 수 있게 조치해두고는 가게 문을 열고 거리로 나왔소. 5분 만에 여남은 모퉁이를 지나쳤소. 그 사이 누구도 특별히 나를 주목하는 것 같지 않았소. 내 마지막 난관을 넘어선 듯 보였소."

그는 다시 멈추었다.

"그런데 자넨 그 꼽추에 관해서는 더 이상 걱정하지 않았나?" 켐프가 말했다.

"하지 않았소." 투명인간이 말했다. "그자가 어찌 되었는지는 들은 바 없소. 알아서 풀거나 발로 차서 나왔을 거요. 매듭이 제법 단단했지만."

켐프는 침묵했고 창문 쪽으로 가서 밖을 내다보았다.

"스트랜드 거리로 나갔을 때는 무슨 일이 있었나?"

"아! 다시 환멸을 느꼈소. 나는 곤란한 문제들이 끝났다고 생각했소. 사실상 내가 하고자 하면, 내 비밀만 지켜진다면, 모든 걸 무난히 할 수 있을 거라 생각했소. 그래서 생각했었소. 내가 무얼 하건, 어떤 결과가 빚어지든 상관없다, 그냥 내 의상들만 벗어던지고 사라지면 되는 거다. 나를 붙잡을 수 있는 사람은 아무도 없다. 나는 맡겨둔 곳에서 내 돈을 찾을 수 있었소. 나는 나 자신에게 화려한 연회를 베풀어주고, 좋은 호텔에 묵고, 새로운 복장을 위한 물건들을 모으기로 결정했소. 나는 놀랄 만큼 자신감을 느꼈소. 내가 바보였음을 깨달은 일을 떠올리는 건 그다지 유쾌한 일이 못 되오만. 나는 한 식당에 들어가서 점심을 주문했는데, 보이지 않는 내 얼굴을 드러내지 않고는 먹을 수 없다는 걸 깨닫게 되는 상황이 발생했던 거요. 이미 주문을 마쳤기에, 나는 식당의 사내에게 10분

후 돌아와야 할 것 같다고 말하곤 몹시 화가 나서 밖으로 뛰쳐나왔소. 켐프 당신은 배고픔을 채우려는데 방해받은 적이 있었는지 모르겠소."

"그렇게까지 심하진 않았지만," 켐프가 말했다. "상상할 수 있네."

"나는 그 멍청한 놈들을 부셔버릴 수도 있었소. 결국에 나는 맛난 음식에 대한 욕구로, 다른 곳으로 갔고, 별실을 요청했소. '얼굴을 심하게 다쳤소'라고 하면서. 그들은 나를 흥미롭게 바라보았지만, 그들이 상관할 바 없는 일이었기에 마침내 나는 점심을 먹을 수 있었소. 그것은 특별히 잘 차려진 것은 아니었지만, 그런대로 만족스러웠소. 식사 후에는 시가 한 대를 물고 다음 행보를 짜기 위해 애쓰면서 앉아 있었소. 바깥에는 눈보라가 시작되고 있었소.

곰곰이 생각할수록, 켐프, 나는 절실히 깨닫게 되었소. 투명인간이 되는 게 감당할 수 없을 만큼 어리석은 짓이라는 걸. 더군다나 춥고 사나운 기후와 번잡한 문명 도시 속에서는 말이오. 이 미친 실험을 하기 전에 나는 수천 가지 이점을 꿈꿨지만 그날 오후 그 모든 게 단점으로 보였소. 나는 사람들이 바랄 만한 것들에 대해 헤아려 보았소. 의심의 여지없이 다른 이의 눈에 보이지 않는 것은 그것들을 얻는 걸 가능하게 만들지만, 막상 그것들을 얻었을 때 즐기는 것은 불가능하게 만들었소. 어딘가를 열망한들, 거기 나다닐 수 없다면 최고의 장소라는 것이 무슨 가치가 있겠소? 여자의 이름이 델릴라*가 분명하다 한들 그 여자의 사랑이 무슨 가치가 있겠소? 나는 정치에도, 명성에도, 박애에도, 스포츠에도 관심이 없었소. 내가 할 수 있는 게 무엇이었겠소? 그리고 이 때문에 나는 불가사의한, 붕대로 휘감은 인간의 캐리커처가 된 거요!"

그가 말을 멈추었는데, 그의 태도가 창밖을 힐끔거리며 살피는 것처럼 여겨졌다.

"그런데 자넨 아이핑엔 어떻게 가게 된 건가?" 켐프가 자신의 손님이 계속해서 말하게 하려고 안달하면서 말했다.

"그리로 연구를 하러 갔소. 내겐 하나의 희망이 있었소. 절반쯤의 착상이었지! 나는 여전히 그걸 가지고 있소. 이제는 완전히 채워진 착상, 바로 원래로 되돌아가는 방법 말이오! 내가 했던 것을 되돌리는 거요. 내 말의 이미는 보이지 않는 상태로 할일을 다하고, 내가 선택하면, 다시 온전한 상태로 돌아가는 방법을 말하는 거요. 그리고 그것이 이제 내가 당신에게 해주고 싶은 주된 말이고."

* Delilah, 성경 속 인물. 머리칼이 잘리면 괴력을 잃는 삼손의 비밀을 블레셋인들에게 알려주어 삼손을 파멸로 이끈다.

"곧장 아이핑으로 갔나?"

"그렇소. 이 착상을 실현시킬 세 권의 메모책과—내 책을 찾자마자 그 착상의 결과를 보여주겠소— 수표책, 여행 가방과 속옷을 간단히 챙기고, 화학약품을 주문하고 나서 출발했소. 어이쿠! 지금도 그 눈보라가 기억나네, 종이로 만든 내 코가 눈으로 축축해지는 걸 막는 일이 얼마나 번거롭던지."

"결국에는, 엊그제 그들이 자넬 발견했을 때, 자네는 심했네…," 켐프가 말했다. "신문내용으로 판단하자면…."

"내가 좀 그랬지. 그 바보 같은 순경이 죽은 건가?"

"아니." 켐프가 말했다. "그는 회복할 거로 보이네."

"운이 좋았군, 그땐. 나도 완전히 이성을 잃었었소, 바보처럼! 왜 나를 혼자 내버려두지 못하는 거지? 그 잡화점 멍청이도 그렇고?"

"사망자는 있을 것 같지 않군!"

"그 부랑자는 모르지." 투명인간이 쓴웃음을 지으며 말했다.

"제기랄, 켐프, 당신은 분노가 뭔지 모를 거요! …수년 동안 연구하고, 계획하고 구성까지 다 짰는데, 어떤 걸리적거리는 반 장님 멍청이가 내 앞길을 가로질러 가면서 엉망으로 만들어버리다니! 지금까지 창조된 상상 가능한 모든 종류의 어리석은 생명체가 나를 가로막기 위해 보내졌던 거요.

만약 나에게 그런 일이 계속된다면 나는 미쳐버릴 거요.—나는 그들을 날려버리기 시작할 거요.

현재로선 그들이 그것을 천 배는 더 어렵게 만든 거요."

"의심의 여지없이 그건 분통 터지는 일이겠군." 켐프가 건조하게 말했다.

Chapter 24

실패한 계획

The Plan That Failed

"그럼 이제." 창밖을 흘긋 쳐다보면서 켐프가 말했다. "우린 뭘 해야 하지?"

켐프는 그러면서, 자신이 보기에 참을 수 없을 정도로 느리게 언덕길을 올라 다가오고 있는 세 사람을 투명인간이 불쑥 쳐다볼 가능성을 막기 위해 그의 곁으로 이동했다.

"나는 이 나라를 떠나려했지만 당신을 만난 후 그 계획을 좀 바꿨소. 날씨가 더워 눈에 띄지 않는 게 가능한 남쪽으로 가는 게 현명할 거라 생각했었소. 무엇보다 내 비밀이 알려진 터라, 모두가 가면과 머플러를 두른 사람을 찾을 테니 말이오. 외국 어디로든 가서 일단 통행의 위험을 벗어나자는 것이었소. 여기서 프랑스로 가는 증기선이 있소. 그러고 나서 기차로 스페인이나 알제로 갈 참이었지. 그건 어렵지 않아. 거기서는 항상 보이지 않는 존재로, 일도 하면서. 살 수 있을지도 몰라. 나는 책과 물건들을 내가 찾을 수 있도록 보내는 방법을 결정하기 전까지 그 부랑자를 돈 상자와 짐 운반자로 이용하고 있었던 거요."

"확실한 방법이군."

"그런데 그 짐승 같은 자가 내 것을 훔치려 했던 거지! 그놈이 내 책들을 숨겼소, 켐프. 내 책들을 숨긴 거요! 내 손으로 놈을 잡을 수만 있다면!"

"최선의 계획은 다른 사람들에 앞서 그자로부터 책을 찾는 것이군."

"그런데 그자가 어디에 있소? 아시오?"

"그는 읍내 경찰서에 있네, 갇혀 있지. 그자의 요구로 그곳에서 가장 견고한 감옥 안에 말일세."

"망할 자식!" 투명인간이 말했다.

"하지만 그것이 자네 계획을 조금 늦춰준 셈이잖나."

"우리는 그 책들을 찾아야만 하오, 그 책들이 꼭 필요하오."

"물론." 켐프가 조금 초조하게, 만약 그가 바깥의 발소리를 들으면 어쩌나 우려하면서 말했다.

"물론 우리는 그 책들을 찾아야만 하네. 하지만 그건 어려운 일이 아니네, 만약 그것들이 자네에게 그렇게 중요한 거라는 걸 그자가 모른다면 말일세."

"모르오." 투명인간이 말하곤 생각에 잠겼다.

켐프는 무엇으로 대화를 이어갈까 생각했지만, 투명인간이 스스로 말을 시작했다.

"우연히 당신 집에 들어오는 바람에, 켐프." 그가 말했다. "내 계획을 전부 바꿨소. 당신은 이해할 수 있는 사람이니. 그간 일어난 모든 일에도 불구하고 이처럼 내 정체가 알려지고, 내 책들을 잃어버리고 고생을 겪었음에도 아직 큰 가능성이 남아 있소. 엄청난 가능성이…."

"내가 여기 있다는 걸 아무에게도 말하지 않았겠죠?" 그가 갑자기 물었다.

켐프가 머뭇거렸다. "말하지 않았네." 그가 말했다.

"누구에게도?" 그리핀이 강조해 물었다.

"한 사람에게도."

"아아! 이제…." 투명인간은 일어나 양손을 허리에 대고 서재를 서성이기 시작했다.

"나는 실수를 했소, 켐프, 정말이지 큰 실수, 이 일을 혼자 해내려는. 나는 힘과 시간, 기회를 낭비한 거요. 혼자… 한 사람이 혼자 할 수 있는 게 얼마나 하찮은가 알면 놀랄 정도요! 조금 훔치고 조금 상처를 입히고, 그게 다였소.

내가 원하는 건, 켐프, 문지기와 조수, 그리고 내가 잠자고 먹고 쉴 수 있으면서 의심받지 않는 은신처를 마련하는 것이오. 나는 동맹을 해야만 하오. 동맹자와 함께 음식과 쉴 시간만 주어지면… 수많은 일이 가능해요.

지금까지 나는 모호한 경계에 서 있었소. 우리는 불가시성의 의미 전부와 그것이 의미하지 않는 것 전부를 고려해보아야만 해요. 소리가 날 수밖에 없으니 엿들으려고 들면 별 도움이 안 된다는 의미요. 집에 몰래 숨어드는 것들도 별 도움이 안 되오.— 어쩌면 조금 도움이 되려나. 일단 당신이 나를 잡으면 쉽게 나를 감옥에 가둘 수는 있을 거요. 반면에 나를 잡기는 어려울 거요. 이 불가시성은 사실, 단 두 가지 경우에만 가치가 있소. 달아나는 데 유용하다는 것과 접근하는 데 유용하다는 것이오. 따라서, 사람을 죽이는 데는 특히 유리하오. 나는 사람 주위를 맴돌 수 있는데, 그가 무슨 무기를 가지고 있건, 적절한 때에 타격을 가할 수 있소. 내가 원할 때 피할 수 있고, 내가 원할 때 달아날 수도 있소."

켐프의 손이 자신의 콧수염으로 갔다. 아래쪽에서 움직임이 있었던가?

"그래서 우리가 해야만 하는 것은 죽일 사람을 죽이는 것이오, 켐프."

"우리가 해야만 하는 것이 사람을 죽이는 일이라니." 켐프가 되풀이했다. "자네 계획은 잘 들었네, 그리핀. 하지만 동의하기는 힘들군. 왜 죽여야만 하지?"

"무분별한 살인이 아니라 신중한 죽임이오. 핵심은, 그들도 투명인간이 있다는 것을 안다는 거요. 우리가 투명인간이 있다는 것을 아는 것처럼, 그래서 그 투명인간이, 켐프, 이제 '공포 정치'*를 펼쳐야 하는 것이오. 그렇소, 의심할 여지없이 놀랄 거요. 하지만 진심이오. 공포 정치 말이오. 그는 버독 같은 읍을 손에 넣고 겁을 주어 지배하고 명령을 내려야 해요. 수많은 방법이 가능한데… 문 밑에 종이쪽지를 찔러 넣는 것만으로도 충분할 거요. 그리고 그의 명령에 순종하지 않는 자, 그들을 방어하려는 이들을 모두 죽여야만 하오."

"흠!" 켐프가 말했다. 더 이상 그리핀의 말이 아니라 그의 집 현관문이 열렸다 닫히는 소리를 들으면서.

"그건 자네 동업자를 어려운 처지에 놓이게 만들 것 같은

* Reign of Terror, 우리는 이것을 '공포정치(恐怖政治)'라고 번역한다. 사전에도 그렇게 나와 있다. 그러나 엄밀히 말하면 'Reign'에 '정치'라는 개념은 없다. 이 작품에 쓰인 'Reign of Terror'를 제대로 번역하기 위해서는 책이 출간된 1897년 당시 영국의 시대 상황을 이해해야 한다. 당시는 영국 역시 왕정으로 인한 민중의 고통이 극에 달했던 시대로, 웰스는 저 투명인간의 입을 빌려 앞서 프랑스에서 있었던, 급진적 사회주의 혁명기(로베스피에르가 이끌던 자코뱅 당의 혁명기(1793~1794))를 일컫는 'Reign of Terror'를 은유적으로 표현한 것이다. 직역하면, '공포의 통치'가 될 텐데, 우리에겐 이미 고유명사처럼 굳어진 것이기에 그에 따른다.

데, 그리핀." 자신의 주의력이 다른 데 쏠려 있는 걸 감추기 위해 켐프가 말했다.

"누구도 그가 동업자라는 걸 알 수 없을 거요." 투명인간이 간절하게 말했다. 그러고 나서 갑자기, "쉿! 아래층에 뭐지?"

"아무것도 아니네." 켐프가 말하며, 갑자기 크고 빠르게 말을 이었다. "나는 그에 대해 동의할 수 없네, 그리핀." 그가 말했다. "이해해주게나, 나는 동의할 수 없어. 왜 동족에 반하는 게임을 꿈꾸나? 어떻게 행복을 얻을 수 있겠나? 외로운 늑대가 되지 말게. 세상에 자네의 성과들을 발표하고 비밀을 털어놓게. 적어도 이 나라에. 수백만 명의 조력자가 함께할 수 있을지도 모른다는 점을 생각하게…."

투명인간이 팔을 뻗어 말을 끊었다. "발소리가 위층으로 오고 있어." 그가 낮은 목소리로 말했다.

"터무니없네." 켐프가 말했다.

"어디 보지." 투명인간이 말하며 팔을 뻗어 문쪽으로 나아갔다.

그러고 나서 순식간에 일이 벌어졌다. 켐프는 잠깐 동안 머뭇거리다가는 그를 막기 위해 움직였다. 투명인간이 흠칫 놀라며 가만히 섰다. "배신자!" 목소리가 외치며 갑자기 잠옷 앞섶이 헤쳐졌고 투명인간은 앉은 채 옷을 벗기 시작했다. 켐프는 문 쪽으로 빠르게 세 걸음을 옮겼는데, 그 즉시 투명인간은— 그의 다리는 사라졌다— 큰 소리를 내며 벌떡 일어섰다. 켐프는 문을 활짝 열었다.

문이 열리자, 아래층에서 서둘러 올라오는 발소리와 목소리가 들려왔다.

재빠른 동작으로 켐프는 투명인간의 등을 떠밀고는, 옆으로 튀어나가, 문을 쾅 하고 닫았다. 열쇠는 밖에 챙겨두었었다. 잠시 후에 그리핀은 전망대 서재에, 혼자 감금될 신세였다. 하지만 한 가지 작은 문제로 일은 그렇게 되지 않았다. 그날 아침 서두르던 중에 열쇠가 살짝 빠져 있었던 것이다. 켐프가 문을 쾅 하고 닫을 때 그것이 카펫 위로 소리를 내며 떨어졌다. 켐프의 얼굴이 하얗게 질렸다. 그는 양손으로 문손잡이를 잡으려고 애썼다. 한동안 그는 손잡이를 힘껏 끌어당기며 서 있었다. 그때 문이 15센티쯤 열렸다. 그러나 그는 그것을 다시 닫았다. 두 번째로 발 하나 넣을 만큼 문이 밀쳐지더니 잠옷이 열린 사이로 끼어들어 왔다. 보이지 않는 손가락이 그의 목덜미를 움켜쥐었고 그는 방어하기 위해 손잡이를 놓았다. 그는 강제로 떠밀려 발을 헛디뎌 계단참 구석으로 심하게 나뒹굴었다. 빈 실내복이 그 위로 날아왔다.

계단 중간쯤에 켐프의 편지를 받고 온, 버독 경찰서장인 에다이 총경이 서 있었다. 그는 깜짝 놀라 갑자기 나타난 켐프의 존재와 허공에서 빈 옷이 던져지는 기이한 광경을 바라보고 있었다. 그는 켐프가 쓰러지는 것과 일어서기 위해 발버둥치는 광경, 켐프가 앞으로 달려들었다가, 다시 바닥으로 소처럼 쓰러지는 것을 보았다.

그러고 나서 갑자기 그가 격렬하게 두들겨 맞았다. 아무것도 없는데! 엄청난 무게가— 그렇게 여겨졌다— 그를 들어올렸고, 그는 켐프의 목을 움켜쥐고 무릎으로 사타구니를 차서 계단 아래로 거꾸로 내던졌다. 보이지 않는 발이 그의 등을 짓밟았고, 유령 같은 소리가 아래층을 지났다. 에다이는 홀에 있던 경찰 둘이 소리치며 달려나가는 소리와 그 집의 현관문이 격렬하게 쾅 하고 닫히는 소리를 들었다.

그는 몸을 구부리고 앉아 비틀거리며 계단을 내려오고 있는, 먼지투성이에 흐트러진, 켐프를 보았다. 한쪽 얼굴이 맞아서 하얬고, 입술은 피가 흐르고 있었으며, 진홍 실내복과 몇 가지 속옷이 그의 팔에 들려 있었다.

"오 주여!" 켐프가 소리쳤다. "게임은 끝났소! 그는 떠났소!"

Chapter 25

투명인간에 대한 사냥

The Hunting of The Invisible Man

켐프가 에다이에게 방금 전 순식간에 벌어졌던 일들을 이해시키기에는 너무 불분명했다. 그들은 층계참에 서 있었는데, 그리핀의 기이한 옷가지들을 여전히 팔에 두른 켐프가 빠르게 말하고 있었다. 이제 에다이도 어느 정도 상황을 파악하기 시작했다.

"그는 미쳤소." 켐프가 말했다. "사람이 아니요. 순전히 제멋대로요. 자기 이익 말고는 아무것도 생각하지 않아요. 오늘 아침에 나는 야만적인 이기주의자의 이야기를 들었소…. 그는 상처를 입었소. 우리가 그를 막지 못하는 한 그는 사람들을 죽이고 공황상태를 불러올 거요. 그를 멈추게 할 수 있는 것은 아무것도 없어요. 지금 밖으로 뛰쳐나갔소.— 사납게 날뛰면서!"

"그를 잡아야만 하겠군요." 에다이가 말했다. "그건 확실하군요."

"하지만 어떻게 말이오?" 켐프가 소리쳤다. 그리고 갑자기 생각들을 쏟아내기 시작했다. "즉시 시작해야 합니다. 모든 가용한 인력을 투입해야 해요. 그가 이 지역을 떠나는 걸 막아야만 합니다. 일단 그가 떠나면, 접경지역을 통과하면서 사람들을 죽이고 다치게 할 겁니다. 그자는 '공포 정치'를 꿈꾸고 있소! 정말이오. 공포 정치를 말이오. 당신은 기차역과 길, 선박을 봉쇄해야 합니다. 수비대에 도움을 요청해야 해요. 반드시 전화로 요청해야 합니다. 그가 여기 남아 있는 유일한 이유는 그에겐 정말 소중한 책을 되찾고자 해서요. 그에 대해 말해주리다! 당신의 경찰서에 마블이라는 한 남자가 잡혀 있소."

"나도 압니다." 에다이가 말했다. "나도 알아요. 그런데 그 책들은… 그 부랑자가…."

"그자는 그 책들을 가지고 있지 않다고 할 거요. 하지만 그는 그 부랑자가 가지고 있다고 생각하고 있소. 또한 그가 먹거나 잠을 자지 못하게 막아야 해요. 밤낮없이 이 지역은 그를 막는 데 최선을 다해야 합니다. 음식은 감추고 지켜야만 합니다. 모든 먹을거리가, 그가 접근할 수 없도록 차단되어야만 합니다. 모든 집이 잠겨 있어야 합니다. 하늘은 우리에게 추운 밤과 비를 보내주었어요! 온 지역에서 당장 사냥을 시작하고 지속적으로 진행해야 합니다. 다시 말하지만, 그자는 위험한 자요. 재앙이에요. 그자를 잡아서 꼼짝 못하게 매어두지 않는 한, 벌어질 수 있는 일을 생각하면 너무나 끔찍합니다."

"우리가 또 뭘 해야 하겠소?" 에다이가 말했다. "나는 즉각 내려가서 대응조직을 꾸리기 시작하겠소. 그런데 왜 안 오는 거지? 아참, 당신도 갑시다! 같이 가요. 우리는 일종의 전시회의를 열어야만 할 것 같소… 홉스의 도움도 구하고… 철도 관계자도. 어이쿠! 급하군. 따라오시오, 가면서 이야기합시다. 우리가 할 수 있는 게 또 뭐가 있겠소? 그 옷들은 좀 내려놓으시지."

다음 순간, 에다이는 아래층으로 앞서가고 있었다. 그들은 현관문이 열려진 채 경찰이 밖에서 텅 빈 곳을 바라보고 서 있는 것을 발견했다. "그자가 떠났습니다. 서장님" 한 명이 말했다. "우리는 즉시 경찰본부로 가야 해." 에다이가 말했다. "자네들 중 하나가 내려가서 마차를 구해 올려보내. 우리를 태워가도록 말야. 서둘러. 그리고 당장, 켐프, 또 뭐가 있겠소?"

"개요." 켐프가 말했다. "개를 데려오죠. 그자를 보지는 못

해도, 냄새는 말을 겁니다. 개들을 데려오죠."

"좋은 생각이군." 에다이가 말했다. "보통은 알려져 있지 않지만, 헬스테드 감옥의 교도관들 중에 블러드하운드를 키우고 있는 사람을 알고 있소. 개들 말고, 또 뭐가 있겠소?"

"유념해야 할 게 있어요." 켐프가 말했다. "음식물은 보인다는 사실입니다. 먹은 후에, 그 음식물이 소화될 때까지 보여요. 그래서 그자는 먹은 후에 반드시 숨어 있어야 합니다. 그러니 당신들은 계속해서 몰아붙여야 합니다. 모든 잡목 숲, 외딴 구석 전부를. 그리고 모든 무기를— 무기가 될 만한 모든 도구를 치워버려야 합니다. 그자는 그런 것들을 오래 들고 다닐 수가 없어요. 또 그가 낚아채서 사람을 칠 수 있는 것들은 반드시 숨겨야만 합니다."

"역시 좋은 생각이오." 에다이가 말했다. "우리는 이제 그를 잡게 되겠군!"

"그리고 길 위에다." 켐프가 말했다. 그리고 머뭇거렸다.

"뭐죠?" 에다이가 물었다.

"유릿가루를." 켐프가 말했다. "잔인한 건 알지만. 그가 무슨 짓을 할지 모를 걸 생각하면!"

에다이는 이빨 사이로 날카롭게 공기를 빨아들였다. "그건 신사답지 못한데. 모르겠군. 하지만 유릿가루를 준비하도록 이르겠소. 만약 그가 너무 나가면…."

"다시 말하지만, 그자는 비인간화되었습니다." 켐프가 말했다. "나는 그가 이 탈출 상황을 벗어나자마자 공포 정치를 펼칠 거라 확신해요. 그런 확신이 들기에 말하고 있는 겁니다. 우리가 이길 유일한 기회는 한 발 앞서가는 데 있소. 그는 스스로 종족과의 관계를 끊었습니다. 자초한 일이오."

Chapter 26

윅스티드 살인사건

The Wicksteed Murder

투명인간은 걷잡을 수 없는 분노 상태로 켐프의 집을 뛰쳐 나간 것으로 여겨진다. 어린아이 하나가 켐프의 집 입구 근처에서 놀고 있다가 세게 부닥쳐 옆으로 내동댕이쳐지는 통에, 그 애는 발목을 삐었고, 그 후 몇 시간 동안 투명인간은 사람들의 시야에서 사라졌다. 그가 어디로 갔고 무엇을 했는지 아는 사람은 아무도 없었다. 하지만 무더운 6월의 오전 내내 언덕을 올라 포트 버독 뒤편 개활지로 서둘러 가고 있는 그를 상상할 수는 있을 것이다. 자신의 견딜 수 없는 운명에 분노하고 절망하여, 마침내 피신해서, 힌턴딘의 잡목숲 속에서 흥분과 피곤에 절어, 자신의 종족에 반하는, 이제 산산이 부서져 버린 계획을 다시 맞추고 있는 그를. 그것이 가장 개연성 있는 도피로 보이는데, 그곳이 바로 오후 2시경 암울하고 비극적인 방식으로 자신을 다시 드러낸 곳이기도 하기 때문이다.

사람들은 그 시간 동안 그가 가졌을 마음 상태와 그가 세운 계획이 무엇인지 궁금할 것이다. 의심의 여지없이 그는 켐프의 배신으로 거의 정신을 못 차릴 만큼 격분한 상태였다. 우리는 켐프가 속임수를 이끌어낸 동기를 이해할 수 있음에도, 여전히 그 기습 시도가 불러일으킨 게 분명한 분노에 대해 상상하고 심지어 얼마간 동정할 수 있을지도 모른다.

어쩌면 옥스퍼드 거리의 망연자실한 경험들이 그에게 되살아났을 수도 있다. 왜냐하면 그는 공포가 통치하는 세상이라는 야만적인 꿈에 대한 켐프의 협력을 확실히 계산에 넣고 있었기 때문이다. 어쨌든 그는 정오 무렵 인간 소굴에서 사라졌고, 2시 반경까지 그가 무슨 일을 했는지 말할 수 있는 살아있는 목격자는 없었다. 아마도 그것은 인간들에게는 행운이었을 테지만, 그에게는 치명적인 무대책이었다.

그 시간 동안 그 지방에 흩어져 있던 점점 늘어난 많은 사람들이 바빠졌다. 아침에 그는 여전히 단순한 전설이고, 두려운 존재였지만, 오후에는, 주로 켐프의 주도로 은근하게 쓰인 포고문에 의해, 구체적인 적대자로, 부상당한 존재로, 노획할 수 있는, 또는 이길 수 있는 존재로 그려졌고, 그 지방은 상상할 수 없을 정도의 민첩함으로 조직화되기 시작했다. 심지어

2시까지는 그래도 기차에 올라 그 지역 밖으로 나갈 수 있었을 테지만, 2시 이후부터는 그것조차 불가능하게 되었다.

사우샘프턴, 맨체스터, 브라이튼과 호삼 사이의 거대한 평행사변형 위 라인을 따라 달리는 모든 여객 열차들은 문을 잠그고 운행했고, 화물열차는 거의 전적으로 운행을 중단했다. 또한 포트 버독을 둘러싼 20마일의 거대한 원 안에서는, 총과 곤봉으로 무장한 이들이 서너 명씩 짝을 지어 개들과 함께 길과 들판을 수색하기 위해 막 출발하고 있었다.

기마경찰은 그 지역 시골길을 따라 돌면서, 모든 집에 멈춰서서 사람들에게 집 문을 잠글 것과 무기를 갖추지 않았으면 외출을 삼가고 가능한 집 안에 머물 것을 경고했다. 또한 모든 초등학교는 3시까지 문을 닫았고, 아이들은 두려워하며 함께 짝을 지어 서둘러 집으로 돌아갔다. 켐프의 포고문은— 실제는 에다이의 서명이 담긴— 오후 네다섯 시까지 거의 전 지역에 내걸렸다. 그것은 단순했지만 그 싸움에 대한 모든 상태, 투명인간에게 필요한 음식과 잠을 막고, 끊임없는 감시와 그의 움직임이 남길 어떤 증거를 위해 지속적으로 주의할 것을 명확히 제시했다. 무엇보다 당국의 조치는 너무나 신속하고 단호했고, 이 이상한 존재에 대한 믿음은 너무나 즉각적이고 보편적으로 받아들여졌기에, 해질녘까지 수백 평방킬로미터 지역이 엄중한 포위 상태에 들었다. 또한, 해질녘까지, 소름 끼치는 공포가 긴장된 시골마을을 지켜보고 있는 모든 이들을 관통하고 있었다. 속닥거리는 입에서 입으로, 그 지역 전체에 걸쳐, 윅스티드 씨 살해에 관한 이야기가 신속하고 확실하게 퍼져가고 있었다.

만약 투명인간의 피난처가 힌턴딘 잡목림이었다고 가정한다면, 그가 이른 오후에 다시 무기를 사용하는 일에 열중해서 기운차게 나섰다고 추정해야만 한다. 그 계획이 무엇이었는지는 알 수 없지만, 그가 윅스티드를 만나기 전에 쇠막대기를 손에 쥐고 있었다는 증거는 적어도 내게는 신빙성이 있어 보인다.

물론 우리는 그 우연한 맞닥침에 대한 세부사항에 대해서는 아무것도 알 수 없다. 그 일은 버독 경의 저택 대문에서 200야드도 안 되는 자갈 채취장 구석에서 이루어졌다. 모든 정황— 짓밟힌 땅, 윅스티드 씨에게 생긴 수많은 상처, 쪼개진 그의 지팡이—들이 절박한 저항으로 비친다. 하지만 왜 그 공격이 이루어졌는지, 살인적인 광란을 제외하면, 상상하기는 불가능하다. 사실 광기로 벌인 일이라는 논리는 거의 피할 수 없다. 윅스티드 씨는 버독 경의 집사로, 평소 남의 마음을 상하게 하지 못하는 행동과 외모를 지닌 45, 6세의 사내로, 그런 두려운 적대자에게 절대 도발할 수 없는 사람이었다. 그런 그에 맞서 투명인간이 부서진 담장에서 끌어온 쇠막대를 사용한 것으로 여겨졌다. 그는 이 조용한 사내가 점심을 먹기 위해 조용히 집으로 돌아가는 것을 멈춰 세우고 공격해, 그의 약한 저항을 무너뜨리고, 그의 팔을 부러뜨리고, 쓰러뜨려서는, 머리를 곤죽이 되게 때렸다는 것이다.

물론, 그는 그 쇠막대를 그의 희생자를 만나기 전에 담장으로부터 끌고 왔던 것이 틀림없다— 그는 그것을 손에 들고 다녔음이 틀림없다. 이미 진술된 것 외에 두 가지 세부사항만이 그 문제와 관련 있어 보인다. 하나는 그 자갈 채취장이 윅스티드 씨가 곧장 집으로 가는 길목에 있지는 않았지만, 그 길에서 거의 200야드 떨어진 곳에 있었다는 점이다. 또 하나는 한 작은 소녀가 오후반 학교에 가던 중에, 독특한 모습으로 자갈 채취장을 향해 들판을 가로질러 '종종걸음치고 있는' 그 살인자를 보았다는 취지의 주장이다. 그의 행동을 표현한 그녀의 몸짓은, 땅바닥에서 무언가를 쫓으면서 지팡이로 이따금 그것을 때리는 한 남자를 암시했다. 그 소녀는 살아 있는 윅스티드 씨를 본 마지막 사람이었다. 그는 소녀의 시야에서 벗어나 죽음을 맞았는데, 그 싸움은 너도밤나무 더미와 살짝 내려앉은 땅으로 인해 그 소녀에게만 가려진 채 보이지 않았다는 것이다.

이제 이것은, 적어도 현재 작가의 마음에, 그 살인이 전적으로 고의적이지는 않았음을 상기시켜 준다. 우리는 그리핀이 실제 무기로 그 지팡이를 들고 있었다고는 하지만 그것을 살인을 할 도구로 사용할 계획적인 의도는 없었다는 것을 상상할 수 있다. 윅스티드는 그때쯤 허공으로 들려 움직이고 있는 이 터무니없는 쇠막대를 인지했을지 모른다. 투명인간에 대한 어떤 생각도 없이— 왜냐하면 포트 버독은 10마일이나 떨어져 있기 때문이다— 그는 그것을 쫓았을지 모른다. 그가 투명인간에 대해 듣지 못했을 거라는 점은 충분히 생각해볼 수 있다. 우리는 그때 주변에 자신의 존재가 드러나는 것을 피하기 위해 조용히 달아나는 투명인간과, 흥분과 호기심에 사로잡힌 윅스티드가 이 터무니없이 움직이는 물체를 쫓으면서 급기야 때리기까지 하는 장면을 상상해볼 수 있다.

의심의 여지없이 투명인간은 보통 상황이라면 그 중년의 추적자를 쉽게 따돌릴 수 있었을 테지만, 윅스티드의 시체가 발견된 위치로 보아 투명인간은 따끔거리는 쐐기풀과 자갈 채취장 사이에 있는 채석장 모퉁이로 몰리는 불운을 겪었음을 짐작할 수 있다. 투명인간의 그 보기 드문 급한 성격을 인정하는 이들이라면, 맞부딪치고 난 뒤의 일들은 쉽게 상상할 수 있을 것이다.

하지만 이것은 순전한 가설이다. 유일하게 부정할 수 없는 사실은— 어린이의 이야기는 종종 믿을 수 없기에— 윅크티드의 사체와 쐐기풀 숲 사이에 던져진 피 묻은 쇠몽둥이가 발견되었다는 점이다. 그리핀에 의해 그 몽둥이가 버려진 것은 감정적 흥분으로, 그가 그것을 취했던 목적을— 만약 그에게 목적이 있었다면— 포기했다는 것을 암시한다. 그는 확실히 극히 자기중심적이고 냉정한 사람이었지만, 희생자의 모습에, 자신의 발밑에서 비참하게 피를 흘리고 있는 자신의 첫 번째 희생자의 모습을 보면서, 그동안 오래 억눌러온 후회의 샘이 흘러나오고 자신이 고안했던 행동 계획에 대해 깊은 생각에 잠겼을 것이다.

윅스티드 씨의 살해 이후, 그는 고원지대로 가기 위해 그 지방을 가로질러 간 것처럼 보인다. 두어 사람에 의해 석양 무렵 펀바텀 근처 들판에서 목소리를 들었다는 이야기가 있다. 그것은 울부짖으며 웃고, 흐느끼며 신음하다, 때로 소리를 질렀다. 그것은 기이하게 들렸을 것이 틀림없다. 그것은 토끼풀밭 중간을 가로질러 달려서는 언덕으로 사라졌다.

그날 오후 투명인간은 켐프가 자신이 털어놓은 비밀들을 빠르게 이용하고 있다는 사실을 알아챘음이 분명하다. 그는 분명 집들이 잠기고 문단속이 된 것을 발견했을 것이고, 기차역을 배회하고 여관 주변을 기웃거렸을 것이며, 의심의 여지없이 포고문을 읽고 자신에 대한 그 캠페인의 본질에 대해 깨달았을 것이다. 그리고 저녁이 다가왔을 때, 들판 여기저기에 서너 명의 사내들이 무리지어 흩어져 있었고, 짖어대는 개들로 시끄러웠다. 이 인간 사냥꾼들은 투명인간과 맞닥칠 경우 서로를 어떻게 도와야 하는지에 대한 특별한 지침을 받은 상태였다. 그렇지만 그는 그들 전부를 피했다. 우리는 그의 분노가 어떤 것인지, 또한 자신에 대해 그토록 무자비하게 이용되고 있는 그 정보를 사실은 자신이 제공했다는 점에서 더욱 화가 났었으리라는 것을 이해할 수 있다. 적어도 그날만큼은 그는 자신감을 잃었다. 윅스티드에게 정신이 팔려 있던 때를 제외하고는 거의 24시간 내내 그는 사냥을 당한 사람의 입장이었기 때문이다. 밤에는 틀림없이 먹고, 잠을 잤을 테고, 아침이 되자 다시 활기와 힘을 회복하고, 분노와 악의에 찬 사람으로서, 세상에 대한 자신의 마지막 위대한 싸움을 준비하고 있었다.

Chapter 27

켐프의 집을 공격하다

The Siege of Kemp's House

켐프는 기름종이 한 장에 연필로 쓰인 이상한 메시지를 읽었다.

"당신은 놀라울 정도의 정열과 꾀를 가지고 있더군." 그 편지는 이렇게 적고 있었다. "비록 그것으로 무엇을 얻을 수 있을지 나로서는 상상도 할 수 없지만. 당신은 내게 대항했다. 하루 온종일 나를 추적했고 내게서 하룻밤의 휴식을 빼앗기 위해 노력했다. 하지만 당신의 그런 노력에도 불구하고 나는 음식을 먹었고, 잠을 잤으니, 게임은 이제 시작일 뿐이다. 공포 정치를 시작하는 것 말고는 달리 어쩔 수가 없다. 이것은 공포 정치 첫날을 선언하는 것이다. 포트 버독은 더 이상 여왕의 통치 아래 있지 않음을, 당신의 경찰서장과 그 나머지들에게도 전하라. 그것은 내 아래— 공포의 통치 아래 있다! 이것은 새로운 시대, 즉 투명인간 시대를 여는 한 해의 첫날인 것이다. 나는 첫 번째 투명인간이다. 우선은 규칙대로 하는 것이 쉬울 것이다. 첫날은 본보기로 한 사람의 처형이 있을 것이다. 켐프라는 이름의 사내다. 죽음이 오늘 그에게서 시작된다. 그는 자신을 가둬둘 수 있고, 숨길 수도 있고, 옆에 경호원을 둘 수도 있다. 자신이 좋다면 갑옷을 입을 수도 있다. 죽음, 보이지 않는 죽음이 오고 있다. 그에게 대책을 강구하게 하라. 그것이 내 사람들을 이해시킬 것이다. 죽음은 정오의 우편함에서 시작된다. 편지는 우편배달부가 도착해 떨어뜨려줄 것이로다! 게임이 시작된다. 죽음이 시작된다. 그를 돕지 마라, 내 사람들아, 당신 또한 죽음의 구렁텅이에 떨어질 수 있으니. 오늘은 켐프가 죽는 날이다."

켐프는 그 편지를 두 번이나 읽었다. "이건 장난이 아니야." 그가 말했다. "이건 그의 목소리야! 그리고 진심이고."

그는 접혀진 종이를 뒤집고 힌턴딘 소인 옆에 주소와 "2달러 지불할 것"이라 평범히 쓰인 세부사항을 보았다.

그는 천천히 일어나, 끝내지 못한 점심을 남겨둔 채— 그 편지는 1시 우편으로 배달되었다— 자신의 서재로 들어갔다. 그는 벨을 울려 가정부를 불러서는 즉시 집 안을 돌면서 모든 창문의 잠금장치를 살피고, 모든 덧문을 닫으라고 말했다.

서재 덧문은 직접 닫았다.

침실의 잠긴 서랍에서 작은 리볼버 권총을 꺼내 주의 깊게 살피고는, 라운지 재킷 주머니 속에 넣었다. 그는 간단한 메모를 몇 개 썼고, 그 중 하나를 에다이 서장에게 주라고, 그의 하녀에게 건넸다. 집을 떠나는 방법에 대한 상세한 지침도 함께. "위험할 건 없어." 그는 말했다. 그리고 마음속으로 '너에게는'이라고 덧붙였다. 그 일을 하고 나서도 그는 한동안 계속해서 깊은 생각에 잠겨 있었고, 그러고는 식고 있는 점심으로 돌아갔다.

그는 생각에 잠긴 채로 밥을 먹었다. 마침내 그는 식탁을 세게 내려쳤다. "잡고 말 테다!" 그가 말했다. "내가 미끼가 되는 거야. 놈이 아주 깊숙이 들어오게."

그는 전망대 서재로 올라가면서, 지나는 모든 문을 주의 깊게 잠갔다. "이건 게임이야." 그가 말했다. "이상한 게임이지만 승산은 모두 내게 있어, 그리핀 씨. 자네의 불가시성에도 불구하고 말일세. 그리핀 자네는 상식에 반하고 있는 걸세… 복수심으로."

그는 더워진 산허리를 바라보며 서 있었다. 그는 매일 먹을 걸 구해야만 할 거야.— 난 놈이 부럽지 않다. 놈은 지난밤 정말 잠을 잤을까? 충돌을 피할 바깥 어디에서— 더운 날씨 대신 춥고 비가 오면 좀 좋을 텐데."

" 지금 나를 지켜보고 있을지도 모르겠군."

그는 창문을 닫으러 갔다. 무언가가 창문틀 위 벽을 세차게 때렸고, 그는 화들짝 놀라 꽁무니를 뺐다.

"내가 불안해하는 거야." 켐프가 말했다. 하지만 그는 그러고도 5분이 지나서야 다시 창문으로 다가갔다. "틀림없이 참새였을 거야." 그가 말했다.

이내 그는 현관 벨이 울리는 소리를 들었고, 서둘러 아래층으로 내려갔다. 그는 빗장을 풀고 자물쇠를 연 뒤, 체인을 살피고, 그것을 걸고는 자신은 보이지 않게 하면서 살며시 열었다. 귀에 익은 목소리가 그를 불렀다. 에다이였다.

"당신의 하녀가 당했소, 켐프." 그가 문 뒤에서 말했다.

"뭐라고요!" 켐프가 비명을 질렀다.

"그 아가씨에게서 당신의 메모를 빼앗아갔소. 그자는 지금 이 주변에 있을 거요. 나를 들여보내 주시오."

켐프는 체인을 풀었고, 들어올 수 있을 만큼만 열린 좁은 틈을 통해 에다이가 들어왔다. 그는 켐프가 그 문을 원래대로 잠그는 것을 깊은 안도감으로 바라보며 홀에 서 있었다. "편지는 강탈당했소. 하녀는 끔찍하게 겁을 먹었소. 지금 경찰서에 있는데 히스테리 상태요. 그자는 지금 근처에 있소. 편지엔 뭐라고 했던 거요?"

켐프가 욕설을 내뱉었다.

"내가 바보였소." 켐프가 말했다. "미리 알 수도 있었을 텐데. 힌턴딘에서 걸어도 한 시간이 안 걸리는 걸 잊고 있었으니. 그럼 이미?"

"무슨 일이오?" 에다이가 물었다.

"이걸 보시오!" 켐프가 말했다. 그리고 서재로 가는 방향으로 이끌었다. 그는 투명인간의 편지를 에다이에게 건넸다. 에다이는 그것을 읽고 부드럽게 휘파람 소리를 냈다. "그래서 당신은…?" 에다이가 말했다.

"함정을 제안했던 겁니다— 바보같이." 켐프가 말했다. "그 자에게 하녀로 하여금 내 제안을 보낸 꼴이군요."

에다이도 켐프가 했던 낯 뜨거운 욕설을 따라 했다.

"그는 깨끗이 사라질 거요."

"그자는 안 그럴 겁니다." 켐프가 말했다.

2층에서 유리가 박살나는 소리가 울렸다. 에다이는 켐프의 주머니에서 반쯤 불거져나온 작은 리볼버가 은빛으로 빛나는 것을 흘끔 보았다.

"2층 유리창이오!" 켐프가 말하며 앞서 올라갔다. 그들이 아직 계단을 오르는 동안 두 번째 박살나는 소리가 났다.

그들이 서재에 도달했을 때 두세 개의 유리창이 박살나, 방의 절반에 유리 조각이 흩어져 있었고, 책상 위에는 커다란 돌덩이 하나가 놓여 있었다. 두 사람은 문간에 서서, 유리 파편들을 어찌할까 생각했다. 켐프는 다시 욕을 했고, 그때 세 번째 유리창이 권총에 맞은 듯 탕 소리를 내더니, 잠깐 매달려 있다가는 쫙 갈라져 방 안에 세모꼴 모양으로 무너져내렸다.

"무엇 때문에 이러는 거죠?" 에다이가 물었다.

"이건 시작에 불과해요." 켐프가 말했다.

"이리로 올라오는 길은 없소?"

"고양이도 올라올 수 없어요." 켐프가 말했다.

"덧문은 없소?"

"여긴 없어요. 아래층 방들은 전부… 이런!"

박살나는 소리, 그러고 나서 널빤지 뭉치를 세게 치는 소리가 아래층에서 들려왔다. "망할 자식!" 켐프가 말했다. "저건 틀림없이— 그래— 침실 창 중 하나야. 집을 몽땅 부술 참이군. 하지만 저놈은 바보요. 덧문을 올리면, 유리 조각이 바깥쪽으로 떨어질 거요. 저놈은 발을 베일 겁니다."

다른 창이 부서지는 소리가 확실히 들렸다. 두 사람은 어찌할 바를 모르고 계단참에 서 있었다. "그러면 되겠군!" 에다이가 말했다. "몽둥이나 뭐 그런 것을 주시오. 그러면 내가 경찰서로 내려가서 개들을 데려오겠소. 개들이 저자를 제압할 수 있을 거요! 개들은 가까이 있소…. 10분도 안 걸릴 거요."

또 다른 유리창도 앞의 것과 같은 길을 걸었다.

"리볼버를 가지고 있지 않소?" 에다이가 말했다.

켐프의 손이 자신의 호주머니로 갔다. 그러고는 주저했다. "없어요… 적어도 여분은."

"내가 다시 가져다드리겠소," 에다이가 말했다. "당신은 여기 있으면 안전하오."

켐프는 순간적으로 정직하지 못했던 것을 부끄러워하며, 그에게 무기를 건네주었다.

"이제 문으로 가겠소." 에다이가 말했다.

그들이 거실에서 주저하고 서 있을 때, 1층 침실 창문이 쨍하고 깨지는 소리가 들렸다. 켐프는 문으로 갔고 가능한 소리가 나지 않게 걸쇠들을 풀기 시작했다. 그의 얼굴은 보통 때보다 조금 창백했다. "곧장 나가야 합니다." 켐프가 말했다. 다음 순간 에다이는 현관 앞 계단에 서 있었고 걸쇠들은 다시 꺾쇠들로 걸리고 있었다. 그는 한순간 문에 등을 대고 있는 게 좀 더 안전하다고 느끼면서 주저했다. 그러고는 꼿꼿한 자세로 계단을 내려갔다. 그는 잔디밭을 가로질러 대문으로 다가갔다. 약한 산들바람이 잔디밭을 일렁이게 하는 듯 보였다. 무언가가 그의 근처에서 움직였다.

"잠깐, 멈추시오." 목소리가 말했고, 에다이는 숨을 멈춘 채 손으로 리볼버를 꽉 움켜쥐었다.

"뭐지?" 에다이가 하얗게 질려서, 온 신경을 곤두세우며 말했다.

"다시 집으로 돌아가 의무를 다하게." 에다이만큼 긴장되고 암울한 목소리가 말했다.

"미안하군." 에다이가 조금 쉰 목소리로 말하곤 혀로 입술을 적셨다. 목소리는 자신의 왼편 앞쪽에서 났다고 그는 생각했다.

'쏘아서 운 좋게 잡을 수 있을까?'

"무엇 때문에 가는 거지?" 목소리가 말했다. 그리고 둘의 재빠른 움직임이 있었고, 에다이의 주머니 속 열린 틈새로 햇살이 반짝였다.

에다이는 단념했다. "내가 어디를 가든," 그가 천천히 말했다. "무슨 상관이지?" 그 말이 아직 그의 입술에 남아 있는데, 팔 하나가 그의 목을 감아왔고, 등으로 무릎이 느껴지고 나서, 그는 뒤로 큰대자로 뻗었다. 그는 간신히 총을 꺼내 터무니없게 발사했고, 다음 순간 입을 한 대 얻어맞고는 리볼버를 빼앗겼다. 그는 미끄러운 사지를 잡으려 헛된 수고를 하며, 일어서려 버둥거렸지만 뒤로 나자빠졌다. "제기랄!" 에다이가 말했다. 목소리가 웃었다. "총알이 아깝지 않았다면 당장 죽였을 거야." 목소리가 말했다. 그는 리볼버가 6피트 떨어진 허공에서 자신을 겨누고 있는 걸 보았다.

"뭐지?" 에다이가 일어나 앉으면서 말했다.

"일어나." 목소리가 말했다.

에다이는 일어섰다.

"잘 들어." 목소리가 말했다. 그러고는 사납게 "어떤 게임도 하려들지 마. 나는 당신 얼굴을 볼 수 있지만 당신은 내 얼굴을 볼 수 없다는 걸 기억해. 당신은 다시 집으로 돌아가야 해."

"그는 나를 들여보내지 않을걸." 에다이가 말했다.

"그건 유감이군." 투명인간이 말했다. "나는 당신과 싸울 이유가 없어."

에다이는 다시 입술을 적셨다. 그는 리볼버로부터 눈길을 거두어 저 멀리 한낮의 태양 아래 검푸른 바다와 부드러운 녹색 고원, 꼭대기가 하얀 절벽, 그리고 번잡스러운 읍내를 보았다. 그리고 갑자기 삶이 매우 달콤하다는 사실을 깨달았다. 그의 눈은 2미터쯤 떨어진 하늘과 땅 사이에 떠 있는 그 작은 금속으로 돌아왔다. "내가 무엇을 해야 하겠나?" 그가 갑자기 말했다.

"무엇을 해야 하냐고?" 투명인간이 물었다. "도움을 구해. 당신을 위해 그냥 다시 돌아가기만 하면 돼."

"애써보지. 만약 그가 나를 들여보내 주면 문을 밀고 들어오지 않을 거라 약속할 수 있나?"

"나는 당신과 싸울 이유가 없어." 목소리가 말했다.

켐프는 에다이를 내보낸 뒤 서둘러 위층으로 올라갔다. 그리고 부서진 유리 조각들 사이에서 웅크린 채로 여전히 서재 창문 끝 너머를 주의해서 살피고 있다가 에다이가 보이지 않는 상대와 이야기하며 서 있는 걸 보았다. "왜 총을 쏘지 않지?" 켐프는 혼잣말로 중얼거렸다. 그때 리볼버가 조금 움직였고 켐프의 눈에 햇빛이 반사되었다. 그는 눈을 가리고는 눈을 부시게 한 그 원인을 알기 위해 애썼다.

"확실하군!" 그는 말했다. "에다이는 총을 포기한 거야."

"문을 밀고 들어오지 않는다고 약속하게." 에다이가 말했다. "이기는 게임을 너무 몰아붙이지 말고, 사내에게 기회를 한번 주지 그래."

"집으로 돌아가. 분명히 말하지만 나는 어떤 것도 약속할 수 없어."

에다이의 결정은 급작스레 이루어진 것으로 여겨졌다. 그는 집 쪽으로 향했고, 뒤쪽으로 손을 두고는 천천히 걸었다.

켐프는 어쩔 줄 몰라 하며 그를 지켜보았다. 리볼버가 사라졌다가는, 다시 빛에 번득였고, 다시 사라졌다. 그리고 더 면밀히 살핀 끝에 그것은 에다이를 뒤따르고 있는 작고 검은 물체임이 명백해졌다. 그리고는 순식간에 일이 벌어졌다. 에다이는 몸을 돌려 뒤로 껑충 뛰어올라, 이 작은 물체를 낚아채려 했으나 실패했고, 공기 중에 엷고 푸른 연기가 흩어지며, 에다이는 자신의 손을 떨구고 얼굴을 앞쪽으로 해서 쓰러졌다.

켐프는 총이 발사되는 소리를 듣지 못했다. 에다이는 몸을 뒤틀며, 한 손을 짚고 일어서려다 앞으로 고꾸라졌고, 조용히 누워 있었다.

한동안 켐프는 어정쩡한 에다이의 조용한 몸짓을 바라보며 그대로 있었다. 오후는 매우 더웠고, 집과 대문 사이 정원에서 노란 나비 두 마리가 서로를 뒤쫓고 있는 것을 제외하면 온 세상에 움직이는 것은 아무것도 없는 듯 고요했다. 에다이는 현관 문 가까이 잔디밭 위에 누워 있었다.

언덕길 아래 모든 교외주택의 블라인드는 내려져 있었지만, 한 작은 녹색 정자에는 노인이 잠들어 있을 것이 분명한,

하얀 형체 하나가 있었다. 켐프는 리볼버의 반사 빛을 찾아 집 주변을 꼼꼼히 살폈지만 그것은 사라졌다. 그의 눈은 에다이에게로 돌아왔다. 게임은 제대로 시작된 것이다.

그때 현관 벨이 울리고 노크 소리가 나며, 마침내 소란스러워졌지만, 켐프의 지시로 하인들은 자신들의 방에서 꼼짝 않고 있었다. 뒤이어 침묵이 이어졌다. 켐프는 귀를 기울이며 앉았다가 세 개의 유리창을 하나하나 조심스레 살펴보기 시작했다. 그는 계단 맨 위로 가서는 불안하게 듣고 서 있었다. 그는 찌를 만한 것으로 자신을 무장하고, 다시 아래층 창문들의 내부 잠금장치들을 살펴보기 위해 갔다. 모든 것이 안전하고 평온했다. 그는 전망대 서재로 돌아왔다.

에다이는 자갈밭 가장자리에 쓰러졌을 때처럼 움직임 없이 누워 있었다. 교외주택 옆길을 따라오고 있는 이들은 가정부와 두 명의 경찰이었다.

모든 것이 여전히 쥐죽은 듯했다. 세 사람은 매우 천천히 다가오는 것처럼 보였다. 그는 자신의 적이 무엇을 하는지 궁금했다.

그는 흠칫 놀랐다. 아래로부터 부서지는 소리가 났고 주저하던 그는 다시 아래층으로 내려갔다. 갑자기 집을 때리는 육중한 소리가 울려퍼졌고 나무가 쪼개지는 소리가 났다. 그는 부서지는 소리와 땡그랑 하고 덧문 쇠 잠금장치가 부서지는 소리를 들었다.

그는 키를 돌려 부엌문을 열었다. 그러자, 덧문이 쪼개지고 흩어지면서 안으로 날아들었다. 그는 깜짝 놀라 서 있었다. 가로대 하나를 제외하고, 유리창 틀은 아직 손상되지 않았지만, 테 안에는 작은 유리 조각조차 남아 있지 않았다.

덧문이 도끼에 파이고 있었고, 이제 도끼는 창틀과 그것을 보호하는 쇠 바에 일격을 가하면서 차츰 내려오고 있었다. 그러고 나서 갑자기 옆으로 튀어올라서는 사라졌다. 그는 바깥길에 놓여 있는 리볼버를 보았다. 그 작은 무기가 허공으로 튀어올랐다. 그는 뒤로 재빨리 피했다. 리볼버가 조금 늦게 발사됐고, 닫힌 문의 가장자리로부터 파편이 그의 머리 위로 흩어졌다. 쾅 하고 문을 닫아 잠갔고, 서 있는 동안 밖에서 그리핀이 소리치며 웃는 소리를 들었다. 그러고 나서 쪼개고 부서트리는 도끼의 가격이 다시 시작되었다. 켐프는 생각하려고 애쓰면서 통로에 서 있었다. 조금 있으면 투명인간이 부엌으로 들어올 것이다. 이 문은 끝내 나를 지켜주지 못한다, 그러면….

다시 현관 벨이 울렸다. 경찰관들일 것이다. 그는 현관으로 달려가서, 체인을 풀어서 잠금쇠에 걸었다. 그는 체인을 풀기 전에 가정부에게 말했고 세 사람은 한 덩어리로 집 안으로 들어왔으며 켐프는 다시 문을 쾅 하고 닫았다.

"투명인간이오!" 켐프가 말했다. "그는 리볼버를 가지고 있소. 두 발 남았소. 그는 에다이를 죽였소. 어쨌든 그분을 쏘았소. 정원에 있는 그를 보지 못했소? 그분은 거기 쓰러져 있소."

"누구요?" 경찰 가운데 하나가 말했다.

"에다이 서장 말이오." 켐프가 말했다.

"우리는 뒷길로 들어왔어요." 가정부가 말했다.

"부수고 있는 게 뭡니까?" 경찰관 중 하나가 물었다.

"그자는 부엌에 있소, 아니, 있을 거요. 도끼를 찾아낸 거요…."

갑자기 집이 투명인간의 부엌문 부수는 소리로 가득 찼다. 가정부는 부엌을 바라보며 어깨를 떨다가는 식당으로 피신했다. 켐프는 짧게 끊어지는 문장으로 설명하기 위해 애썼다. 그들은 부엌문이 부서지며 나는 소리를 들었다.

"이리로." 켐프가 말하며 경찰들을 식당 문 안으로 마구 밀어넣었다.

"부지깽이" 켐프가 말했다. 그리고 난로망으로 달려갔다. 그는 부지깽이 하나를 들고 와 경찰관에게 넘기고는 식당 것을 가져다가 다른 경찰관에게 주었다. 그는 갑자기 뒤쪽으로 몸을 날렸다.

"헉!" 경찰관 하나가 몸을 피하며 부지깽이로 도끼를 막으며 소리쳤다. 권총이 찰칵 소리를 내며 두 번째로 발사되었고, 귀중한 시드니 쿠퍼를 찢었다. 두 번째 경찰관이 그 작은 무기를 향해 말벌을 잡을 때처럼 부지깽이를 휘두르자, 그것이 바닥에 떨어지며 떨그럭 소리를 냈다.

첫 번째 격돌에 가정부는 비명을 질렀고, 한동안 난로 옆에서 비명을 지르며 서 있다가는, 덧문을 열기 위해 달려갔다.—가능한 한 덧문 창으로 달아날 생각이었을 것이다.

도끼가 통로로 물러가더니, 땅에서 50센티쯤 위치로 떨어졌다. 그들은 투명인간의 숨소리를 들을 수 있었다. "당신 둘은 물러나라." 그가 말했다. "나는 저 켐프라는 사내를 원한다."

"우리는 너를 원해," 첫 번째 경찰이 말하며, 빠르게 한 걸음 앞으로 나아가면서 부지깽이로 목소리가 나는 쪽을 때렸다. 투명인간은 뒤로 물러서면서, 실수로 우산 받침대와 부딪쳤다. 그때, 경찰관이 상대하는 적에게 한 방 먹이려 부지깽이를 휘두르다 비틀거렸고, 투명인간은 도끼로 반격했다. 헬멧이 종이처럼 구겨지며, 그 사내는 부엌 계단 맨 위까지 나뒹굴었다. 하지만 두 번째 경찰은 부지깽이로 도끼 뒤편을 공격했고, 부드러운 무언가를 때리면서 찰싹 하는 소리를 냈다. 그 경찰관은 다시 빈 곳을 때렸지만, 아무것도 치지 못했다. 그는 도끼를 발로 밟고는 다시 휘둘렀다. 그러고 나서 그는 부지깽이를 치켜들고 서서 작은 움직임도 놓치지 않겠다는 듯 귀를 기울였다.

그는 식당 창문이 열리고 빠르게 튀어나가는 발소리를 들었다. 나가떨어졌던 그의 동료가 눈과 귀 사이로 피를 흘리며 몸을 굴려 일어나 앉았다. "그자는 어디 있나?" 바닥에 앉은 사내가 물었다.

"모르겠네. 내가 그자를 쳤어. 현관 어딘가에 서 있을 거야. 그자가 자네를 지나치지 않았다면 말일세. 켐프 박사님… 선생님!"

정적.

"켐프 박사님." 경찰이 다시 소리쳤다.

두 번째 경찰관은 일어서기 위해 안간힘을 썼다. 그가 일어섰다. 갑자기 부엌 계단에서 나는 맨발의 희미한 발자국 소리를 들을 수 있었다. "얍!" 첫 번째 경찰관이 소리치면서, 즉시 자신의 부지깽이를 날려보냈다. 그것은 작은 가스등 받침을 박살냈다.

그는 아래층 투명인간을 추적할 참이었다. 그때 그보다 더 나은 생각이 떠올랐고 걸음을 식당으로 향했다.

"켐프 박사님—." 그는 부르기 시작하다가 곧 멈추었다.

"켐프 박사는 영웅일세," 그의 동료가 어깨너머로 바라보자 그가 말했다.

식당 창문은 넓게 열려 있었고, 가정부도 켐프도 보이지 않았다.

두 번째 경찰의 켐프에 대한 견해는 간결하면서 명확했다.

Chapter 28

사냥당한 사냥꾼

The Hunter Hunted

빌라 소유주 중 켐프 씨와 가장 가까운 이웃인 힐러스 씨는, 켐프 집에 대한 포위 공격이 시작되었을 때 자신의 여름 별장에서 잠을 자고 있었다. 힐러스 씨는 투명인간에 관한 '이 모든 허튼소리'에 대해 믿기를 거부하는 완강한 소수자 중 하나였다. 하지만, 그의 부인은 그가 이후 상기시킨 것처럼 투명인간을 믿었다. 그는 마치 아무 문제도 없는 듯이 그저 자기 정원을 걷기 고집했고, 다년간의 습관에 따라 오후에는 낮잠을 잤다. 그는 유리창이 박살나고 있음에도 잠을 잤는데, 그러고는 어떤 나쁜 일에 대한 기이한 확신으로 갑자기 깨어났다. 그는 켐프의 집을 건너다보고는, 눈을 비비고 다시 보아야만 했다. 그런 다음 발을 땅에 대고 앉아 귀를 기울였다. 그는 자신이 저주받았다고 했지만, 여전히 그 이상한 일은 눈에 보였다. 그 집은 격렬한 폭동 후에 몇 주 동안 버려진 것처럼 보였다. 모든 창문이 부서졌고, 전망대 서재의 것들을 제외한 모든 유리창이 내부 덧문에 의해 가려져 있었다.

"맹세할 수도 있어." 그는 자신의 시계를 보았다. "20분 전까지만 해도, 저게 멀쩡했다고."

그는 한결같은 충격으로 쨍그랑 유리 깨지는 소리가 멀리서 들려오는 것을 의식하게 되었다. 그러고 나서, 입을 벌리고 앉아 있을 때 더한층 놀라운 광경이 눈에 들어왔다. 식당의 덧문이 왈칵 열리더니 외출 모자와 옷을 입은 가정부가 나타나 필사적으로 창틀로 올라서기 위해 버둥거리고 있었다.

갑자기 한 남자가 옆에 나타나 그녀를 돕기 시작했다. 켐프 박사군! 다음 순간 창문이 열렸고, 가정부가 힘겹게 밖으로 빠져나왔다. 그녀는 앞으로 고꾸라졌다가는 일어나 관목들 사이로 사라졌다. 힐러스 씨는 이 모든 놀라운 광경에 모호하고 맹렬한 고함을 내지르며 서 있었다. 그는 창틀에 섰다가 창문에서 뛰어내려, 다시 몸을 드러냄과 동시에 관목 속 길을 따라 달려가는 켐프를 보았다. 그는 남의 눈에 띄지 않으려는 사람처럼 허리를 굽히고 달리고 있었다. 그는 교목 뒤로 사라졌다가 다시 나타나 펼쳐진 고원과 맞닿은 울타리로 기어올랐다. 순식간에 그것을 타넘고는 엄청난 속도로 힐러스 씨 집

쪽 비탈을 달려내려 오고 있었다.

"하나님 맙소사!" 힐러스 씨는 스치는 생각에 소리를 질렀다. "그 투명인간 자식이잖아! 결국, 소문이 옳았다는 거야!"

힐러스 씨는 그런 생각에 맞춰 행동하기 시작했고, 그의 요리사는 창문 꼭대기에서 시속 9마일로 집을 향해 질주해오고 있는 켐프를 보면서 놀라워했다. 쾅 하고 문이 닫히는 소리, 벨이 울리는 소리, 그리고 힐러스 씨의 황소처럼 울부짖는 소리가 있었다. "문들 닫아, 창문도 닫아, 전부 닫아라! 투명인간이 오고 있다." 즉시 그 집은 비명과 지시하는 소리, 당황해서 내달리는 발소리로 가득 찼다. 그는 스스로 열려 있는 프랑스식 창문을 닫기 위해 베란다로 달려갔다. 그가 그러고 있는 동안 켐프의 머리와 어깨, 그리고 무릎이 정원 울타리 가장자리에 나타났다. 다음 순간 켐프가 아스파라거스를 헤집고, 그 집 테니스장을 가로질러 달려오고 있었다.

"당신은 들어올 수 없소." 힐러스 씨가 빗장을 채우면서 말했다. "정말 미안하지만, 저자가 당신을 쫓는 거라면 당신은 들어올 수 없소."

켐프는 두려움에 찬 얼굴로 유리창 가까이 다가와서는, 프랑스산 유리창을 두드리며 미친 듯이 흔들어댔다. 그때 그의 노력은 아무 소용없어 보였고, 궁지에 몰린 그는 베란다를 따라 달리며, 옆문을 쾅쾅 두드렸다. 그러고 나서 옆문을 돌아 집 앞쪽으로 달려가 언덕길로 들어섰다. 그리고 힐러스 씨는 창문에서 켐프가 보이지 않게 사라지기 전에, 아스파라거스가 보이지 않는 발에 의해 이리저리 짓밟히는 것을 공포에 찬 얼굴로 바라보고 있었다. 그 순간 힐러스 씨는 급히 위층으로 달아났고, 그 추적의 나머지는 그의 영역 밖에서 이루어졌다. 하지만 그가 계단 창을 지날 때 옆집 대문이 쾅 하고 닫히는 소리가 들렸다.

언덕길에 들어서면서, 켐프는 자연스레 아래쪽으로 방향을 잡았는데, 그것은 바로 나흘 전 전망대 서재에서 비판적 눈길로 지켜보았던 바로 그 레이스를 자신이 직접 뛰고 있는 셈이었다. 비록 얼굴은 창백하고 땀에 젖어 있었지만 그는 훈련이 안 된 사람치고는 잘 달렸고, 정신은 끝까지 냉정했다. 그는 넓은 보폭으로 달리며 거친 땅이든 다듬어지지 않은 돌부리나 깨진 유리 조각이 널린 곳이든, 뛰어넘으며, 따라오고 있는 보이지 않는 맨발이 그 라인을 뒤쫓도록 남겨두었다.

난생처음으로 켐프는 언덕길이 형언할 수 없을 만큼 광대하고 황량하다는 것과, 멀리 언덕 기슭 아래 읍내가 이상스럽게 멀다는 것을 깨달았다. 지금까지 달리기보다 느리고 더 고통스러운 진행 방식은 없었다. 모든 삭막한 교외 주택들이, 오후의 태양 안에서 잠기고 빗장이 채워진 채로 잠들어 있었다. 의심의 여지없이 그것들은 잠기고 채워졌다. 바로 그 자신이 지시했던 것이다. 어쨌든 그들은 이 같은 사태에 대비했던 셈이다. 읍내는 이제 깨어나고 있었다. 그 뒤편 바다는 보이지 않게 되었고, 밑에 사람들은 활동을 시작하고 있었다. 철도마차가 언덕 기슭에 막 도착하고 있었다. 그 너머에 경찰서가 있었다. 뒤에서 들린 게 발소리였나? 그는 최고로 속도를 높였다.

아래 사람들은 그를 바라보고 있었다. 한두 사람은 달리고 있었고, 그의 호흡은 목구멍에서 톱질하듯 가빠지기 시작했다. 철도마차는 이제 매우 가까워졌고, 〈즐거운 크리켓터스〉는 요란하게 문을 닫아걸고 있었다. 철도마차 너머에는 하수로 공사중이라는 푯대와 자갈더미가 있었다. 그는 순간 철도마차로 뛰어올라 문을 닫아버릴까 하는 생각을 했지만, 경찰서로 가기로 결정했다. 다음 순간 그는 〈즐거운 크리켓터스〉의 문을 지났고 주변의 다른 이들과 함께 그 거리의 끝자락에 있었다. 철도마차 마부와 그의 조수는, 맹렬히 달리는 그 광경에 사로잡혀, 마차의 말들을 풀어놓은 채 서 있었다. 더 뒤에는 토역꾼들의 놀라워하는 모습이 자갈더미 위로 나타났다.

그의 속도가 조금 떨어졌다. 그러자 추적자의 신속한 발소리가 들렸고, 그는 다시 앞으로 뛰었다. "투명인간이다!" 그는 토역꾼들에게 모호한 태도로 가리키며 소리쳤고, 순발력 있게 굴착더미를 뛰어넘어 그와 추적자 사이에 억센 일꾼들이 놓이게 했다. 그러고는 경찰서로 가려던 생각을 포기하고 작은 옆길로 꺾어, 채소마차 옆으로 내달려, 아주 잠깐 과자가게 문 앞에서 멈칫하고는, 다시 힐 스트리트 주도로로 돌아가는 골목 어귀로 내달렸다. 두세 명의 어린애들이 놀고 있다가 그의 존재에 놀라 소리를 질렀고, 앞쪽의 문과 창문들이 열리며 흥분한 엄마들이 긴장하여 바라보았다. 그는 다시 철도라인 끄트머리에서 300야드 밖의 힐 스트리트로 쏜살같이 빠져나왔는데, 곧바로 고래고래 소리치며 떠들썩하게 달려오고 있는 사람들을 알아챘다.

그는 언덕 쪽 길을 올려다보았다. 10여 미터도 안 되는 거리에서 우람한 인부 하나가 삽날을 맹렬하게 휘두르며 단편적으로 욕설을 날리며 달려오고 있었고, 바로 뒤에 철로마차 마부가 주먹을 움켜쥐고 뛰어오고 있었다. 길 위 다른 이들도 주먹을 휘두르고 소리치며, 그들 둘을 따르고 있었다. 읍내 쪽으로 내려가며 남자와 여자들이 달리는 중이었는데, 켐프는 한 남자가 손에 막대기를 들고 가게 문밖으로 튀어나오는 것을 분명히 보았다. "넓게 퍼져라! 넓게 퍼져라!" 누군가가 소리쳤다. 켐프는 갑자기 추격의 상황이 바뀌었다는 것을 눈치챘다. 그는 달리기를 멈췄고, 헐떡거리며 둘러보았다. "놈은 가까이 있다!" 그가 소리쳤다. "한 줄로 늘어서라."

그는 귀 아래를 심하게 얻어맞았고, 비틀거리며 보이지 않는 적을 향해 고개를 돌리려고 했다. 그는 간신히 서서, 허공에 쓸모없는 주먹을 날렸다. 그러고 나서 다시 턱 아래를 맞았고, 땅바닥으로 곤두박질쳐서 쭉 뻗어버렸다. 다음 순간, 무릎 하나가 그의 횡경막을 찍어 눌렀고 두 개의 손이 목을 움켜쥐었는데, 켐프가 다른 하나에 비해 약하게 쥐어진 손목을 움켜잡자 적으로부터 고통스러운 비명이 흘러나왔다. 그러고 나서 무거운 삽날이 그 위 허공에 휘둘러졌고 무언가가 둔탁하게 부딪쳤다. 켐프는 자신의 얼굴로 작은 물방울이 떨어지는 것을 느꼈다. 그의 목을 움켜쥐고 있던 손아귀 힘이 갑자기 경련을 일으키며 느슨해졌고, 켐프는 거기서 벗어나, 늘어진 어깨를 움켜쥐고, 위쪽으로 몸을 굴렸다. 그는 땅 가까이 보이지 않는 팔꿈치를 움켜쥐었다. "놈을 잡았다!" 켐프가 날카롭게 소리쳤다. "도와줘! 도와줘!— 잡아라! 놈이 쓰러졌다! 놈의 발을 잡아라!"

다음 순간, 그 싸움에 여러 사람이 동시에 달려들었는데,

낯선 이가 갑자기 그 길로 들어섰다면 어쩌면 험악한 럭비게임이 벌어진 것으로 생각했을지도 모를 일이었다. 켐프의 외침 후에는 내지르는 소리도 없었다. 단지 때리고 짓밟는 소리와 무거운 숨소리만이 있었을 뿐이었다.

그러고 나서 엄청난 분투 끝에, 투명인간은 자신의 적대자들 두어 명을 물리치고 무릎을 세웠다. 켐프가 앞의 그를 수사슴을 사냥하는 사냥개처럼 옥죄었고, 십여 개의 손들이 보이지 않는 것을 움켜쥐고, 붙들고, 할퀴었다. 철도마차 마부는 갑자기 목과 어깨를 잡아 뒤로 끌어당겼다.

뒤엉켜 싸우는 사람들이 다시 쓰러지고 나뒹굴었다. 거기엔 유감스럽게도 흉포한 발길질도 몇 번 있었다. 그때 갑자기, "그만! 그만!" 하는 목이 졸려 숨 넘어가는 것 같은 거친 절규가 터져나왔다.

"물러나, 바보들아!" 켐프의 낮은 목소리가 소리쳤고, 충실한 일꾼들이 격렬하게 떠밀려졌다. "놈은 다쳤어, 내가 말하잖아. 뒤로 물러나라고!"

공간을 비우려는 잠깐의 몸싸움이 있었고, 그러고 나서 원을 이루고 있는 열기에 들뜬 얼굴들은 박사가 30여 센티 허공에서 무릎을 꿇고— 그렇게 보였다— 땅에 있는 보이지 않는 팔을 잡고 있는 것을 보았다.

그 뒤에서 순경이 보이지 않는 발목을 잡고 있었다.

"그놈에게서 떨어지지 마라." 우람한 토역꾼이 피 묻은 삽을 쥔 채 소리쳤다. "그놈은 죽은 체하는 거야."

"죽은 체하는 게 아니야." 박사가 그의 무릎을 조심스럽게 세우며 말했다. "그리고 내가 그를 잡고 있잖아." 그의 얼굴은 타박상으로 이미 멍들어가고 있었다. 입술에 피가 흐르고 있었기에 쉰 목소리로 말했다. 그는 한 손을 풀었고 투명인간의 얼굴을 느끼고 있는 것처럼 보였다. "입이 전부 젖었군." 그러고 나서 그가 말했다. "오, 주여!"

그는 갑자기 일어섰다가 그 보이지 않는 것의 옆 땅바닥에 무릎을 꿇었다. 새로운 사람들이 나타나 군중들을 압박하는 것처럼 밀고 끄는 무거운 발걸음 소리가 일었다. 사람들이 이제 집 밖으로 몰려나오고 있었다. 〈즐거운 크리켓터스〉의 문들이 갑자기 활짝 열렸다. 입을 여는 이는 거의 없었다.

켐프가 여기저기를 더듬자, 그의 손이 빈 공간을 통과하는 것처럼 보였다. "숨을 쉬지 않아." 그가 말했다. 그러고 나서, "심장 뛰는 걸 느낄 수가 없어. 옆구리는… 윽."

갑자기 늙은 여인 한 명이, 덩치 큰 토역꾼의 팔 아래를 자세히 살피면서, 날카롭게 비명을 질렀다. "저길 봐요!" 그녀가 말하며 주름진 손가락으로 가리켰다.

모두가 그녀가 가리킨 곳을 보았다. 마치 유리로 만들어진 것처럼 흐리고 투명해서 정맥과 동맥, 그리고 뼈와 신경을 구분할 수 있게 된 손의 윤곽이, 축 늘어지고 엎어진 손이 있었다. 그것은 그들이 바라보고 있을 때조차 더욱 흐리고 불투명해져갔다.

"이런!" 순경이 소리쳤다. "여기 발도 보이기 시작한다!"

그리고 그렇게 천천히, 손과 발에서 시작해 팔다리를 따라 몸의 주요한 중심까지, 그 이상한 변화는 계속되었다. 그것은 천천히 독이 퍼지는 것과 같았다.

처음에는 작고 하얀 신경과 팔다리의 흐릿한 회색 윤곽이, 그러고 나서 유리 같은 뼈들과 복잡한 동맥들이, 이어서 살과 피부가, 처음에는 옅은 안개처럼, 그러고 나서 빠르게 짙고 불투명하게 나타났다. 이제 그들은 그의 짓눌린 가슴과 어깨, 그리고 으스러지고 일그러진 이목구비의 어두운 윤곽을 볼 수 있었다.

마침내 군중들이 켐프가 똑바로 설 수 있도록 길을 내주었을 때, 땅바닥에는 벌거벗은 측은한, 서른 즈음 젊은이의 멍들고 깨어진 몸뚱이가 누워 있었다. 그의 머리칼과 수염은 하얬고— 나이가 들어 센 게 아니라, 선천성 색소결핍증으로 하얬던 것이다— 눈은 석류석 같았다. 그의 손은 움켜쥐어 있었고, 눈은 크게 떠져 있었으며, 표정은 분노와 낙담으로 가득 차 있었다.

"얼굴을 덮어요!" 한 사내가 말했다. "제발, 그 얼굴 덮어!" 그리고 세 명의 작은 아이들이, 군중들 속을 헤치며 밀고 들어오다가는 갑자기 몸이 돌려져서 다시 내보내졌다.

누군가가 〈즐거운 크리켓터스〉에서 시트 하나를 가져와서 그를 덮었고, 사람들은 가게 안으로 그를 옮겼다. 그리고 거기엔 모든 인간 중 처음으로 자신을 눈에 보이지 않게 만들었던 그리핀이, 불도 켜지 않은 침실의 지저분하고 허름한 침대 위에, 무지하고 흥분한 사람들 무리에 둘러싸여, 깨어지고 상처 입고, 배신당하고 동정받지 못한 채로 놓여 있었다. 세상에 둘도 없는 가장 재능 있는 물리학자 그리핀은 자신의 이상하고 가공할 생애를 끝없는 참사로 끝마쳤던 것이다.

The Epilogue

후기

투명인간의 그 이상하고 악한 시험은 그렇게 끝난다. 만약 그에 대해 더 알고 싶다면 포트 스토 근처의 작은 여관에 가서 그곳 주인에게 이야기해 보아야만 한다. 그 여관의 간판은 모자와 부츠를 제외하곤 빈 판자이고 상호명은 이 이야기의 제목이다. 주인은 원통형의 코에 빳빳한 머리칼, 군데군데 불그스름한 얼굴을 가진, 작은 키에 통통한 사내이다. 충분히 술을 마시면, 그는 그때 이후 그에게 일어난 모든 일과 변호사들이 그에게서 발견한 보물로 그를 어떻게 처리하려 했는지에 대해 충분히 이야기해줄 것이다.

"그자들이 누구의 돈인지 입증할 수 없다는 것을 알게 되었을 때, 나는 축복받은 거지." 그는 말한다. "만일 그들이 나를 굉장한 보물창고로 만들려고 하지 않았다면 말이야! 내가 보물창고로 보이나? 그러고 나서 한 신사가 내게 엠파이어 뮤직홀에서 그 이야기를 들려주면 하룻밤에 1기니를 주겠다는 거야. 그냥 내 나름대로 이야기만 하면… 단 한 가지만 빼고 말이지."

그리고 만약 끝없이 이어지는 그의 회고담을 불현듯 끊고 싶어지면, 언제든 그 이야기 속에 세 권의 필사본 책이 있지 않았느냐고 물어보면 된다. 그는 그것을 인정하고, 고맙게도 모든 사람이 그걸 자신이 가지고 있다고 단언하지만, 가지고 있지 않다고 하면서 설명을 계속한다. "내가 관계를 끊고 포트 스토로 달아났을 때, 투명인간이 그것을 가져다 숨겼거든. 그건 켐프 씨가 내가 가지고 있을 거라는 생각을 사람들에게 심어줘서 그런 거야."

그러고 나서 그는 멍한 상태로 가라앉아 있다가는, 초조히 안경을 매만지며 슬그머니 당신을 지켜보다 이내 바를 떠난다.

그는 독신남이다. 취향이 독신이어서 그 집에는 여자라는 사람이 없었다. 겉으로는 단추를 채우지만— 그것이 당연하지만— 더 중요한 사생활에서는, 예를 들어 멜빵바지의 경우 여전히 끈을 사용한다. 그는 자신의 가게를 적극적이지는 않지만 정중한 예의를 갖추고 운영한다. 동작은 느리면서 생각은 엄청나게 많은 사람이다. 그렇지만 마을에서는 현명하면서 상당히 인색하기로 평판이 나 있고, 잉글랜드 남부의 길들에 대한 그의 지식은 코빗*을 능가할 것이다.

그리고 일요일 아침이면, 매주 일요일 아침이면, 일 년 내내, 그는 세상 문을 걸어 잠그고, 밤 10시가 지나면 항상 물을 섞어 희석한 진 한 잔을 챙겨 들고 바로 들어가서는, 문을 잠근 후 블라인드를 살피고, 심지어 탁자 밑까지 들여다보았다. 그러고 나서 혼자만의 고독에 만족하며, 잠긴 벽장을 열어서는 벽장 안의 상자를 꺼내, 상자 안의 서랍을 열고, 갈색 가죽으로 제본된 세 권의 책자를 꺼내 테이블 중앙에 숙연하게 놓았다. 커버들은 비바람에 상해 녹색 이끼가 끼어 있었는데, 한번은 도랑에 잠겼던 탓인지 더러운 물로 페이지 일부가 씻겨나갔다. 그 주인은 안락의자에 앉아, 흡족한 눈길로 책자를 바라보면서, 기다란 사기 파이프를 천천히 채운다. 그러고 나서 그는 그 가운데 한 권을 끌어당겨 펼쳐서는, 책장을 앞뒤로 넘기면서 그것을 연구하기 시작한다.

그의 미간이 찌푸려지고 입술이 힘겹게 움직인다. "육각형의, 작은 둘은 미정, 건너뛰고 D자로 조작하기. 주여! 그는 얼마나 뛰어난 지능을 가졌나이까!"

* Cobbett, 영국의 급진적 저널리스트로 『시골 여행』을 집필했다. 오랜 부랑자 생활을 해서 지리에 밝다는 것을 은유적으로 표현하면서, 이 사람이 마블임을 암시하고 있다.

이윽고 그는 긴장을 풀고 몸을 뒤로 기대고는, 담배 연기 속에서 그 방 건너편에 다른 이들의 눈에는 보이지 않는 것들을 향해 눈을 깜박인다. "비밀이 가득해." 그는 말한다. "멋진 비밀이!"

"언젠가 내가 그 비밀들을 손에 넣게 되면— 주여! 저는 그가 했던 짓을 안할 겁니다. 저라면 정말— 잘할 겁니다!" 그는 파이프를 빨아들인다.

그렇게 그는 꿈속으로 빠져들고, 평생 잊지 못할 멋진 꿈을 꾸게 된다.

그리고 켐프가 끊임없이 찾고 있음에도 불구하고, 그 주인을 제외하고는 그 불가시성의 미묘한 비밀과 열댓 개의 다른 이상한 비밀이 적힌, 그 책이 거기 있는 것은 아무도 모른다. 그리고 그가 죽기 전까지는 누구도 그 비밀을 알지 못할 것이다.

역자 해설

영국의 『투명인간』과 미국의 『투명인간』

영국의 작가 허버트 조지 웰스H. G. Wells의 대표작 『투명인간The Invisible Man』은 우리에게 아주 친숙한 책이다. 비록 책은 읽지 않았더라도 그 유명한 제목 때문에 누구라도 읽어서 알고 있는 듯한 착각마저 일으키게 하는 책이라고 해도 과언이 아니다.

실제로, 1897년 영국에서 출간된 이 책은 출간 당시 엄청난 판매고를 올렸을 뿐만 아니라, 네 번에 걸쳐 노벨 문학상 후보에 오르기도 했을 만큼 문학성과 대중성을 모두 갖춘 작품이다.

그런데 이 유명한 책에 대해 우리는 얼마나 알고 있고, 또 어떻게 알고 있을까? 우선 작가 웰스의 방대한 저작이나 작가적 삶의 연혁에 대해서는 많은 책에 다양한 방식으로 소개되어 있으니 여기서는 이 작품 하나에만 집중하기로 하자.

우선, 우리가 알고 있는 『투명인간』은 어떤 내용의 책일까?

우리 사전에는 이렇게 소개되어 있다.

투명인간透明人間

영국의 소설가 웰스가 지은 공상 과학 소설. 인간의 몸이 다른 사람의 눈에 보이지 아니하도록 하는 약을 발명한 사나이가 그것을 악용하여 온갖 나쁜 짓을 하다가 궁지에 몰려 죽게 된다는 내용이다. 1897년에 발표하였다.

(표준국어대사전)

반면 영국에서 출간된 오리지널 판본의 뒤표지에는 이렇게 쓰여 있다.

The Invisible Man is the tale of a scientist and his descent into madness, as Griffin's penchant for random violence begins to take over his life and turn his world into a horrific setting he can't control. Like many of H.G Wells' stories, The Invisible Man examines philosophical aspects of science fiction and lends cultural criticism on subjects that may seem possible only through imagination.

(영국 오리지널 판 〈뒤표지〉 중에서)

『투명인간』은 한 과학자에 대한 이야기로, 그리핀의 무작위적인 폭력적 성향이 그의 삶을 장악하고, 그의 세상이 자신이 통제할 수 없는 끔찍한 환경으로 바뀌기 시작하면서 자신의 광기로 몰락한다는 이야기다. 많은 웰스의 작품처럼, 『투명인간』은 과학 소설의 철학적 측면을 살펴보고 오직 상상력을 통해서만 가능할 것처럼 여겨지는 주제에 대한 문화적 비판을 제공한다. (이정서 번역)

어떤 차이가 있는 걸까?

우리 사전은, 한 사나이가 눈에 보이지 않게 되는 약을 발명해 그걸 악용해서 '온갖 나쁜 짓'을 벌이다 궁지에 몰려 죽게 되는 이야기라고 쓰고 있는 반면, 그 책이 출간된 영국에서는 '끔찍한 환경에 자신의 광기가 더해져 결국 죽음에 이르는 한 과학자의 이야기'라고 하고 있는 것이다.

투명인간의 죽음이라는 주제어는 동일하지만 그 앞뒤 맥락은 전혀 다른 이야기를 하고 있다는 것을 알 수 있다. 기본적으로 여기서 '과학자'라는 말을 빼버리면 작품의 근간부터 말이 안 되는 것이다.

그런데 이러한 차이가 다만 문화적 차이와 사전적 정의라는 한정된 지면 때문에 발생한 문제일까? 아니다. 사실은 영국의 원저작과 우리가 읽은 번역서의 내용이 다르기 때문에 벌어진 현상인 것이다.

그렇다면 어떻게 같은 책이 내용이 달라질 수 있을까? 한마디로 그건 잘못된 번역으로 인해 뉘앙스가 달라졌기 때문이다. 요소요소의 문장이나 단어의 뉘앙스가 달라지면 인물의 성격이 달라지고 배경이 바뀌면서 궁극적으로 내용이 달라지는 것이다. 더군다나 이 책이 다른 번역서들과 또 다른 점은, 이 작품은 원래 '영국식 영어'로 쓰여진 것인데, 그것을 미국에서 '미국식 영어'로 바로 잡고 그것을 다시 우리 번역가가 한국어로 옮기면서 이중의 오역이 발생한 측면도 있다는 사실이다.

그렇다면 우선 무엇이, 어떻게 달라졌을까?

일례만 들어보자.

But Jaffers lay quite still, face upward and knees bent, at the foot of the steps of the inn. (영국 오리지널 판, 36쪽)

But Jaffers lay quite still, face upward and knees bent.

(미국 펭귄북스 판, 41쪽)

보다시피 오리지널 판에는 있는, 'at the foot of the steps of the inn'이라는 부사구가 미국 판에서는 빠져 있다. 별로 중요한 것도 아닌 것 같은데 왜 그래야만 했을까? 입력 과정 중의 실수였을까? 그게 아니다. 또한 저 문맥이 중요하지 않은 게 결코 아니다.

이것은 바로 두 나라 간의 문화적 차이에서 발생한 문제이다.

기본적으로 'inn'은 미국에서는 숙박만 하는 여인숙을 가리키는 반면, 영국에서는 숙박을 겸한 작은 주점(酒店, pub)을 가리킨다. 영국에서는 술을 파는 '주점'에 더 방점이 찍히는 것이다.

문제는 이 작품 속에서 이것이 차지하는 비중이 상당하다는 데 있다. 그런데도 미국의 편집자는 원래 원작에 없는 주를 본문에 53개나 달면서 여기서는 아예 저 문구를 없애버리는 무도함을 범하고 있다.*

이 작품 속에서 'inn'은 아주 중요하다. 투명인간이 처음 묵었던 아이핑의 〈역마차〉도 'inn'이었지만, 그곳을 떠난 투명인간과

* 우리가 읽은 『투명인간』이 영국의 원저작과 미국의 출간본이 다르다는 사실은 이 책을 편집하면서 알았다. 아마 우리나라 대부분의 독자들도 이 사실을 몰랐을 것이다. 편집자가 확인한 바로 우리나라에서 번역된 『투명인간』은 대부분 미국 판을 정본으로 삼고 있었다. 그러나 미국 판 『투명인간』은 영국에서 발간된 오리지널 판 『투명인간』과 크게 달랐다. 한눈에 보기에도 영국 오리지널 판에는 없는 각주가 미국 펭귄북스 판에는 53개나 달려 있었다. 영국식 영어를 미국식 영어로 번역하는 중에 따른 '역자 주', '편집자 주'인 것이다. 문제는 지금까지 우리나라에서 번역된 『투명인간』에는 이런 설명조차 없었다는 점이다. 따라서 독자들은 그 각주들이 우리 번역자의 각주라고 오해할 수도 있을 것이다. (편집자 주)

(부랑자) 마블이 다시 모습을 드러낸 곳도 '포트 스토'의 'inn' 앞이고, 다시 투명인간이 총격을 당해 부상을 당하는 곳도 '버독Burdock'의 〈즐거운 크리켓터스〉라는 'inn'이었으며, 최종적으로 투명인간의 주검이 놓이게 되는 곳도 바로 그 'inn' 안의 침대인 것이다.

무엇보다 터무니없는 것은 마지막 문장이다.
원래 이 작품의 마지막은 이렇다.

Someone brought a sheet from the "Jolly Cricketers," and having covered him, they carried him into that house. And there it was, on a shabby bed in a tawdry, ill-lighted bedroom, surrounded by a crowd of ignorant and excited people, broken and wounded, betrayed and unpitied, that Griffin, the first of all men to make himself invisible, Griffin, the most gifted physicist the world has ever seen, ended in infinite disaster his strange and terrible career.

(영국 오리지널 판, 141쪽)

누군가가 〈즐거운 크리켓터스〉에서 시트 하나를 가져와서 그를 덮었고, 사람들은 가게 안으로 그를 옮겼다. 그리고 거기엔 모든 인간 중 처음으로 자신을 눈에 보이지 않게 만들었던 그리핀이, 불도 켜지 않은 침실의 지저분하고 허름한 침대 위에, 무지하고 흥분한 사람들 무리에 둘러싸여, 깨어지고 상처 입고, 배신당하고 동정받지 못한 채로 놓여 있었다. 세상에 둘도 없는 가장 재능 있는 물리학자 그리핀은 자신의 낯설고 가공할 생애를 끝없는 참사로 끝마쳤던 것이다. (이정서 번역, 286쪽)

이것을 미국의 편집자는 이렇게 축소시켰다.

Someone brought a sheet from the Jolly Cricketers; and having covered him, they carried him into that house. And there, on a shabby bed in a tawdry, ill-lighted bedroom, ended the strange experiment of the Invisible Man.

(미국 펭귄북스 판, 148쪽)

사실 편집자(혹은 번역자)가 손댄 부분 어느 것 하나 심각하지 않은 것이 없지만, 특히 이 부분은 심각한데, 역자가 이 소설 전체를 오해하고 있다는 증거이기도 할 테다.

작가는 보다시피 내레이터의 입을 통해 '세상에 둘도 없는 가장 재능 있는 물리학자', 그리핀(투명인간)의 죽음에 대해 안타까워하는 뉘앙스로 작품을 끝내고 있다.

반면 미국의 편집자는 그런 중요한 내용을 아예 빼버리고 지극히 건조하게 끝을 맺고 있는 것이다. 마치 한 못된 사내의 광란의 소동이었던 것처럼.

문제는 우리의 번역서가 전부 이 미국 판을 따르고 있거나, 그도 아니면 역자 나름의 또다른 의역을 하고 있다는 사실이다.

> 누군가 〈유쾌한 크리켓 선수들〉에서 침대 시트 한 장을 가져왔다. 사람들은 그를 시트로 덮고 그 집으로 운반했다. 그리고 어두컴컴한 불이 켜진 그 집 침실의 낡은 침대 위에서 투명인간의 기묘한 실험은 막을 내렸다.

(김석희 옮김, 『투명인간』, 열린책들, 248쪽)

> 누군가 술집 졸리 크리킷터스에서 시트 한 장을 가지고 와서 그의 몸을 덮었다. 그런 후에 사람들은 그 몸뚱이를 그 술집 안으로 운반했다.

(임종기 옮김, 『투명인간』, 문예출판사, 238쪽)

우리 백과사전에 나와 있는 『투명인간』을 두고 '못된 짓을 하다 죽은 사나이'라는 표현이 전혀 근거 없이 쓰인 게 아니라는 증거이기도 할 테다.

번역서는 번역을 어떻게 하느냐에 따라 이렇게 엄청난 차이가 있는 것이다.

작가 소개

허버트 조지 웰스

Herbert George Wells, 1866. 9. 21. ~ 1946. 8. 13.

일반적으로 H.G. Wells로 알려진 허버트 조지 웰스는 1866년 9월 21일 영국 켄트 주 브롬리에서 출생해, 1946년 8월 13일 사망한 영국 작가다. 웰스는 '공상과학의 아버지'로 불릴 만큼 공상과학 장르의 작품으로 유명하다.

웰스는 노동자 계급 가정에서 자랐다. 아버지는 프로 크리켓 선수이자 가게 주인이었고 어머니는 집안일을 하면서 가정부로 일했다. 아버지의 가게가 실패하자 웰스는 포목공의 견습생으로 일했다.
이후, 웰스는 런던의 사범학교에서 장학금을 받고 다윈의 진화론을 옹호한 토머스 헨리 헉슬리 밑에서 생물학을 공부했다. 이러한 과학 교육은 웰스에게 큰 영향을 미쳤고, 그의 공상과학 작품에서 독보적인 관념을 제공한다.

그의 첫 장편 소설인 『타임머신The Time Machine』은 1895년에 출판되었다. 시간 여행을 위한 기계를 발명하는 한 남자의 이야기를 다룬 이 소설은 독자들에게 시간 여행이라는 개념을 소개하고 이후 이 장르의 많은 작품에 표준을 제시했다.
1897년에 출간된 『투명인간The Invisible Man』은 신체의 굴절률을 공기의 굴절률로 바꿔 투명인간이 되는 방법을 발견한 한 과학자의 이야기다. 이 소설은 과학적 개념과 인간의 심리 및 도덕성을 결합하는 웰스의 작가로서의 재능을 보여주는 가장 중요한 작품이다.

웰스는 공상과학 작품 외에도 다양한 소설, 단편 소설, 사회 및 정치 논평 작품을 썼다. 그는 사회주의 계급투쟁, 인류의 미래, 과학적 방법의 역할 등 당대의 중요한 이슈에 관심을 기울인 수많은 글을 쓴 작가이면서 소설가였고, 대중 지식인이었다.
웰스가 공상과학 장르와 문학 전반에 미친 영향은 아무리 강조해도 지나치지 않다. 그의 작품은 수많은 영화, 텔레비전 쇼 및 기타 미디어로 각색되어 현재까지 인용되고 있다. 그의 사고와 작품들이 시대를 초월하고 있음을 증명하고 있는 것이다.

『투명인간』은 H.G. 웰스의 가장 유명한 공상과학 소설 중 하나이다. 1897년에 출간된 이 책은 신체의 굴절률을 공기의 굴절률로 바꾸어 자신을 투명하게 만드는 방법을 발견한 그리핀이라는 과학자의 이야기를 다루고 있다. 그러나 그는 그 과정을 되돌릴 수 없었고, 결국 광기에 빠지게 된다.
소설은 긴 코트와 선글라스, 챙이 넓은 모자를 쓰고 붕대를 감고 있는 수수께끼의 남자가 웨스트서식스의 아이핑이라는 작은 영국 마을에 도착하는 것으로 시작된다. 이 낯선 남자는 마을 여인숙에 방을 잡는데, 그의 특이한 행동과 방에서 일어나는 기이한 사건들은 주민들의 호기심을 불러일으키고 결국에는 의심을 사게 된다.
이야기가 전개되면서 낯선 사람이 투명인간이 되는 비밀을 발견한 과학자 그리핀이라는 사실이 밝혀진다. 소설은 그리핀이 의대생 시절부터 투명인간이 되는 방법을 발견하기까지의 여정, 이후 자신을 대상으로 한 실험, 그리고 그 비참한 결과에 대해 역추적하며 이야기를 전개한다.
그리핀은 처음에는 투명인간이 자유와 힘을 줄 것이라고 믿었지만, 곧 투명인간이 자신을 사회로부터 고립시키고 미치광이로 몰아간다는 사실을 알게 되었다. 그 과정을 되돌릴 수 없고 생존을 위해 취하는 극단적인 조치로 인해 주변 사람들에게 위협이 되고 비극적인 결말로 이어진다.
『투명인간』은 통제되지 않은 과학적 진보의 위험성과 그에 따르는 윤리적 책임에 대한 경고의 이야기로 여겨지기도 한다. 공상과학 소설임에도 불구하고 고립, 권력, 도덕성, 인간 조건과 같은 보편적인 주제를 다루고 있어 광범위한 공상과학 장르에서 중요한 작품으로 손꼽힌다.

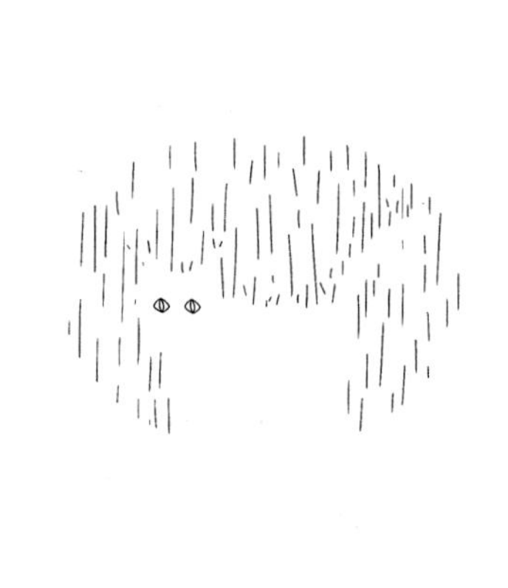